TALINA LEANDRO

PARADISE OF DARKNESS

DUNKLE VERFÜHRUNG

Erstausgabe September 2024

Copyright © 2024 dp Verlag, ein Imprint der
dp DIGITAL PUBLISHERS GmbH
Made in Stuttgart with ♥
Alle Rechte vorbehalten

Paradise of Darkness

ISBN 978-3-98998-632-9
E-Book-ISBN 978-3-98637-529-4

Covergestaltung: Talina Leandro
Umschlaggestaltung: ARTC.ore Design
Unter Verwendung von Abbildungen von Adobe Firefly
Lektorat: Daniela Höhne
Satz: dp DIGITAL PUBLISHERS GmbH
Druck und Bindung: Books on Demand GmbH, Norderstedt

*Für den König, der sich durch den Dschungel in mein
Herz gekämpft hat.*

Playlist

Akiaura, LONOWN, Dj Pointless – XVI
Sofia Karlberg – Shameless
Mellina Tey – For me
Limi – Distance
MIRA – Bleed for Me
Bobby Valentino – Tell me
Mellina Tey – Obsession
Artemas – If u think I'm pretty
Sam Smith ft. Kim Petras – Unholy
Miguel – Sure Thing
Tate McRae – Greedy
Artemas – Just want u to feel something
MIRA – Thorns
Partynextdoor – Sex on the Beach (Mix)
Øneheart – Next to You
Dutch Melrose – R.I.P
Akiaura, LONOWN, Olya Holiday – Ars Goetia
PLVTINUM & Dutch Melrose – Jennifer's Body
Akiaura, LONOWN, STM – Destruction Age
Dutch Melrose – Rush
Akiaura, LONOWN, STM – Sleepwalker
Mellina Tey – Timeout

Vorwort

Willkommen zurück!

Solltet ihr Band 1 noch nicht gelesen haben, schlagt dieses Buch bitte zu und beginnt am Anfang unseres Abenteuers. Wenn ihr mir bis hierher gefolgt seid, habt ihr mir den kleinen Cliffhanger hoffentlich nicht übelgenommen. Ihr werdet in diesem Teil dafür entschädigt. Versprochen.

Begleitet mich erneut in die dunklen Tiefen eines Dschungels, der mehr Geheimnisse birgt, als das Auge erfassen kann, und einer Liebesgeschichte, die so intensiv ist, dass sie die Grenzen von Licht und Schatten verwischt. In den verborgenen Winkeln Javas, weit entfernt von der Zivilisation, entfaltet sich ein Drama voller Leidenschaft und Gefahr, ein Tanz zwischen Verlangen und Verderben.

Dies ist eine Geschichte von vier Seelen, gefangen in einer Welt, die so unbarmherzig wie wunderschön ist. Sie kämpfen nicht nur gegen die äußeren Gefahren des Dschungels, sondern auch gegen die inneren Dämonen, die ihre Herzen plagen.

Dark Romance bedeutet, in die Abgründe der menschlichen Seele hinabzutauchen und die Schönheit zu finden, die im Schmerz verborgen liegt. Es bedeutet, eine Liebe zu erleben, die so intensiv ist, dass sie sowohl heilen als auch zerstören kann. Hier, im Herzen von Java

& Jakarta, entfaltet sich eine solche Geschichte – eine, die euch in ihren Bann ziehen wird, bis ihr nicht mehr wisst, wo die Dunkelheit endet und die Liebe beginnt.

Macht euch bereit für eine Reise, die euch in die tiefsten Ecken des Dschungels und der menschlichen Psyche führt. Dies ist keine gewöhnliche Liebesgeschichte; es ist ein Abenteuer, das euch bis an die Grenzen eurer Emotionen und darüber hinaus führt. Lasst euch auf die Magie und das Mysterium von Java ein und entdeckt, was es bedeutet, wirklich zu lieben, wenn die Dunkelheit allumfassend ist.

Taucht ein in die Welt der Leidenschaft und der Dunkelheit. Willkommen in der Geschichte, die euch nicht loslassen wird – willkommen im **„Paradies der Dunkelheit"**.

Seid ihr nun bereit, in die Dunkelheit des balinesischen Dschungels abzutauchen und gemeinsam mit meinen Protagonisten in Flammen aufzugehen?

Dann wünsche ich euch viel Spaß. Doch seid gewarnt: Auch hier findet ihr Szenen mit expliziter Sprache, Sex und gewalttätigen Handlungen bis hin zum Mord. Doch lasst euch davon nicht abschrecken. Eine ausführliche Triggerwarnung folgt.

Ich wünsche euch ein knisterndes Lesevergnügen.

Eure Talina.

Triggerwarnung

Blut: Szenen mit Blutvergießen und blutigen Verletzungen sind Teil der Handlung.

Mafia: Die Handlung beinhaltet Elemente der organisierten Kriminalität und Mafiastrukturen.

Tod und Trauer: Der Verlust von geliebten Menschen durch Gewalt oder andere tragische Umstände kann eine tiefe emotionale Reaktion hervorrufen.

Krankheit: Es gibt Szenen, die von schwerer Krankheit gezeichnet sind und in einem Krankenhaus stattfinden. Hilflosigkeit und Trauer sind ebenfalls Begleiter dieser Szenen.

Gewalt: Darstellungen von physischer und emotionaler Gewalt können vorkommen.

Schwangerschaft: Die Handlung kann Themen rund um Schwangerschaft und damit verbundene Herausforderungen enthalten.

Sex: Explizite Szenen von intimen Beziehungen und sexuellen Handlungen sind Teil des Romans. Hierbei wird wirklich detailliert beschrieben.

BDSM: Ein Hauch von BDSM liegt auch in diesem Buch in der Luft, da Amir ein ziemlich dominanter Charakter ist – auch im Bett. Da Samira dies genießt, ist alles in Ordnung. In der Wirklichkeit sollten Rollen wie Dom und Sub immer geklärt sein, damit der Sex einvernehmlich ist. Darauf wurde meinerseits in diesem Buch sehr geachtet.

Derbe Sprache: Es wird eine sprachliche Ausdrucksweise verwendet, die als vulgär oder grob empfunden werden kann. Diese gehört zum Standardvokabular in der Mafia-Szene.

Fesseln: Es kommen Szenen vor, in denen Personen gefesselt werden oder Fesselspiele eine Rolle spielen.

Entführung: Die Handlung der Geschichte beinhaltet Situationen von Entführung oder erzwungener Gefangenschaft.

Bitte lest diesen Roman mit Vorsicht, insbesondere wenn ihr empfindlich auf eines oder mehrere dieser Themen reagiert. Es ist wichtig, auf eure mentale und emotionale Gesundheit zu achten. Ich möchte nicht, dass ihr im Nachhinein von diesem Buch enttäuscht seid, nur weil ihr die Trigger ignoriert habt.

Macht euch bewusst, was beim Lesen auf euch zukommt. Diese Geschichte ist reine Fiktion. Alle Personen und Handlungen sind frei erfunden.

Eure Talina

1. Kapitel

SAMIRA

Amirs Appartement, Jakarta-City

Der Regen prasselt gegen das Fenster wie tausend kleine Trommeln, die im Takt eines düsteren Liedes meine Gedanken begleiten. Meine Finger streichen über die kühle Glasoberfläche und spüren die Kondensstreifen der Regentropfen, die langsam hinabgleiten. Jakarta – ein Häusermeer, das in bunten Lichtern erstrahlt, doch in seiner Lautstärke und Unruhe so anders ist als das ruhige Portland, das mein Zuhause war. Ich vermisse meine Heimat und dennoch habe ich meinen Aufenthalt hier für mich angenommen, da ich Jades Tod nicht akzeptieren kann. Nicht, so lange ich ihren Leichnam nicht mit eigenen Augen gesehen habe. Eine innere Stimme sagt mir, dass ich es spüren würde, wenn sie tot wäre. Schließlich sind wir beste Freundinnen.

Das Licht der Stadt dringt in das Appartement ein, taucht das Wohnzimmer in ein diffuses Glühen, das den Blick nach draußen fast verschwimmen lässt.

Ich lehne mich leicht gegen das Fenster und beobachte das hektische Treiben der Stadt. Menschen, die wie Ameisen in alle Richtungen eilen, ihre Schatten im Regen verlierend. Für einen Moment fühle ich mich verloren in dieser anonymen Masse.

Der Abend ist längst hereingebrochen und die Dunkelheit über der Stadt verschluckt die Umrisse der Gebäude. Ein Blitz erhellt den Himmel, gefolgt von einem donnernden Grollen, das die Gläser zum Vibrieren bringt. Ein Sturm zieht auf, wild und unberechenbar wie die letzten Wochen, die mein Leben auf den Kopf gestellt haben.

Amir ist noch auf einem dieser unendlich langen Geschäftstermine gefangen. Jedoch lässt er mich kaum noch aus den Augen, seit wir die Insel verlassen und Jakarta erreicht haben. Amir hat sich verändert. Vielleicht hat Limanossa ihn verändert. Trotzdem bleibe ich vorsichtig. Er ahnt bestimmt nicht, dass ich sein wahres Ich gesehen habe. Dass ich erfahren habe, wie grausam er sein kann. Doch seit wir hier sind, ist er stets um mein Wohlbefinden besorgt, verbringt Zeit mit mir, als würde er versuchen, mein Vertrauen zurückzugewinnen. Dabei kann er nicht wissen, ob er es je verloren hat. Als wir uns kennenlernten, habe ich ihm vertraut, doch dieses Vertrauen hat er nun verspielt. Amir ist der typische Wolf im Schafspelz, mein seelischer Endgegner. Ich hätte wissen müssen, dass ich mit meinen inneren Dämonen kämpfen werde, seit ich ihm das erste Mal in die kakaobraunen Augen gesehen und mich darin verloren habe. Kopf und Herz sind nicht mehr im Einklang, seit ich bei ihm bin. Mir bleibt nichts anderes übrig, als abzuwarten, bis ich weiß, was für ein Mensch er wirklich ist. Ist er der Böse oder der Gute? Ist er der Wolf oder der Prinz in meiner abgefuckten Geschichte?

Hier in Jakarta bin ich ohne ihn restlos verloren. Doch die Veränderung in ihm ist deutlich spürbar. Jedes Mal, wenn ich seine körperliche Nähe suche, weicht er mir aus. Ich wüsste nur zu gern, warum, denn ich fühle mich nicht mehr wie die begehrte Frau, die ich noch vor wenigen Wochen für ihn war. Aber er ist für mich da.

Die Uhr tickt unaufhörlich, und die Einsamkeit in dieser fremden Stadt umhüllt mich wie ein kalter Schleier.

Seit Jade nicht mehr da ist, bin ich nur noch ein halber Mensch.

Mit ihr ist auch ein Teil von mir gestorben, obwohl ich immer noch die leise Hoffnung hege, dass sie lebt. Wahrscheinlich, weil ich mich einfach nicht damit abfinden will, dass sie tot ist. *Du lebst, Jade. Das kann einfach nicht sein.*

Die Erinnerungen an die vergangenen Wochen fluten meinen Geist wie ein reißender Fluss. Ein Wirbelwind aus Emotionen – die Aufregung, als wir Portland verließen, die Nervosität, als wir uns in das Abenteuer *Infinite Horizon* wagten, und die unzähligen Herausforderungen, die Jade und mir auf unserem Weg begegneten. Bis zu dem Tag, an dem sie mich verlassen hat. Ich war so froh, als ich sie Wochen später am Wasserfall wiederfand. Doch ich hatte nicht die Möglichkeit, sie zu fragen, warum sie vom Schiff gegangen war. Ich konnte sie nicht einmal mehr vor dem Mann warnen, mit dem ich mein Bett teile. Das, was er ihr hatte antun wollen, war das Grausamste, das meine Ohren je gehört haben. Wie kann ein Mensch nur so sein? Hat er das wirklich ernst gemeint? Eine Stimme in mir flüstert ganz leise, dass er das vielleicht nur behauptet hat, weil er sein wahres Ich schützen muss.

Mitternacht rückt näher, und der Sturm draußen erreicht seinen Höhepunkt. Die Fenster erzittern unter der Gewalt des Windes, doch ich stehe unbewegt da, gebannt von der ungestümen Naturgewalt vor meinem Fenster. Ein Teil von mir hofft, dass Amir bald zurückkehrt, während ein anderer Teil sich fragt, warum ich es nicht einfach wage und weglaufe. Allerdings würde Chalid, der vor der Tür Posten bezogen hat, verhindern, dass ich auch nur einen Meter ohne ihn gehe.

Ein weiterer Blitz zuckt über den Himmel und erhellt für einen Moment die Stadt. Die Regentropfen trommeln unaufhörlich, der Sturm heult wie ein einsamer Kojote. Und ich stehe hier, am Fenster im 26. Stockwerk, an der Schwelle zwischen der Erinnerung an mein altes Leben und der Ungewissheit über das Neue.

Ich blicke zum Telefon, bin in Versuchung, meine Mom anzurufen. Ihre Stimme zu hören, würde mir so guttun. Leider weiß ich, dass Amir die Telefonanlage penibel überwachen lässt. Ich darf keinen Kontakt aufnehmen. Zu niemandem. Wie er sagt, zu meiner eigenen Sicherheit. Doch ist das wirklich der Grund – oder will er mich isolieren?

Die Zeit vergeht langsam, jede Sekunde fühlt sich an wie eine Ewigkeit. Irgendwo zwischen den Schatten der Stadt und den wilden Geräuschen des Sturms bleibt eine Hoffnung, ein Funken, dass diese Dunkelheit bald einem neuen Morgen weichen wird.

Übelkeit überfällt mich. Schon wieder. Der Stress der letzten Wochen lässt mich nicht los. Meine verzweifelten Versuche, dagegen anzukämpfen, enden zehn Minuten später quälend über der Toilette. Ich werde Amir bitten, einen Termin bei einem Arzt für mich zu machen, der mir etwas verschreibt.

Mein Magen krampft noch, als ich die Spülung betätige, mir die Zähne putze und mir das Gesicht wasche. Durch das Glas des Spiegels vor mir sehe ich in die traurigen Augen einer Frau, die mir fremd geworden ist. Die in einen brombeerfarbenen Satinmantel gekleidet ist, ein Septum durch die Nase trägt und die Haare jeden Tag frisiert bekommt. Und vor allem eine Frau, die ihre eigene Kunst auf der Haut trägt. Sola Cristellima. Ich weiß bis heute nicht, was es genau darstellen soll, aber es verfolgt mich seit Jahren in meinen Träumen.

„Das wird wieder", rede ich mir über den Spiegel zu und lächele tapfer. *So ist es schon besser.*

Mir steht ein Schrank mit sündhaft teuren Kleidern, Schuhen und Handtaschen zur Verfügung. Vom kostbaren Schmuck will ich gar nicht erst anfangen. Amir hat sich nicht lumpen lassen. Von Chanel bis Gucci ist alles dabei. Jade wäre geplatzt vor Freude.

Inmitten des Sturms und der Einsamkeit halte ich an diesem Gedanken fest und gehe ins Wohnzimmer zurück. Vor dem Fenster bleibe ich stehen. Und während ich auf die Stadt hinabblicke, beginnt ein zarter Glaube in mir zu keimen – die Gewissheit, dass Jade und ich, egal wie wild der Sturm auch sein mag, uns irgendwann wiedersehen werden – im Himmel oder hier unten auf der Erde.

Erschöpfung und Müdigkeit zwingen mich, ins Schlafzimmer zu gehen, aus meinen Pantoffeln zu schlüpfen und in das große Himmelbett mit den schwarzen Laken zu steigen. Der weiche Satin der Bettbezüge schmiegt sich an meinen Körper und der seichte Vanilleduft, der von meinem Nachttisch aufsteigt, lullt mich angenehm ein.

Kann nicht noch einmal der Tag sein, an dem wir auf unseren Abschluss angestoßen haben? Vielleicht würde ich dann eine andere Bar vorschlagen und vielleicht würde ich dann nicht hier stehen. Allerdings hätte ich dann auch nie die tollen Seiten an Amir kennengelernt, die mein Herz haben höherschlagen lassen.

Ich wische schnell die kleine Träne der Wehmut weg, die sich aus meinem Auge gestohlen hat. Die Übelkeit klingt langsam ab und ich warte darauf, dass der Schlaf mich in seine Arme nimmt.

2. Kapitel

AMIR

Black Dragon Club, Jakarta

Die dumpfen Bässe der Musik hämmern gegen meine Schläfen, als ich in Mounirs Club *Black Dragon* in Jakarta sitze. Die Luft ist von schwerem Parfüm und dem Rauch teurer Zigarren erfüllt. Ich sehe auf die Uhr und hoffe, dass der Termin sich nicht allzu lange hinzieht. Samira fühlt sich schon den ganzen Tag nicht gut, weshalb ich sie nicht länger als nötig allein lassen möchte. Ich zwinge mich, ruhig zu bleiben, während halbnackte Frauen sich mit hypnotischen Bewegungen um die Pole-Tanzstangen schlingen und den Partygästen einheizen.

Mounir thront mir gegenüber, eingehüllt in seinen prunkvollen Pelzmantel. Seine Augen glitzern vor Selbstgefälligkeit, als er sich in seiner vermeintlichen Macht sonnt. Doch ich kann den Kerl mit seinem aufgesetzten Lächeln und seiner unnatürlichen Art, sich zu inszenieren nicht ausstehen. Allerdings ist er unverzichtbar für unsere Geschäfte. Er ist einer der größten Abnehmer von LX144, der beliebtesten Designer-Droge aus unseren Laboren. Er selbst ist wahrscheinlich sein größter Kunde, denn seine Schwäche für LX144 – dem feinsten Schnee unter der Sonne – ist kein Geheimnis.

„Ein weiterer Drink, Amir?", raunt er mit einem falschen Unterton von Freundlichkeit. Ich nicke knapp und zwinge mich, höflich zu bleiben. Zu viel steht auf dem Spiel, als dass ich jetzt einen Konflikt riskieren könnte.

„Danke, ja."

Mounir zieht ein Goldsäckchen aus der Innentasche seines Pelzmantels und verteilt das weiße Pulver darin auf dem Tisch. „Ich wünsche ab kommendem Monat die doppelte Menge der bisherigen Marge. Ist das machbar?"

„Die doppelte Menge?", hake ich nach und hebe die Mundwinkel. Das wird Zarnu gefallen.

„Du hast richtig verstanden." Er legt sich eine Line und beugt sich über den Tisch.

Ich zupfe den Ärmel meines Jacketts zurecht, während er sie wegzieht, obwohl das Hemd darunter nicht verrutscht war. Meine innere Unruhe im Hinblick auf Samira steigt.

„In Ordnung. Für unsere besten Kunden stellt das kein Problem dar. Wir brauchen einen Produktionsvorlauf von zwei Wochen."

„Das klingt gut." Mein Geschäftspartner nickt wohlwollend und hebt die Mundwinkel. Zufriedene Kunden sind mir die Liebsten.

„Die neuen Bedingungen hat Zarnu dir zukommen lassen?"

„Ja, hat er mir per Mail geschickt. Verschlüsselt. Aber für meine ITler natürlich kein Problem." Mounir reibt sich die Nase und blickt zu mir herüber. „Allerdings bin ich nicht mit allem davon einverstanden. Lass uns das noch mal durchgehen."

„Von mir aus."

Die Minuten schleichen dahin, begleitet von den sinnlosen Gesprächen über Geschäftsangelegenheiten, die er längst kennen sollte – schließlich ist er seit Jahren Kunde. Ich spiele das Spiel höflich mit, während die Unruhe in mir wächst. Es ist schwer, eine gelassene Haltung zu wahren, denn ich kann diesen begriffsstutzigen Blender einfach nicht ausstehen.

Doch dann, mitten in diesem düsteren Ambiente, fängt mein Blick einen kurzen Moment des Mitgefühls von einer Tänzerin auf, die Samira ein wenig ähnelt.

Ihre Augen erzählen Geschichten von Leid und Verlust, versteckt hinter einem Schleier aus Make-up, falschen Wimpern und viel zu viel Lippenstift. Ich erinnere mich daran, wie zerbrechlich Samira ist und wie stark sie einmal war. Mir liegt nichts ferner, als ihr Leid in die Länge zu ziehen. Vielleicht sollte ich sie doch in unser Geheimnis einweihen.

Der Moment verfliegt, als Mounir sich abrupt erhebt und meine Aufmerksamkeit zurückfordert.

Mit einem letzten Blick zu der Tänzerin vergrabe ich meine Empfindungen tief in mir. Ob im *Black Dragon* oder hinter den Toren des Darmawan-Syndikats – in diesen Welten aus Lügen und Manipulationen ist für Zuneigung und Verbindung kein Platz. Aber dieses kurze Aufblitzen von Menschlichkeit wird in meinen Gedanken bleiben, als stille Erinnerung an das, was verloren gegangen ist. Ich werde es wieder ausgraben, wenn ich zu Hause bin. Der einzige Ort, an dem Emotionen eine Daseinsberechtigung haben.

„Die Kleine gefällt dir, was?"

Ruckartig drehe ich den Kopf in Mouniers Richtung, der mich belustigt ansieht, als habe er mich kalt erwischt. Hat er auch. Nur auf eine andere Art und Weise.

„Ich schenke sie dir. Für eine Stunde. Was hältst du davon?", schlägt er gönnerhaft vor und winkt die Tänzerin von der Stange zu uns. „Tob dich aus. Bau deinen Stress ab. Du weißt schon." Mounir zwinkert mir vielsagend zu, doch ich quittiere dies nur mit einem abschätzigen Seufzen.

Natürlich halte ich nichts davon, doch als plötzlich zwei grazile Hände von meinen Schultern hinab bis zu meiner Brust gleiten und mich massieren, zuckt mein Schwanz merklich. Für meine Verhältnisse habe ich schon viel zu lange keinen Druck mehr abgelassen. Und es hat sich einiges angestaut.

Die pulsierenden Beats der Musik versuchen, meinen Herzschlag zu übernehmen, als die Tänzerin mich weiter massiert. Ihr Duft nach Jasminblüte und Zigarettenrauch umschmeichelt meine Sinne, als ihre geschmeidigen Hände sanft meine Schultern bearbeiten. „Entspann dich, Süßer", flüstert sie mit einer rauchigen Stimme, die eine Mischung aus Versuchung und Trost birgt.

Ich lehne mich gegen ihre Berührung, obwohl ein Schuldgefühl in mir aufsteigt. Samira wartet zu Hause auf mich. Doch in diesem Moment, umgeben von der düsteren Atmosphäre des Clubs und dem belustigten Blick Mounirs, fühle ich mich gefangen zwischen der Sehnsucht nach Nähe, der Aufrechterhaltung meiner harten Fassade und der moralischen Verpflichtung, treu zu bleiben.

„Mach weiter", raune ich der Tänzerin zu, meine Worte von einem Hauch Reue durchdrungen. Die Berührung ihrer Finger löst Verspannungen in mir, die ich kaum bemerkt habe.

Mounir beobachtet das Geschehen mit einem amüsierten Funkeln in den Augen. „Genieße die kleinen Freuden des Lebens, Amir", neckt er, als wäre er ein Beobachter in einem bizarren Theaterstück.

Die Tänzerin flüstert mir etwas zu, das im Lärm des Clubs verloren geht. Ihre Augen jedoch spiegeln ein unausgesprochenes Verlangen wider.

Das Schuldgefühl verstärkt sich, als ich die Wärme ihrer Hände genieße, und gleichzeitig verstummen die Zweifel in meinem Kopf für einen flüchtigen Augenblick. Aber die Realität setzt sich durch, und ich löse mich von ihrer Berührung, dankbar und zugleich erfüllt von Befangenheit.

„Danke. Das genügt", flüstere ich beinahe tonlos, bevor ich mich abwende, auf der Suche nach einem Ausweg aus dieser emotionalen Falle. Der Blick Mounirs folgt mir voller Belustigung und einem Hauch von Verachtung für meine Schwäche. Doch der Gedanke an Samira zu Hause lässt mich mit einem geteilten Herzen zurück, zwischen der dunklen Versuchung und dem Versprechen an sie, nicht die ganze Nacht wegzubleiben.

„Heute nicht in Stimmung, Amir?"

„Danke für dein großzügiges Angebot, Mounir. Aber ich habe noch einen Termin und den würde ich gern nicht verschwitzt wahrnehmen", entgegne ich und greife nach dem Glas auf dem Tisch, um den letzten Schluck Cognac zu trinken.

„Soso. Na, braucht dir nicht unangenehm sein. Mein kleiner Freund tanzt auch nicht nach meiner Pfeife." Mounir lacht kehlig auf und zieht sich eine weitere Line. „Liegt wahrscheinlich daran, dass ich zu viel Zeit im Schnee verbringe."

Die Worte Mounirs treffen wie Pfeile ins Mark, als er auf meine Ablehnung mit einem anzüglichen Grinsen reagiert. „Oder hast du Angst, Amir? Deine Freundin hält dich wohl zu sehr auf Trab, dass du hier keinen Spaß haben kannst." Seine Worte sind wie ein brennendes Feuer in meinem Inneren, und ich fühle, wie der Zorn in mir hochkocht.

„Rede keinen Unsinn, mein Freund." Der Impuls, ihm meine Meinung zu geigen, ist überwältigend. Ich spüre den Drang, ihm zu zeigen, dass ich nicht sein Hampelmann bin. Doch dann erinnere ich mich an die Geschäftsrealität, an die Bedeutung, die Mounir für unsere Firma hat. Eine Auseinandersetzung mit ihm könnte alles, wofür wir so hart gearbeitet haben, zunichtemachen.

„Es gibt wirklich tolle Medikamente gegen Potenzstörungen. Stellt ihr so etwas nicht auch her?"

„Mounir", knurre ich zähneknirschend. Die Wut ballt meine Fäuste, aber ich zwinge mich, sie zu lockern. Eine Mischung aus Unterdrückung und Frustration brennt in meiner Brust. Ich atme tief durch und unterdrücke das Verlangen, die Kontrolle zu verlieren.

„Entschuldige, ich wollte dir nicht zu nahe treten. Das bleibt selbstverständlich unter uns", verspricht er mir großmütig.

Mit einem gequälten Lächeln entgegne ich: „Mounir, mein nächster Termin wartet. Tut mir leid, aber ich muss jetzt los." Ich weiche seinem Blick aus. Ich fühle mich wie ein Gefangener in meinem eigenen Schweigen, unfähig, die Worte auszusprechen, die meine Wut entfesseln könnten. „Bleib sitzen, ich finde allein raus."

Die Enttäuschung in Mounirs Augen ist greifbar, als er seine Gedanken hinter einem Schleier von Überlegenheit verbirgt. „Nun gut. Auf Wiedersehen, Amir."

Ich verschwinde in der tanzenden Menge, meine Emotionen erstickt, während der Geschmack der unterdrückten Rebellion gallig auf meiner Zunge bleibt. Es ist ein bitterer Sieg, aber ich weiß, dass ich keine andere Wahl hatte.

3. Kapitel

BALIAN

Lishia-Anwesen, Limanossa

Die Tage, die seit Jades Unfall ins Land gezogen sind, habe ich irgendwann nicht mehr gezählt. Es waren einige. Leider war keiner dabei, an dem ich erfolgreich meine Fußfessel losgeworden wäre. Zwar habe ich es auf jede erdenkliche Weise versucht, was mein blaues Gelenk bestätigen kann, doch ohne Erfolg.

Der Himmel hängt schwer über dem Anwesen, als ich endlich zurückkehre. Es riecht nach frischer Erde und den wilden Kräutern aus Critas Garten. Mit einem kleinen Wäschesack auf dem Rücken steuere ich wie ein alter Streuner auf das Gebäude zu. Die vertrauten Mauern erheben sich majestätisch vor mir, und mein Herz rast in meinem Brustkorb, als würde es versuchen, aus diesem Käfig aus Schmerz und Verlust zu fliehen. Ich gehe zögernd, die Schritte gedämpft, auf den Eingang von Lishia zu.

Meine Freunde werden dort sein, das spüre ich. Sie werden sich um mich sammeln, ihre Blicke voller Sorge und vielleicht auch etwas von dem Schmerz, den ich so lange mit mir herumgetragen habe. Aber ich konnte nicht früher zurückkehren. Der Dschungel und Fatirs Zurückgezogenheit waren meine einzigen Gefährten in den endlosen Tagen der Selbstquälerei. Dabei hat mich Mirohs schweres Seufzen auf die Frage, ob Jade noch lebt, wie ein dunkles Mantra begleitet. Ich habe es keine Sekunde länger ertragen können, als die Hoffnung durch Mirohs vielsagende Reaktion völlig zerstört wurde. Und was hat mir die Zeit im Dschungel und der Abgeschiedenheit gebracht? Nichts – denn mein Herz blutet noch immer. Ob es mir jemals gelingen wird, über ihren Verlust hinwegzukommen? Erst habe ich sie verloren und bald wird auch mein Vater nicht mehr da sein. Es ist nur eine Frage der Zeit, bis das Gift seine Organe vollends versagen lassen wird. Wie konnte Amir ihm nur so etwas antun? Er war wie ein Bruder für mich und Bayan hat ihn wie einen Sohn behandelt. Zarnu scheint ihn massiv manipuliert und unter Druck gesetzt zu haben. Ich kenne Amir. Irgendwann resigniert er, wenn ihm klar wird, dass eine Situation ausweglos ist. Dennoch bin ich mir sicher, dass ich nicht so gehandelt hätte, wäre ich an seiner Stelle gewesen. Oder?

Der Dielen des Treppenabsatzes ächzen unter meinem Gewicht und die schwere Holztür des Anwesens öffnet sich widerstrebend. Der Geruch von vergossenem Wein und verbranntem Holz dringt in meine Nase und lässt Erinnerungen aufwallen, die ich hartnäckig zu verdrängen versucht habe. Die schönen Tage mit meinen Freunden, als Jade noch bei uns war.

Unruhe breitet sich in mir aus, als ich mich durch den langen Flur durch das Foyer wage. Ich komme mir wie ein Einbrecher vor, da niemand von meiner Ankunft weiß. Aus dem Speisesaal höre ich Stimmen und das Klappern von Geschirr und Besteck. Sofort fällt die Anspannung ab und ich fühle mich zu Hause. Nicht, weil ich diesen Ort je als mein Zuhause angesehen habe, sondern weil ich mit Jade hier gewesen bin und die Menschen, die hier leben, mich stets wie ein gleichwertiges Mitglied behandelt haben. Auf Lishia kümmert man sich umeinander und lässt niemanden im Stich. Doch ich habe meine Leute im Stich gelassen. Und je lauter die Stimmen werden, desto schuldiger fühle ich mich.

Ich hole tief Luft und bereite mich auf das Zusammentreffen vor. Sicher werde ich Rede und Antwort stehen müssen, dennoch hoffe ich, dass sie verstehen werden, warum ich gehen musste.

Meine Schritte sind inzwischen nicht mehr ganz so stramm, je näher ich der Tür komme. Vorsichtig stoße ich sie auf. Meine Augen tasten den Raum auf der Suche nach vertrauten Gesichtern ab. Ein Raunen erfüllt die Luft, als sie mich erkennen. Das Klappern von Besteck verstummt. Die Blicke meiner Leute sind eine Mischung aus Erleichterung und Kummer. Lächelnde Münder, die versuchen, die Bruchstücke meiner Seele zu kitten, um mein zerbrochenes Ich wieder zusammenzuführen.

„Ich glaub's ja nicht! Alter! Du bist wieder da?!" Dracu erhebt sich so ruckartig von seinem Stuhl, dass dieser nach hinten umkippt. Er hält auf mich zu und umarmt mich. „Wir dachten schon, der Dschungel hätte dich verschluckt, Mann." Er klopft mir kräftig auf die Schulter.

„Willkommen zurück, Balian. Ich kann kaum glauben, dich zu sehen", sagt Crita mit einer Stimme, die mehr ausdrückt, als in Worte gefasst werden kann.

Die Umarmungen aller sind warm und herzlich, aber ich fühle mich immer noch so verloren, als wäre ich in einem Labyrinth gefangen, das ich nicht verlassen kann.

Mein Blick sucht nach ihr, doch sie ist nicht da. Jade. Ihr Name brennt auf meiner Zunge, aber ich unterdrücke ihn. Ich bin noch nicht stark genug, um ihre Abwesenheit anzuerkennen, geschweige denn zu akzeptieren. Vielleicht wird dieser Ort, diese Rückkehr, meine Erlösung sein. Oder vielleicht wird es nur eine weitere Station auf meinem endlosen Weg der Qual.

Miroh murmelt beinahe unverständlich in Dracus Richtung. „Er weiß es noch gar nicht." Seine Worte durchdringen meine Gedanken wie ein Blitz.

„Was?", frage ich und setze mich unruhig zu den anderen an den Tisch. Sofort erfasst mich Unruhe wie ein reißender Sturm. „Was weiß ich noch nicht?"

Betretene Blicke streifen mich.

„Nun sagt schon!", fordere ich sie mit Nachdruck auf und lasse meinen Blick durch die Runde streifen.

Crita rückt auf den Stuhl neben mir auf. Ihre knochige Hand umschließt sanft meine Handfläche. Ihr Blick, von Sorgen durchzogen und dennoch strahlend, spricht Bände über die Last, die sie in den letzten Wochen getragen hat. Ein Echo des Leids, das die ganze Gemeinschaft durchdrungen hat. Sie spricht leise, als wären die Worte zu kostbar, um sie laut auszusprechen.

„Nachdem du weg warst, hat man Jades Körper auf die Krankenstation gebracht. Dort hat man festgestellt ... dass sie noch lebt!“ Sie lächelt erleichtert, als wäre es gerade erst passiert.

„Aber ...“, werfe ich verwirrt ein und stocke, als sie eine Geste mit der Hand macht.

„Ihr Puls war so schwach, dass Miroh, der sie gefunden hat, ihn nicht fühlen konnte.“ Wieder legt sich ein Lächeln auf ihre Lippen. Dann erzählt sie weiter. „Es stand sehr schlecht um sie. Aber ... Jade hat den Unfall wie durch ein Wunder überlebt“, flüstert sie, ihre Augen glasklar, und verschluckt sich beinahe an ihren Worten. Das Gesagte hallt wie eine fremde Sprache in meinem Inneren wider. „Es ist, als hätte sie gekämpft, damit *du* zurückkehrst.“

Die Nachricht erschüttert mich bis ins Mark. Ein Kribbeln der Hoffnung bahnt sich seinen Weg durch die düsteren Schichten meines Herzens. Hat sie wirklich für mich gekämpft?

Ein Zittern durchläuft meinen Körper, eine Mischung aus Erleichterung und Verwirrung. Critas Worte hinterlassen Fragen, die noch tief in meinem Inneren schwelen, während ich beschließe, die Möglichkeit anzunehmen, dass Jade noch am Leben ist. „Ich kann das kaum glauben“, meine Hand presst sich unwillkürlich gegen mein pochendes Herz. Dann straffe ich die Schultern, ziehe scharf Luft ein und spüre das unbändige Verlangen nach Jades Nähe. „Ich muss sie sofort sehen!“, rufe ich, während ich aufspringe. Mein Gott, sie lebt!

„Nein, Balian.“ Crita hebt ihre Hand und schüttelt vehement mit dem Kopf. „Sie liegt auf der Krankenstation, aber sie ist schwach. Du kannst sie morgen sehen. Beruhige dich erst mal, sie muss jede Aufregung vermeiden.“

„Aber ich muss zu ihr!“

„Ich werde Jade erst einmal vorbereiten. Lass es langsam angehen.“

Seufzend gebe ich nach. Der Verstand siegt über mein Herz. „Verstehe“, entgegne ich leise nickend und presse angespannt die Lippen aufeinander.

„Du bist gerade zu aufgebracht. Das ist ja kein Wunder, mein Junge.“

Alles in mir will sofort zu Jade, meine Füße zucken ungeduldig, aber ich muss mich gedulden. Ein Strudel von Emotionen wirbelt in mir, ein Chaos aus Erleichterung, Ungläubigkeit und einer unstillbaren Sehnsucht, sie zu sehen.

Der Abend vergeht in einem Nebel aus aufgewühlten Gefühlen. Wir sitzen zusammen, umgeben von festlich gedeckten Tellern und einem reichhaltigen Mahl. „Ihr könnt euch nicht vorstellen, wie es mir ergangen ist. Ich dachte, Jade sei tot! Wir hatten uns gerade erst gefunden und schon hatte ich sie verloren“, gestehe ich den anderen, während ich versuche, meine überwältigten Empfindungen in Worte zu fassen. „Und nun erzählt ihr mir, dass Jade noch lebt?“

Die Worte kommen mit einem Beigeschmack von Erleichterung und Verwirrung über die Zeit, die ich im Dunkeln verbracht habe. Ich ringe mit meinen eigenen

Emotionen, meinem Verlust und der plötzlichen Aussicht auf ein Wunder, das ich noch nicht ganz begreife, ehe ich es sehe. Ehe ich sie sehe.

Jade.

4. Kapitel

SAMIRA

Amirs Appartement, Jakarta

Es ist halb eins in der Nacht, als ich, geweckt vom Knacken des Türschlosses, aus dem Halbschlaf hochschrecke. Sofort schlage ich die Augen auf und lausche den Geräuschen aus dem Flur. Ein Schlüssel klappert, die Tür fällt zu. Anschließend dringt der fahle Schein der Flurbeleuchtung unter dem Türspalt in das Schlafzimmer herein.

Ich kann Amirs Handlungen bis auf den kleinsten Schritt voraussehen, da er immer nach einem festen Muster vorgeht. Nachdem der Schlüssel den Weg in die goldene Schale gefunden hat, wird die Jacke aufgehängt und die Schuhe in den Schrank gestellt. Nie würde Amir sie achtlos auf dem Boden herumstehen lassen. Dann wird er ins Bad gehen, sich die Hände waschen und sein Haar vor dem Spiegel richten. Sein Äußeres ist ihm sehr wichtig. Ich kenne kaum einen Mann, der so eitel ist wie er. Er wird ins Wohnzimmer schlendern, indes er die Knöpfe seiner Hemdärmel öffnet oder die Manschettenknöpfe ablegt, wenn er welche trägt. Erst dann wird er die Hand auf die Türklinke legen und diese leise herunterdrücken, um mich nicht zu wecken. Sein Blick wird zuerst auf mich fallen, bevor er das Bett umrundet und gleichzeitig sein Hemd auszieht.

„Samira?", unterbricht seine Stimme den Ablauf in meinem Kopf.

„Hmmm", brumme ich leise, als sei ich gerade erst wach geworden.

Weicher Stoff legt sich über meine Augen. Am Hinterkopf spüre ich ein elastisches Band.

„Was machst du?", murmele ich und erblicke nichts als Dunkelheit.

„Vertrau mir. Es wird dir gefallen", raunt Amir dunkel und ich höre etwas knistern. „Ich stecke dir jetzt Ohrstöpsel ins Ohr, okay?"

Grinsend nicke ich, denn ich bin wirklich gespannt, was er vorhat. Er scheint bei guter Laune zu sein, was bedeuten könnte, dass die Geschäfte gut gelaufen sind.

Amirs Finger berühren erst mein rechtes Ohr. Kurz darauf werden mit einem Stöpsel sämtliche Geräusche abgestellt. Gleiches folgt einen Wimpernschlag später auf der linken Seite. Nur dumpf höre ich seine Stimme durch den Stöpsel hindurch.

„Keine Ahnung, was du gesagt hast. Ich höre dich nicht."

Eine Hand streicht über meine Schulter, angenehm und warm. Ich gebe entspannte Laute von mir, damit er weitermacht.

Der Knoten meines Bademantels wird geöffnet und meine Körpermitte freigelegt.

Nun liege ich hier mit meinem BH aus Spitze, mit dem dazu passenden String und lausche der Stille. Mein Herz schlägt aufgeregt in meiner Brust, als nichts weiter passiert. Ich frage mich, ob Amir noch im Schlafzimmer ist. Plötzlich ein heißer Atem auf der Innenseite meines Oberschenkels. Ich zucke zusammen. Ein weiterer Hauch folgt. Dieses Mal an meinem Nacken. *Uh, la, la.*

Sofort stellt sich Gänsehaut auf meinem Körper auf.

Ich spüre Amirs Finger an meinen Handgelenken. Erst berührt er meine Haut sanft und streicht über sie hinweg. Doch dann ergreift er meine Gelenke.

Er nimmt sie über meinem Kopf zusammen, sodass ich nicht mehr in der Lage bin, mich zu befreien. Wenn ich ehrlich bin, möchte ich das auch gar nicht. Ich liebe seine dominante Seite und genieße es, die Kontrolle vollkommen an ihn abzugeben – mich um nichts kümmern oder sorgen zu müssen, sondern einfach nur zu genießen.

Weicher Stoff legt sich fest erst um das eine, dann um das andere meiner Handgelenke. Als ich die Arme herunternehmen möchte, um zu ertasten, um was es sich handelt, bemerke ich plötzlich einen Widerstand. Er hat mich ans Bett gefesselt. „Amir, was ...?" Ich stoppe und grinse, als sich ein Finger behutsam auf meine Lippen legt.

Seufzend gebe ich nach und warte gespannt, was nun geschieht. Die Dunkelheit umhüllt mich wie ein samtiger Schleier. Es ist neu, aufregend und auf eine Weise faszinierend, die ich nie für möglich gehalten hätte. Ein

Flattern entsteht in meiner Brust, als ich mich dem Unbekannten hingebe, das Verlangen nach mehr, während ich mich langsam diesem Spiel der Sinne öffne.

Zwei Finger legen sich an die Winkel meines Mundes, um ihn zu öffnen. Jeder seiner Handgriffe ist voller Zuneigung, voller Respekt für meine Grenzen und Wünsche. Ehe ich begreife, was passiert, spüre ich Amirs raue, feuchte Zunge auf meiner.

Ich erwidere den Kuss mit voller Hingabe und dem neugierigen Verlangen nach mehr. Seine Lippen sind weich und warm, passen sich meinen an, als wären sie füreinander geschaffen. Amirs Dunkelheit wandelt sich in mir zu einem Licht, dass meine Sinne und meine Seele erhellt. Jeder Kuss ist wie ein stilles Versprechen, das zwischen uns ausgetauscht wird, eine Sprache der Leidenschaft und des Begehrens, die sich in diesem intimen Moment offenbart.

Unsere Zungen tanzen eng umschlungen und bringen das Blut in meinem Körper langsam und heftig in Wallung. Ein gewaltiger, unsichtbarer Strudel wird zwischen uns erzeugt, der uns beide unbarmherzig mitreißen wird.

Ich fühle mich erschlagen von dieser neuen Erfahrung. Es ist keine Dunkelheit, die Angst oder Unsicherheit birgt, sondern eine Dunkelheit, die die Sinne schärft, die Verbindung zwischen uns verstärkt und die Intensität unserer Gefühle erhöht. Mein Atem beschleunigt sich, eine Mischung aus Nervenkitzel und Verlangen, während ich mich in diesem Spiel von Amir leiten lasse.

Er zieht sich aus meinem Mund zurück und hinterlässt erneut die von einem Prickeln geschwängerte

Stille. Das sind die Momente mit Amir, die unser Band zusammenhalten. Eine Leidenschaft, die unsere Körper verbindet und unsere Seelen miteinander verschmelzen lässt – wenn auch nur für diesen einen Moment.

Leicht verunsichert und gleichzeitig unfassbar gespannt, warte ich darauf, wo Amir mich als Nächstes berühren wird.

Ein Schauder jagt mir über den Rücken, als ich seine Hände an den Seiten meines Strings spüre, der daraufhin heruntergezogen wird. Ich hebe den Po leicht an, um Amir zu helfen. Das Verlangen pulsiert in der Luft zwischen uns, eine Symphonie aus Leidenschaft und Vertrauen, die unsere Herzen in diesem Augenblick vereint. Es ist eine Erfahrung, die meine Sicht auf Intimität neu definiert und eine Woge der Ekstase durch meinen Körper sendet.

Alles Unwohlsein dieses Tages ist plötzlich wie weggeblasen und ich schwelge in wundervollen Emotionen, als ich seine heißen Küsse erneut an den Innenschenkeln spüre. Angespannt halte ich die Luft an und zucke zusammen, als Amirs Zunge meine Klit berührt. Scharf ziehe ich Luft ein, während er mich leckt, und erliege einem inneren Feuerwerk.

Die Küsse enden langsam und sanft. Dieses Spiel mit der erdrückenden Stille gefolgt von heißen Reizen bringt mich an den Rand der Verzweiflung. Mein Atem geht schnell. Mit geschärften Sinnen liege ich, die Hände immer noch bewegungsunfähig, da und bete, dass Amir weitermacht. Bevor ich mir ausmalen kann, womit er mich als Nächstes verwöhnt, spüre ich ein mechanisches Vibrieren direkt an meiner Klit. „O mein Gott!", entfährt es mir und ich meine, durch die Stöpsel ein dunkles Raunen zu vernehmen. „Scheiße", seufze ich, indes mein Körper von einer reißenden Welle der Lust erfasst wird. Nichts zu hören und nichts zu sehen bedeutet, sich zu einhundert Prozent auf den Reiz zu konzentrieren – der nun viel intensiver ist, als ich es mir je vorgestellt hätte. Unsere Leidenschaft ist wie ein Flammenmeer, in dem ich nur zu gern ertrinken möchte.

5. Kapitel

AMIR

Der sanfte Schein des Mondes dringt durch die Fenster, enthüllt die eleganten Konturen ihres Gesichts. Ihr seidiges Haar fällt wie ein Schleier über das Kissen, umrahmt ihre zarten Züge. Ihr Anblick ist purer Genuss für mich. Samira verkörpert eine zeitlose Schönheit, eine Kombination aus äußerer Grazie und einer inneren Stärke, die ihre Ausstrahlung noch verstärkt – erst recht, in diesem Zustand der Ekstase. Ihr Körper bäumt sich vor mir auf, alle Muskeln sind angespannt. Von ihren bebenden Lippen lese ich ab, dass sie kurz davor ist zu kommen, doch das lasse ich nicht zu. Nicht so.

Ich muss grinsen, als ich den Vibrator von ihrer Perle nehme und ihn ausschalte. Es ist an Gemeinheit nicht zu übertreffen, doch ich genieße diese Kontrolle, die ich über sie habe. Eine Kontrolle, der ich nachgehen kann, ohne mich deswegen schlecht zu fühlen, weil ich ihr etwas Gutes, Erlösendes biete: mich – zu meinen Bedingungen, doch mit einem gemeinsamen, schönen Höhepunkt. Doch nur ich entscheide, wie schnell es dazu kommen wird.

Ein quälend süßes Lächeln liegt auf Samiras Gesicht. Dann beißt sie sich auf die Lippe. „Nicht aufhören, Amir. Bitte ...", keucht sie atemlos und ich bin bereit, ihr zu geben, wonach sie sich sehnt.

Mit einem breiten Lächeln voller Gier und Vorfreude im Gesicht entledige ich mich meiner Anzughose und meiner Wäsche. Mein Schwanz ist inzwischen so prall, dass ich es kaum abwarten kann, sie damit auszufüllen und den Druck abzulassen, der sich während des gesamten Abends angestaut hat. Ich reibe langsam meine Härte und gehe um das Bett herum. Es wird heute nicht lange dauern, uns zu erlösen.

Samiras Körper ist bis in den kleinsten Muskel komplett angespannt.

Ich klettere über sie und lecke ihre Perle – kurz und schnell.

Sie zuckt keuchend zusammen. Ihre Beine zittern, doch ich entdecke keine Gänsehaut auf ihrer makellosen Haut.

Scheiße, ich will in sie stoßen! Ich packe Samira bei den Oberschenkeln und ziehe sie so weit zu mir hinab wie es die Handschellen am Kopf des Metallbetts zulassen. Ein Hitzewall erfasst mich, als ich in sie hineingleite. Sie ist so verdammt heiß und feucht. *Der Hammer!*

Sie stöhnt auf, als ich sie ein wenig härter ficke – animalisch, denn das brauche ich verdammt noch mal jetzt. Erst in diesem Moment wird mir bewusst, wie viel Druck sich in mir angestaut hat, den ich abbauen muss, um mich endlich besser und zufrieden zu fühlen.

Unsere Körper verschmelzen in einer Symbiose aus brennender Leidenschaft, die alles um uns herum mit sich reißt. Sich ihr zu widersetzen, wäre zwecklos. Und das will ich auch gar nicht. In diesem Augenblick bin ich dankbar, mich mitreißen und gehen zu lassen.

Samiras Körper bäumt sich erneut auf und dieses Mal erlaube ich, dass sie kommt. Und wie sie kommt. Es scheint, als stürze sie eine Klippe hinab, so intensiv durchlebt sie den Höhepunkt. Die Lust in ihrem Gesicht befriedigt mich zutiefst.

Meine Bewegungen verlangsamen sich, damit sie Zeit hat, durchzuatmen.

„Das war so gut", raunt sie und grinst. „Mehr!"

Das lasse ich mir nicht zweimal sagen. Ich greife über ihren Kopf nach ihren Händen, die sich nicht aus den Fesseln lösen können. Dann streiche ich mit den Fingern ihren Hals hinab und fasse an ihr Kinn. Ihre vollen Lippen erzittern, doch sie lächelt bittersüß. Ich warte einen Augenblick und genieße den Anblick. Die Luft pulsiert mit einer Intensität, die die Grenzen zwischen Realität und Verlangen verschwimmen lässt. Es ist eine Spannung, die so subtil ist, dass man sie kaum greifen kann, aber dennoch so stark, dass sie die Sinne berauscht. Die Intensität steigt, jede Sekunde verstärkt das Feuer, das zwischen uns lodert, und jede Bewegung vertieft die Verbundenheit, die uns durchströmt. Es ist ein Moment der puren Hingabe, in dem unsere Seelen sich miteinander vereinen, und jede Berührung die Sehnsucht nach mehr entfacht.

Mit einem herb-leidenschaftlichen Kuss vereinen wir uns erneut, indes ich unermüdlich zustoße.

Samira stöhnt auf, was ich ihr durch den immer noch währenden Kuss verbiete. Meine Dominanz kann und will ich nicht gänzlich unterdrücken. Nicht im Geschäft und nicht im Bett. Allerdings kann ich mich mit

Samira in einen Zustand versetzen, der mir Entspannung bringt.

Ein Ruck geht durch die Handschellen, die kurz klappern.

„Oh, jaaa", höre ich Samira zwischen unseren Küssen murmeln.

„Das gefällt dir, was?", raune ich und richte meinen Oberkörper ein wenig auf. Ich spüre den unendlichen Druck, dem ich nicht weiter standhalten kann.

Wir stürzen – unabgesprochen – gemeinsam die Klippe hinab und ich genieße diesen Zufall, denn er macht dieses Erlebnis noch intensiver. In mir herrscht ein Feuerwerk von Emotionen, das sich in einem Augenblick entzündet und meine gesamte Existenz erhellt. Ich sehe mich in einem anderen Licht, als ich es bisher tat. In der Leidenschaft zu Samira liegt eine transformative Kraft, die die Welt um mich herum in ein schillerndes Kaleidoskop aus intensiven Gefühlen verwandelt und mir wieder den Amir aufzeigt, der ich bin – und der ich schon immer war. Der mir so fremd geworden ist und den mein tiefstes Bedürfnis nach innerem Frieden so herbeigesehnt hat.

6. Kapitel

JADE

Inselkrankenhaus, Limanossa

Samiras erschrockenes Gesicht, als ich sie am Rand des Wasserfalls das letzte Mal sah, hat sich in meinen Kopf gebrannt. Ich hatte solches Glück, dass Zeuss' Körper meinen Aufprall abgefangen hat. Sonst wäre ich jetzt nicht hier. Doch ich bin es – am Leben.

Der schmale Lichtstrahl, der sich mühsam durch die Jalousien kämpft, fällt gebrochen auf die kahlen Wände des Krankenhauszimmers. Ein dumpfer Geruch nach Moos und feuchter Erde mischt sich mit dem Desinfektionsmittel, das seit Jahren seinen Kampf gegen die Feuchtigkeit verliert. Der Boden aus rissigen Fliesen schürt wachsendes Unbehagen. Ob ich hier eine vernünftige, medizinische Versorgung bekomme? Hoffentlich. Das Krankenhaus in Portland wäre meine erste Wahl gewesen, doch die habe ich hier nicht. Meine Option ist hier zu überleben oder zu sterben. Aber so schlimm ist es gar nicht. Zwar sind die medizinischen Geräte veraltet, aber es wird viel mit alternativer Medizin gearbeitet, was ich gar nicht mal so schlecht finde. Die Krankenschwestern und Crita sind sehr nett und auch der Arzt scheint zu wissen, was er tut. Wie ich erfahren habe, hält er sich nicht ständig auf der Insel auf. Er pendelt zwischen Limanossa und den benachbarten Inseln – je nachdem, wo er gebraucht wird.

In einer Ecke steht ein rostiger Tisch, auf dem ein Stapel vergilbter Zeitungen liegt, überwuchert von der üppigen Vegetation, die durch die löchrigen Fenster hereinsprießt. Mein Bett, dessen Metallgestell vom Rost gezeichnet ist, steht in der Mitte des Raums. Die Matratze ist dünn und durchgelegen, aber die Bettdecke riecht frisch gewaschen und ist nicht allzu warm.

Das Summen der exotischen Insekten draußen im Dschungel wird nur vom gelegentlichen Surren des defekten Ventilators übertönt, der seine besten Tage längst hinter sich hat. Ein dünner Vorhang aus vergilbtem Stoff flattert im sanften Wind, der durch die halb offene Tür streicht.

Ein alter Arztkittel hängt an einem Nagel an der Wand, deren Farbe durch die Feuchtigkeit abblättert.

Trotz der Vernachlässigung und des Verfalls strahlt das Zimmer eine eigenartige Ruhe aus, als würde es seine eigene Geschichte in sich bewahren. Hier haben Leben gerungen und sich verloren, während draußen der Dschungel mit seiner unbarmherzigen Schönheit und Wildheit wartet.

„Langsam, Jade." Critas Stimme ist streng und doch liebevoll, als sie mir hilft, mich aufzurichten. „Du willst mehr, als dein Körper zu leisten in der Lage ist. Vergiss das nicht."

„Crita, ich schaffe das. Ich weiß, du meinst es gut, aber lass mich nur machen." Ich sehe in ihre alten Augen, die erstaunt funkeln, als ich mich aufrichte.

Ich kann das Krankenbett nicht mehr sehen, die von Desinfektionsmittel durchtränkte Luft nicht mehr riechen und das Piepen der Apparate nicht mehr hören. Vorsichtig schiebe ich die Decke von meinen Beinen, die ich über den Rand des Bettes schiebe. Zentimeter für Zentimeter rutsche ich vor, bis ich Boden unter den Füßen spüre. „Siehst du", sage ich stolz. „Es klappt."

„Pass auf. Ich gebe dir Krücken." Critas faltige Hand greift zu den Gehhilfen, die sie mir anreicht. „Und jetzt schön langsam."

Behutsam stütze ich mich ab und mache meinen ersten wackeligen Schritt. Es klappt besser als gedacht, was wahrscheinlich am Schmerzmittel liegt, das ich bekomme.

„Hab ich dir erzählt, wer wieder da ist?", höre ich Crita neben mir und stoppe nach meinem zweiten Schritt.

Obwohl ich die Antwort erahne, drehe ich den Kopf zu meiner mütterlichen Freundin und hebe eine Braue. „Das ist jetzt nicht wahr, oder?" Die Gewissheit scheint mich zu erschlagen, obgleich ich sie vorausgesehen habe. Er ist wirklich zurückgekommen.

Mit einem resignierten Seufzer setzt sich Crita auf einem der knarzenden Besucherstühle und fährt mit den Fingern fahrig über ihren Rock. „Sei nicht sauer auf ihn, Kindchen. Wenn du seine Gründe erst einmal kennst, wirst du ihn verstehen."

„Pfff", stoße ich laut meinen Unmut aus. „Nicht sauer …" Erschöpft, weil mich die Nachricht seiner Heimkehr überfordert, lasse ich den Kopf sinken. Mein blondes Haar fällt mir wirr ins Gesicht. Crita kämmt es mir zwar jeden Morgen, doch ich sehe garantiert aus wie eine Vogelscheuche. „Er hat mich im Stich gelassen."

Stille erdrückt den Raum.

Zum Glück sieht Crita nicht die Träne, die sich den Weg über meinen Nasenrücken bahnt. Die Enttäuschung über sein Verschwinden sitzt immer noch tief. Als ich zu mir kam, war er der Erste, nach dem ich gefragt habe. Er hat mich einfach allein gelassen. Vielleicht hat er befürchtet, ich sei nach dem Sturz nur noch Gemüse und wollte sich der Verpflichtung entziehen, sich um mich zu kümmern. Dabei hätte er das gar nicht gemusst. Oder er hatte Angst, meinen Anblick nicht ertragen zu können. Was auch immer sein Grund war ... er hat mich im Stich gelassen, als ich ihn am meisten brauchte. Das werde ich ihm niemals verzeihen.

„Jade. Das stimmt so nicht. Das weiß ich inzwischen."

„Crita, er kann dir viel erzählen. Er ist feige davongelaufen, als ich ihn am meisten gebraucht habe! Geht man so mit dem Menschen um, den man vorgibt zu lieben?", fauche ich und hebe den Blick. Durch einen dichten Schleier aus Tränen hindurch sehe ich Crita an, die sich langsam von ihrem Stuhl erhebt.

Sie kommt auf mich zu und streicht mir liebevoll die Haare aus dem Gesicht.

Ich kann die Tränen der Enttäuschung nicht länger verbergen und gewähre ihnen den Weg über meine Wangen.

Crita rahmt mein Gesicht mit ihren Händen. „Er hat dich gesehen, als du vom Wasserfall gestürzt bist und das ganze Ufer nach dir abgesucht. Stundenlang. Es war später Abend, als er zurückkam. Das war, als du gerade hierhergebracht wurdest. Miroh konnte deinen Puls nicht fühlen und hat Balian davon berichtet. Er dachte, du seist tot."

In stummem Nachdenken verharre ich, schwer betroffen, während meine Gedanken wie stille Schatten durch mein Inneres wandern.

„Er war so voller Trauer um dich, dass er keinen klaren Gedanken fassen konnte und Rückzug gesucht und gebraucht hat." Crita küsst mich auf die Wange. „Du hättest ihn sehen sollen. Er war so fertig, weil er mit deinem Verlust nicht leben konnte. Er liebt dich aus tiefstem Herzen. Er war völlig schockiert, als er erfahren hat, dass du noch lebst."

Ihre Worte treffen mich in einer markerschütternden Intensität. Meine Gedanken kreisen wie ein stiller Sturm.

„Sei nicht mehr sauer. Du bedeutest ihm sehr viel. Als der Arzt hier im Krankenhaus feststellte, dass du noch lebst, war er längst weg. Niemand konnte ihm Bescheid sagen. Er war ein paar Tage bei Fatir, wollte aber niemanden sehen. Die restliche Zeit ist er durch den Dschungel gezogen. Wir hatten keine Möglichkeit, ihn aufzuklären. Sonst wäre er längst gekommen, um bei dir zu sein."

Trotzig wende ich den Blick ab und kämpfe erneut mit den Tränen. „Wenn dem so ist, Crita ..." Meine Stimme versagt. Ich brauche einen Moment, um mich zu sammeln. „Wenn er jetzt weiß, dass ich lebe. Warum ist er dann nicht hier?", frage ich leise mit gebrochener Stimme.

Crita hakt sich bei mir unter.

Gemeinsam gehen wir zum Bett zurück. Langsam dringt der Schmerz durch. Die Medikamente lassen wohl nach.

„Ich habe Balian gebeten, noch zu warten, bis ich dich darauf vorbereitet habe, dass er wieder hier ist. Du bist noch nicht in der Verfassung, um dich aufzuregen. Ich wollte es dir schonend beibringen. Verstehst du?" Ihre Worte sind mit Bedacht gewählt und sprühen nur so vor Zärtlichkeit.

Nachgiebig stoße ich laut Luft aus. „Ich weiß nicht, was ich davon halten soll. Ich brauche Zeit, um darüber nachzudenken."

„In Ordnung. Nimm dir so viel Zeit, wie du benötigst. Ich werde jetzt gehen. Das Essen wartet. Einer muss ja die hungrige Meute versorgen." Sie kramt in ihrer Tasche, die über dem Stuhl lehnt. „Ich soll dir das hier von ihm geben." Sie legt mir einen grünen Stein auf die Handfläche.

„Was ist das?", will ich wissen und sehe Crita irritiert an.

„Das ist ein Jade-Stein. Er hat ihn gefunden, kurz bevor er zurückkam. Jade wirkt beruhigend und sorgt für Harmonie. Jade schenkt man nur Menschen, die einem wichtig sind." Sie nickt lächelnd und verlässt das Zimmer.

Ich bleibe allein zurück mit dem Stein in meiner Hand, der so groß und rund ist wie eine kleine Teelichtkerze. Mir wird warm ums Herz und ich weiß nicht, ob es der Stein oder der Gedanke an Balians Liebe zu mir ist, der mich seit meinem Unfall wieder lächeln lässt. Ich umschließe den Stein mit meinen Fingern, drücke ihn nah an meine Brust und schließe die Augen. Bilder von Balian und mir schießen wie Feuerwerk durch meinen Kopf. Ich spüre das Gefühl seiner weichen Haut, seinem muskulösen Körper, spüre die Wärme seines Lächelns und die Intensität seiner Augen. Sein Geruch nach Amber und Zedernholz ist um mich und lullt mich zärtlich ein. Erinnerungen an unsere gemeinsamen Zeit im geheimen Schlafzimmer und unseren Spaziergang am Strand dringen aus meinem Unterbewusstsein an die Oberfläche und setzen die Gefühle frei, die ich mir in den letzten Wochen selbst verboten habe. Der Gedanke daran, ihn in der Nähe zu wissen und ihn wiederzusehen, setzen neue Kräfte in mir frei. Kräfte der Heilung und innerer Stärke.

Wenn er mich wirklich liebt, will ich das herausfinden. Aber leicht mache ich es ihm nicht. Strafe muss sein.

Mit einem Lächeln auf den Lippen lehne ich mich zurück in die weichen Laken meines Bettes und genieße den Augenblick der Leichtigkeit und der neuen Hoffnung.

7. Kapitel

SAMIRA

Amirs Appartement, Jakarta

„Ich bin in ungefähr zwei Stunden zurück." Mit einem mulmigen Gefühl trete ich aus dem Bad und halte auf die Garderobe zu, um in meine Schuhe zu schlüpfen. Eigentlich bin ich viel zu früh dran, doch ich bin die Unruhe selbst. Im Appartement hin und her zu tigern, würde nicht nur Amir in den Wahnsinn treiben, sondern auch mich.

„Warte mal", ruft er mir aus dem Wohnzimmer zu, während ich mein braunes Haar zu einem Pferdeschwanz zusammennehme und mit einer Haarspange am Hinterkopf fixiere.

„Ich komme mit." Amir taucht neben mir auf und stemmt die Hände in die Hüfte.

Überrascht fahre ich herum. „Du willst mit zum Gynäkologen?" Forschend blicke ich ihn an, indes ich die Augen immer weiter zusammenziehen. „Das ist ein Frauenarzt."

„Ja. Ich weiß. Ich werde dich trotzdem begleiten."
Ich lehne mich leicht zu ihm vor. „Warum?"

„Weil ich über deinen Gesundheitszustand stets informiert sein will. Nachdem der Allgemeinmediziner nichts herausgefunden hat, es dir aber weiterhin nicht gut geht, bin ich natürlich besorgt.“

„Es wird schon nichts Schlimmes sein“, wehre ich ab und hoffe, dass er nicht etwa glaubt, dass ich schwanger sein könnte.

„Ich meine ja nur. Es könnte ja auch sein, dass du -“

Unvermittelt scheide ich ihm das Wort mit einer Handbewegung ab. „Bin ich nicht. Keine Sorge.“

„Ich meine ja nur.“ Er hebt skeptisch eine Braue und mustert mich – sagt aber nichts weiter. Vielleicht hat er begriffen, dass eine Diskussion mit mir gerade keinen Sinn macht.

Nase rümpfend wende ich mich von ihm ab und steige in meine Sneakers. „Ich kann dir doch auch erzählen, was er gesagt hat. Mir reicht es schon, dass Chalid mir am Hintern klebt.“

Hinter der Tür höre ich ein lautes Räuspern. Offenbar hat er unser Gespräch mit angehört.

„Nichts für ungut, Chalid. Ich weiß, du machst nur deinen Job“, rufe ich und zucke unbeteiligt mit den Schultern.

Amir greift mich am Arm und sieht mich an. Etwas, das ich nicht deuten kann, liegt in seinen Augen.

„Ich möchte allein gehen. Du hast mir versprochen, meine Privatsphäre zu respektieren.“ Ich sehe an ihm herab. Dass er heute ein weißes Hemd trägt, überrascht mich, ist er doch sonst eher dunkel gekleidet. Hat er sich etwa so herausgeputzt, weil er mich ernsthaft begleiten möchte?

„In Ordnung", gibt er schließlich nach. „Ich habe ohnehin noch einen Termin, den ich sonst nach hinten verschoben hätte."

Siehst du, Samira? Von wegen, er hat sich wegen mir ein weißes Hemd angezogen. Pfff. Das war wohl Wunschdenken.

*

Eine Stunde später sitze ich auf dem kühlen, papierüberzogenen Behandlungsstuhl und starre auf die weiße Decke über mir. Ich habe Urin abgegeben und mir Blut abnehmen lassen. Das Summen der Klimaanlage füllt den Raum, während ich auf den Gynäkologen warte. Meine Gedanken rasen, als ich versuche, meine Ängste zu unterdrücken. Mir geht es jedes Mal so, wenn ich bei einem neuen Arzt bin. Doch die Tatsache, dass ich überfällig bin, bereitet mir ernsthaft Sorgen. Ist es der Stress oder bin ich etwa doch ...? Nein, es widerstrebt mir, diesen Gedanken zu Ende zu bringen. Der Blick auf die Uhr wird zu einer Qual, jede Sekunde fühlt sich an wie eine Ewigkeit. Fahrig reibe ich meine schwitzigen Hände. „Das ist der Stress, Samira", murmele ich zu mir selbst.

Endlich tritt der Arzt ein, sein ernstes Gesicht sagt mir, dass die Nachricht, die er mir zu überbringen hat, nicht einfach für mich sein wird. „So, ich habe nun die Ergebnisse der Urinuntersuchung. Diese sind ziemlich eindeutig."

„Okay?"

„Wie es aussieht, sind Sie schwanger." Wir unterhalten uns auf Englisch, seine Worte dringen wie ein Stich in mein Herz und klingen so surreal, dass es mir wie eine fremde Sprache vorkommt. *Schwanger.* Ein Gefühl der Leere breitet sich in mir aus, als ich versuche, die Bedeutung dieser Worte zu begreifen.

„Lassen Sie uns zur Sicherheit einen Ultraschall machen.“

„Ok-ay“, bringe ich zitternd heraus, obwohl mir nicht kalt ist. Mir wird abwechselnd heiß und kalt. *Das kann nicht sein! Das darf nicht sein!*

Einen Wimpernschlag später zeigt er mir den Bildschirm des Ultraschallgeräts, und ich starre auf diesen kleinen, sich bewegenden Körper. Da ist es – dieses winzige Wesen, das bereits ein eigenes, pulsierendes Herz hat. Mein Herz rast, und ich bin angesichts dieser unerwarteten Realität sprachlos.

Ich wollte nie Kinder. Nicht nachdem meine eigene Kindheit so schwierig und von Sorgen geprägt war. Diese Worte hallen in meinem Kopf wider. *Schwanger. Nein, das will ich nicht sein. Nicht jetzt. Nicht auf diese Weise. Und ganz sicher nicht von Amir.*

Amir, dessen Leben ständig von Unsicherheit und Risiko durchdrungen ist. Ich kann mir nicht vorstellen, wie ich ihm das erklären soll. Wie ich das überhaupt jemandem erklären soll. Ich kann es ja nicht einmal selbst begreifen. *Scheiße, er wird mich rausschmeißen, zur Abtreibung zwingen oder sonst was mit mir tun. Ich meine, ich möchte dieses Kind eigentlich selbst nicht. Das Muttersein passt nicht zu mir. Dafür bin ich nicht gemacht. Ich möchte selbst bestimmen, was mit meinem Körper passiert, und ich kann mir nicht vorstellen, dass er das respektiert.*

Eine Welle aus Panik und Verzweiflung überkommt mich. Meine Hände ballen sich zu Fäusten, während ich versuche, meine Tränen zurückzuhalten. Die Zukunft, die ich mir vorgestellt hatte, bricht zusammen. Alles, was ich kannte, alles, was ich plante, verschwindet in diesem Moment der Wahrheit.

Ich schließe die Augen, um dem Wirbelwind meiner Gedanken zu entkommen, aber das Bild dieses kleinen, schlagenden Herzens verblasst nicht. Es ist real. Es ist da. Und es ändert alles.

Nach der Untersuchung verlasse ich die Praxis wie in Trance. Alles rauscht an mir vorbei. Ich bin in meiner eigenen Welt gefangen, die soeben in völliges Chaos gestürzt wurde.

Das Leder des Autositzes fühlt sich kalt an, als ich mich nach dem Termin hineinsinken lasse, und der Klick des Sicherheitsgurtes scheint lauter als gewöhnlich zu sein.

Chalid, ruhig und bedacht wie immer, spürt garantiert die Spannung in der Luft. Sein Blick streift immer wieder über mein Gesicht, seine Augen voller Sorge und ungestellter Fragen. „Samira, ist alles in Ordnung?", erkundigt er sich mit sanfter Stimme, während er vorsichtig in den Rückspiegel schaut, um meinem Blick zu begegnen.

Ich kämpfe gegen die Tränen an, die sich hartnäckig in meinen Augen sammeln, und wische schnell über meine Wangen, um sie zu verbergen. „Es ist nichts, Chalid. Bitte, lass uns einfach fahren."

Sein Schweigen verrät seine Zweifel, aber er respektiert mein Verlangen nach Stille. Die Straßenlichter huschen vorbei, eine flüchtige Erinnerung an die Welt draußen, die so anders ist als die ungewisse Dunkelheit, die sich in meinem Inneren ausgebreitet hat.

Chalid lenkt den Wagen geschickt durch den Verkehr, aber die Spannung in der Luft ist so dick, dass man sie schneiden könnte. Sein Schweigen ist ein sanftes Drängen, aber ich kann nicht darüber reden. Nicht jetzt. Nicht mit ihm.

Stattdessen halte ich mich an den Gedanken fest, dass dieser Moment – meine Entscheidung, meine Zukunft – ein Wirbelsturm ist, der langsam an Stärke gewinnt. Eine ungewisse Reise in ein unbekanntes Land, das ich niemals betreten wollte.

Das Auto kommt schließlich vor Amirs Appartementgebäude zum Stehen, und ich atme tief durch, bereit, mich dem Unausweichlichen zu stellen.

Chalid sieht mich noch einmal an, ein stummer Ausdruck von Verständnis und Unterstützung, bevor ich aus dem Auto steige und dem Schicksal gegenübertrete, das bereits seinen Weg in mein Leben gefunden hat. Mir ist schlecht. Ich habe keine Ahnung, wie ich Amir davon erzählen soll. Ein wenig Zeit für mich werde ich einfordern müssen, um meine Gedanken zu ordnen. Vorher möchte ich niemanden sehen.

Wir steigen die Treppen hinauf und betreten den Tower. Ich hülle mich in eisiges Schweigen, denn meine Gedanken hallen so laut durch meinen Kopf, dass ich mich kaum konzentrieren kann. *Hört dieser Albtraum denn niemals auf?*

Chalid drückt den Knopf, um den Aufzug zu rufen. Als dieser nach wenigen Minuten kommt, gehen wir hinein. Nervös trete ich von einem Fuß auf den anderen und verspüre plötzlich eine beklemmende Enge in meiner Brust.

„Entschuldige, ich muss mal kurz auf die Toilette. Mir ist ganz schlecht", entschuldige ich mich bei Chalid und husche durch die sich schließenden Aufzugtüren.

„Hey, Samira, warte!", höre ich ihn noch hinter mir rufen, doch schon setzt sich der Aufzug in Bewegung.

Ich renne durch das große Foyer zum Ausgang des Towers, stürme die Treppen hinab und renne blindlings die Straße hinunter.

Kleine Regentropfen benetzen mein Haar und verwandeln den Asphalt in ein bizarres Muster. Zwar kenne ich mich hier nicht aus und habe keine Ahnung, wohin, doch ich muss weg. Sofort.

Ich renne den Bordsteinweg entlang und ernte hier und da ein paar neugierige Blicke. Menschen drängen sich dicht an dicht auf dem gepflasterten Weg. Ein irrsinniges Gewusel. „Entschuldigung", sage ich auf Englisch und bahne mir den Weg, bis ich eine Abzweigung entdecke. Schnell biege ich in eine Seitenstraße ein, denn ich bin mir sicher, dass Chalid wieder herunterfahren und nicht ewig vor den Toiletten warten wird.

Mein Orientierungssinn in dieser Großstadt wird ganz schön auf die Probe gestellt. Die Straßenschilder kann ich nicht lesen. Sie erscheinen mir wie Hieroglyphen, was die ganze Sache erheblich erschwert. Doch was will ich überhaupt? Weglaufen? Wo soll ich hin? Fakt ist, ich hätte es keine Minute länger in diesem Tower ausgehalten, in dem ich mich fühle, wie ein eingesperrter Vogel. Ich kenne hier niemanden, habe keinen, dem ich vertrauen kann – außer Amir. Doch was ihn angeht, bin ich immer noch zwiegespalten. Ich wünschte, Jade wäre jetzt hier. Oder Mom. Was würde ich für einen guten Rat oder einfach eine Umarmung von ihnen geben?

Mein verzweifelter Blick scannt die Umgebung ab. In der Ferne sehe ich ein Schild, das dem einer U-Bahn anmutet. Ob ich es dort versuchen soll? Doch wohin soll ich fahren? Zum nächsten Flughafen? Und dann nach Hause? Habe ich überhaupt Geld dabei?

Kalter Wind schlägt mir unbarmherzig um die Nase. Frierend reibe ich mir die Arme. Hätte ich bloß eine Jacke mitgenommen. Ich blicke mich um und entdecke einen kleinen Laden, vor dem eine Stange mit Sweatjacken hängt. Da ich inzwischen vor Kälte und Angst zittere, halte ich auf das Geschäft zu. Gegen die Kälte kann ich etwas tun. Gegen die Angst nicht so leicht.

Der Himmel hat sich verdunkelt und dicke Gewitterzellen haben sich bedrohlich über mir aufgebaut. Es grummelt und grollt bereits in den dunklen Wolken, die sich über meinem Kopf zusammengebraut haben.

Gehetzt renne ich zur Kleiderstange vor dem Schaufenster und greife mir eine schwarze Kapuzenjacke in meiner Größe. Aus dem Augenwinkel nehme ich einen Mann von ungefähr fünfzig Jahren wahr, der die Arme verschränkt haltend im Türrahmen lehnt. Das wird vermutlich der Verkäufer sein.

„Kann ich die anprobieren?", frage ich auf Englisch und halte die Jacke hoch.

Der Mann mustert mich argwöhnisch. Was ist los mit ihm? Komischer Kauz. Vielleicht versteht er kein Englisch.

Als er nichts sagt, deute ich mit dem Finger auf die Jacke.

Schließlich nickt er mir schweigend zu und deutet mit dem Kopf auf das Innere des Ladens.

Die Kapuzenjacke eng an meine Brust gepresst, schäle ich mich an ihm vorbei und trete in den kleinen Shop.

Das neonbeleuchtete Schild flackert träge über der Eingangstür und wirft gespenstische Schatten auf den schmalen Gang. Es ist düster und kalter Zigarettenqualm dringt mich im Kassenbereich entgegen.

Billige Souvenirs, Postkarten und E-Zigaretten mit allen möglichen Geschmacksvarianten stapeln sich links und rechts von mir. Der muffige Geruch von verbrauchter Luft und altem Staub umfängt mich, als ich die düsteren Regale durchquere. Die Kleidung hängt still und leblos an den Metallstangen. Zwischen den abgewetzten Klamotten fühle ich mich wie ein Schatten, unsichtbar und flüchtig. In der Mitte des Ladens stehen weitere Stangen mit offensichtlicher Billigware: Jeans, Jacken, Shirts und Basecaps. Ich greife mir eine beige Cap und verschwinde in einer der Kabinen. Mein Herz pocht vor Aufregung, als ich den Stoff des Vorhangs zuziehe. Schnell schlüpfe ich in die Jacke und ziehe die Kappe auf. Die Zahl auf dem Preisschild ist für mich irrelevant, da ich kein Bargeld dabei habe. Allerdings habe ich neben der Krankenkassenkarte meine Notfallkreditkarte dabei. Das Limit ist allerdings ziemlich beschränkt, umgerechnet 100 Dollar. Genug, um sich ein paar kleine Dinge zu kaufen und zu wenig, um zu fliehen. Wenn ich etwas benötige, so hat Amir gesagt, brauche ich es nur zu äußern und er wird sich darum kümmern.

Ein Türglöckchen bimmelt, als ich die Jacke wieder ausziehe.

Vorsichtig ziehe ich den Vorhang zur Seite und entdecke einen großen Schatten, der durch den Gang schleicht. Zu groß für den Verkäufer, doch genau Chalids Kaliber. Sofort weiche ich zurück und presse mich flach atmend gegen die Kabinenwand. Mein Herz trommelt heftig in meiner Brust. Ich habe eine Scheißangst.

Schritte hallen leise durch den Raum.

Meine Tasche, Jacke und Cap fest umklammert, lege ich den Kopf in den Nacken und schicke ein Stoßgebet in den Himmel. *Bitte, lass es nicht Chalid sein.* Die Augen fest geschlossen, versuche ich mich auf alle Geräusche zu konzentrieren und rauszuhören, was im Ladeninneren passiert. Als es still bleibt, öffne ich die Augen und sehe nach oben. Das Licht einer Leuchtstofflampe flackert und ich vernehme ein leises Summen.

Plötzlich erklingt das Glöckchen erneut. Die Gefahr scheint gebannt, denn ich höre keine Schritte. Nichts.

Erleichtert atme ich durch, doch ich bin mir nicht sicher, ob die Gefahr wirklich gebannt ist. Das wird definitiv Konsequenzen haben, wenn Amir oder Chalid mich finden. Ich fühle mich in dieser riesigen Stadt jetzt schon verloren und weiß noch weniger, wohin mein Weg führen soll. Zurück nach Bali oder in die Staaten? Meine Entscheidung fällt auf meine Heimat. Ich will nach Hause zu meiner Mom. Auch wenn sie denkt, dass wir unsere Reise verlängert haben, macht sie sich sicherlich Sorgen, wenn sie so rein gar nichts von mir hört.

Vorsichtig linse ich durch den kleinen Spalt zwischen Vorhang und Kabine. Mein Bauchgefühl sagt mir, dass die Luft rein ist.

Meine Finger zittern, als ich mich zur Theke begebe. Konzentriert versuche ich, meine Atmung zu entschleunigen. *Ruhe bewahren, Samira. Du schaffst das.*

Der Verkäufer hebt den Blick und fixiert mich kurz, bevor er den Kopf wieder senkt, um seine Zeitung weiterzulesen.

Ich lege die Kreditkarte auf das Lesegerät an der schmuddeligen Theke, ohne ein Wort zu sagen. Er spricht ja schließlich auch nicht. Schweigen wir beide, soll es mir recht sein.

Sein knarzendes Lächeln ist mehr Drohung als Freundlichkeit, als er den Bon aus dem Gerät nimmt und Cap samt der Sweatjacke in eine zerknitterte Plastiktüte steckt. Der Klang der Kasse, dumpf und bedrohlich, begleitet mich, als ich mich eilig aus dem Laden schleiche, zurück in die unsicheren Schatten der Nacht von Jakarta.

Die feuchte Dunkelheit der Gewitterwolken umhüllt Jakarta, als ich die neu erworbene Sweatjacke aus der zerknitterten Plastiktüte ziehe. Der Stoff fühlt sich kühl und trostlos an, aber er verheißt einen Hauch von Unsichtbarkeit, den ich dringend benötige.

Die Regentropfen fallen, groß und schwer, wie Tränen des Himmels, als ich die Basecap tief ins Gesicht ziehe und die Kapuze des Hoodies darüber stülpe. So werden weder Chalid noch Amir mich auf den ersten Blick erkennen. Das gewährt mir einen gewissen Vorsprung.

Die Straßen spiegeln das schummrige Licht der vereinzelten Laternen wider, während ich mich in die schützenden Schatten der Seitenstraßen begebe. *Ich muss schnell hier weg.* Der Regen wird stärker, als ich die

Treppen zur U-Bahn nehme und im Tunnel Schutz vor dem Regen suche. Das Gewitter spielt eine sinistre Melodie und jagt mir einen Schauder über den Rücken.

Die U-Bahn-Station liegt wie ein düsteres Tor zur Freiheit vor mir, beleuchtet von einem kalten, fahlen Licht. *Los, Samira. Weiter. Jeder Stopp kostet wertvolle Zeit.*

Die nebligen Scheiben der Automaten spiegeln mein verängstigtes Gesicht, als ich meine Fahrkarte kaufe und mich durch das quietschende Drehkreuz zwänge. Die Bahnsteige sind fast leer. Hier und da stehen Rentner oder Menschen im Anzug mit Handy am Ohr. Niemand beachtet mich.

Mein Bahnsteig ist der leerste. Unweit von mir steht ein älterer Herr, doch dieser wendet sich zum Gehen ab und zieht seiner Wege. Da stehe ich nun – allein. Nur das monotone Rauschen des Regens und das ferne Grollen des Gewitters durchbrechen die Stille, die mich umgibt. Ein paar Meter neben mir plätschert Regenwasser wie ein kleiner Wasserfall aus einem Schacht. Wie in Trance starre ich darauf und denke an Jade. Die Bilder ihres Unfalls gehen mir nicht mehr aus dem Kopf.

Ein lautes Quietschen holt mich ins Hier und Jetzt zurück. Die Gleise heulen auf und kurz darauf kommt die Bahn zum Stehen.

Hektisch blicke ich mich um. Niemand ist zu sehen. Keine Verfolger weit und breit. Meine Anspannung hält sich trotzdem. Schnell husche ich zwischen die sich öffnenden Türen. Ich finde einen einsamen Platz im letzten Wagen, klammere mich an den harten Kunststoffsitz. Die U-Bahn setzt sich langsam in Bewegung. Das Quietschen der Gleise hallt durch den Tunnel, der Waggon schaukelt seicht und ich kann das erste Mal wieder durchatmen.

8. Kapitel

AMIR

Amirs Appartement, Jakarta

„Sie ist was?!" Brodelnd baue ich mich vor Chalid auf, der sichtlich zusammenzuckt. „Wie konnte das passieren?!"

„Sie sagte, ihr sei schlecht. Sollte ich sie zwingen, vor allen Leuten in den Aufzug zu kotzen?", verteidigt sich mein Partner, der auf ganzer Linie versagt hat. „Du hast gesagt, ich soll Rücksicht auf sie nehmen."

„Aber doch nicht so! Du bist so ein Idiot! Warum hast du sie nicht zu den Toiletten begleitet?", zische ich und tigere auf dem überdachten Teil der Dachterrasse hin und her, während im Hintergrund unaufhörlich Regen herunterprasselt.

„Soll ich sie suchen?", schlägt Chalid vor und tritt neben mich.

„Und wo willst du das tun?" Ich halte auf die Brüstung zu und sehe über die Jakarta-Skyline, über der ein kräftiges Gewitter tobt. Es gießt wie aus Eimern. „Sie könnte überall sein."

„Ich trommele ein paar unserer Leute zusammen. Wir finden sie."

„Das reicht mir nicht. Ich suche mit", entgegne ich entschlossen und greife an den Knoten meiner Krawatte, der merklich eng geworden ist. Unfassbar, wie fahrlässig Chalid sich verhalten hat. Ich dachte, ich könnte mich auf ihn verlassen. Dass er auf sie aufpasst – so wie im Dschungel. Dass er das nicht getan hat, ist mehr als enttäuschend.

Zwanzig Minuten später fahren zehn dunkle SUVs vor dem Tower vor. Schwer bewaffnete Suchtrupps mit Spürhunden und die besten Männer mit Spezialausbildung. Wenn sie Samira nicht finden, wird es niemandem gelingen.

Ungeduldig steige ich ein und nehme auf einem der Ledersitze auf der Rückbank Platz.

Lauthals setzt sich der Wagen in Bewegung.

Die Regentropfen prasseln laut gegen die Fensterscheiben des SUVs, als ich mich angespannt in den Ledersitz presse. Nervös drehe ich den Siegelring an meinem Finger hin und her und vermeide es, Chalid anzusehen. Ihm habe ich das alles zu verdanken. Wenn wir Samira nicht finden oder ihr oder dem Kind etwas passiert, werde ich ihn persönlich mit den Füßen voran in einen Eimer stemmen und in Beton gießen, um ihn dann von Bord der *Infinite Horizon* zu werfen. Chalid kennt die Regeln des Darmawan-Syndikats. Er sollte es besser wissen.

Das dumpfe Grollen des Gewitters vermengt sich mit dem dröhnenden Motorenlärm. Um mich herum sitzen meine Männer. In der Dunkelheit ihrer Gesichter spiegelt sich die Ungewissheit darüber, ob wir Samira rechtzeitig finden werden.

Die Stadt Jakarta verschwimmt in einer Mischung aus Neonlichtern und plötzlichen Blitzen, die den Himmel für einen kurzen Moment erhellen. Wenn ich mir vorstelle, dass Samira bei diesem Wetter durch die Straßen irrt ... nicht auszudenken, was passieren könnte. Der Asphalt ist von einem feuchten Schleier überzogen, der die Häuser in gespenstische Schatten taucht.

Die Luft ist dick vor Spannung, während der SUV durch die nächtlichen Straßen pflügt. Der Lärm der Stadt wird von der bedrohlichen Stille unterbrochen, die zwischen den Blitzlichtern und dem Donnern des Gewitters liegt. Meine Finger verkrampfen sich und meine Gedanken rasen schneller als die Räder des Fahrzeugs.

„Amir, wir werden sie finden", flüstert Chalid neben mir, der Blick fest auf die Straße gerichtet.

Ich nicke, ohne die Augen von der regennassen Fahrbahn zu nehmen. Der Druck in meiner Brust verstärkt sich, als wir tiefer in das Herz der Stadt vordringen.

Die Dunkelheit umhüllt uns, und die schmalen Gassen werden enger. Unser SUV schlängelt sich durch die finsteren Straßen, vorbei an verlassenen Gebäuden und schattenhaften Figuren, die sich im Dunkeln verbergen. Jeder Augenblick, der verstreicht, fühlt sich an wie eine Ewigkeit. Ich hoffe und bete, dass wir Samira finden. Gesund und wohlauf. Ich werde ihr keinen Vorwurf machen, dass sie weggelaufen ist, sonst werde ich sie nur noch mehr vergraulen. Es geht hier schließlich um mein Kind.

Ich male mir aus, wie ich sie in einer dunklen Straße finde, verletzt, womöglich von einer Bande Krimineller überfallen ... schnell schüttele ich diese Bilder von mir, bei deren bloßen Gedanken sich Gänsehaut auf meinen Körper legt.

Als ich aufschaue, trifft sich mein Blick mit dem von Chalid.

Sein Blick, normalerweise voller Selbstvertrauen, wandert nervös von einer Ecke des Wagens zur anderen, als ob er versucht, sich vor dem unsichtbaren Richter zu verstecken. Die Schultern hängen leicht nach unten, als trage er das Gewicht seiner Fehlentscheidung mit sich herum. Die Lippen sind zu einem dünnen Strich zusammengepresst, und sein Kiefer scheint vor Anspannung zu malmen. Seine Augen reflektieren die inneren Konflikte, die ihn plagen. Die Hände, die sonst sicher und stark wirken, falten sich nervös ineinander.

Er sagt nichts, doch ich kann seine Gedanken beinahe hören.

Ein leiser Seufzer entringt sich meiner Brust, und man kann förmlich spüren, wie ich gegen die Geister kämpfe, die mich heimsuchen. „Wir finden sie", spreche ich leise, mehr zu mir, als zu ihm.

„Unverletzt", schiebt er nach und nickt mir zu, um mich aufzubauen.

„Unverletzt", wiederhole ich seine Worte und wünsche mir nicht mehr, als das sie der Wahrheit entsprechen.

„Ich denke, sie wird vielleicht den Bahnhof oder Flughafen aufsuchen", wirft Chalid ein. „Hat sie Bargeld oder die Kreditkarte dabei, die du ihr gegeben hast?"

„Nicht, dass ich wüsste. Für den Arztbesuch hatte sie ihre Krankenkassenkarte mit ... eine Kreditkarte wäre mir aufgefallen. Ich habe aber nicht explizit danach gesucht", gebe ich zerknirscht zu und verfluche mich nun im Nachhinein dafür. Mir war es wichtig, Samira ein paar Freiheiten zu lassen, um ihr Vertrauen zu gewinnen. Dass ich das nicht kann, hat sie mit dieser Aktion deutlich gemacht.

„Ich lasse alle getätigten Zahlungen nachprüfen. Aber ich glaube nicht, dass es von Anfang an ihr Plan war, abzuhauen", bemerkt Chalid, durch dessen Gesicht die Schatten und Lichter der Straßen ziehen.

Nachdenklich hebe ich eine Braue in die Stirn. „Sondern?"

„Vielleicht hatte sie einfach Panik."

„Panik?"

„Ja. Sie war total komisch, als sie die Praxis verlassen hat. Ich weiß ja nicht, was der Doc gesagt hat. Vielleicht ist sie ja schwanger ..." Chalid lacht ungläubig auf und erntet einen bitterbösen Blick.

Plötzlich weiten sich seine Augen. „Nein."

„Doch", seufze ich. „Deswegen müssen wir sie so schnell wie möglich finden."

„Verdammte Scheiße! Das gibt's nicht." Plötzlich hält Chalid inne. „Moment mal. Sie war doch noch gar nicht bei dir, um es ..." Er stoppt erneut. „Du wusstest es schon?"

„Ja", gebe ich mit einem tiefen Seufzen zu. „Und du könntest recht haben. Sie könnte Panik bekommen haben. Wahrscheinlich irrt sie jetzt durch irgendwelche abtrünnigen Straßen und -"

„Jetzt mal den Teufel nicht an die Wand, Amir. Wir finden sie."

„Hoffentlich."

Chalid presst merklich die Lippen aufeinander, als wolle er sich verbieten, seine Gedanken laut auszusprechen.

„Was?", will ich wissen und mustere ihn scharf.

„Nichts, Amir. Ich habe nur über etwas nachgedacht."

„Nun sag schon."

„Was sagst du denn dazu?" Verlegen weicht er meinem Blick aus und reibt sich mit einer Hand den Bart. „Ich meine ... Weißt du schon was ... also ... Was soll mit dem Kind passieren?"

Diese Frage stellt sich mir nicht. „Sie wird es behalten", entgegne ich entschieden. „Es ist mein Kind. Ich will, dass sie es behält."

„Glaubst du, sie will es nicht?"

„Ich habe keine Ahnung. Was das angeht, kann ich sie nur sehr schwer einschätzen. Aber eines steht fest ... Es ist mein Kind und ich werde dafür kämpfen."

Chalid untermauert meine Aussage mit einem Nicken.

Ein Blitz zuckt hell leuchtend am dunklen Himmel auf. Der Donner lässt nicht lange auf sich warten und grollt laut krachend hinterher.

„Und dieser Kampf, Chalid ... der beginnt jetzt."

9. Kapitel

BALIAN

Limanossa, Bali

Selten war ich so nervös wie auf dem Weg zu Jade. Sie hat ihr Zimmer im Anwesen wieder bezogen. An ihrer Stelle hätte ich das Krankenzimmer auch nicht mehr ertragen. Meine Schritte sind schwer, als ich über den Flur laufe und vor ihrer Tür stehen bleibe. In der Hand halte ich einen Strauß mit exotischen Blumen – kitschig, ich weiß, allerdings wollte ich nicht mit leeren Händen kommen. Es fällt mir schwer, ruhig zu bleiben, ich muss mich sammeln.

Ich hebe die Hand zum Klopfen, doch verharre einen Augenblick. Was, wenn sie mich nicht sehen will? Wenn sie nicht versteht, warum ich gehen musste? Wenn wir nie wieder zusammenfinden? Ich seufze. Die Hoffnung ist stärker, als meine Angst, zurückgewiesen zu werden. Jade bedeutet mir so viel. Mehr als ich je gedacht habe. Ich musste erst den Schmerz spüren, als ich dachte, dass ich sie verloren habe, um zu realisieren, wie sehr ich sie im tiefsten Inneren liebe. Schließlich lasse ich die Handknöchel gegen das Türblatt gleiten.

„Herein." Jades Stimme jagt mir einen Schauer über den Rücken.

Ehrfürchtig betrete ich das kleine, abgedunkelte Zimmer. Es ist leer. Die Terrassentür steht offen und der weiße Vorhang weht verspielt herein. Jeder Schritt kommt mir vor, als hätte ich neben der Fessel noch Blei an den Füßen. Ich trete über die Schwelle nach draußen und kneife vom Sonnenlicht geblendet die Augen zusammen. Als ich das Licht wegblinzele, entdecke ich Jade.

Sie sitzt zurückgelehnt in einem Rattansessel auf einer kleinen Terrasse. Sie hat das Gesicht der Sonne zugewandt, die ihre zarten Züge sanft umspielt. Trotz des Unfalls strahlt sie eine Aura der Ruhe aus, als hätte der Dschungel selbst seine heilenden Kräfte über sie ausgegossen oder der Jadestein, den ich ihr durch Crita habe zukommen lassen, wirkt Wunder. Eine Tasse Tee steht auf dem kleinen Tisch vor ihr, dampfend und einladend, als hätte sie auf meine Ankunft gewartet. Das blonde Haar fällt ihr in Wellen über die Schulter und ich habe den Eindruck, dass diese Frau immerzu perfekt aussieht – egal, wie schlecht es ihr geht. Für mich ist sie ohnehin perfekt.

„Wie geht es dir?", kommt es mir nur leise über die Lippen, da ich den friedlichen Anblick nicht stören will.

Jade hält sich die Hand über die Brauen und sieht zu mir auf. „Es geht mir besser. Danke der Nachfrage. Und dir?"

„Das freut mich. Ehrlich, Jade. Mir geht es jetzt auch besser, wo ich weiß, dass du noch lebst."

Mit der Hand weist sie auf einen der anderen Sessel. „Setz dich oder hast du vor, gleich wieder wochenlang im Dschungel zu verschwinden?", schiebt sie scharf hinterher.

Mir war klar, dass sie noch sauer ist. Ich beuge mich vor und sehe sie an. Die Worte liegen wie Funken auf meiner Zunge. „Es tut mir leid, Jade. Ich wollte dich nicht allein lassen", falle ich mit der Tür ins Haus.

Jade sieht mich einfach nur an.

Sag doch was, verdammt! Schrei mich an oder was auch immer, aber sieh mich nicht so an!

„Das hast du aber", entgegnet sie schließlich. Ihre Augen sind leicht glasig. Sie muss immer noch sehr verletzt sein. „Du hast mich im Stich gelassen."

„Ich weiß. Aber mehr, als mich aufrichtig zu entschuldigen, kann ich nicht. Vergangenes lässt sich leider nicht rückgängig machen."

Das Schweigen zwischen uns wird von der Schwüle der Luft durchdrungen, und ich kann deutlich spüren, wie sich die Spannung auf der Terrasse verdichtet.

Jades Blick bleibt auf die Baumkronen fixiert, aber ich kann die Unzufriedenheit in ihrem Gesicht erkennen, wie eine leise Dunkelheit, die hinter ihrer ruhigen Fassade lauert. „Balian", beginnt sie zögerlich, ihre Worte sind wie der erste Tropfen Regen vor einem Sturm. „Du warst nicht da, als ich dich am meisten gebraucht habe." Die Worte hängen schwer in der Luft, und ich spüre den Stich der Enttäuschung tief in meinem Inneren. Sie muss so gelitten und sich allein gelassen gefühlt haben. Trotzdem möchte ich, dass sie mir glaubt und sich genauso in meine Lage versetzt.

„Jade, ich weiß. Aber ich dachte, du wärst tot, verdammt! Hast du eine Ahnung, wie ich mich gefühlt habe?!", platzt es unverfroren aus mir heraus, weil mich ihre Reaktion zunehmend frustriert. Es kann nicht immer nur um sie gehen. Als Jade zusammenzuckt, räuspere ich mich. „Tut mir leid. Es war eine wahnsinnig schwere Zeit – für uns beide", versuche ich sie zu beschwichtigen, aber meine Worte klingen hohl, selbst in meinen eigenen Ohren. Die Dschungelgeräusche um uns herum scheinen zu verstummen, als würde die Natur selbst auf das Unausgesprochene lauschen.

Ihr Blick trifft meinen, und in ihren Augen liegt ein verletzter Schatten. „Du kannst nicht einfach zurückkommen und erwarten, dass alles so ist wie zuvor", sagt sie mit einer eisigen Klarheit.

„Ich weiß, ich hätte da sein sollen", gestehe ich, meine Worte sind ein Flüstern, das von der feuchten Hitze verschluckt wird. „Wenn ich nicht so lange untergetaucht wäre ... Aber ich kann es nicht ändern." Ein Gefühl der Hilflosigkeit breitet sich in mir aus, und ich merke, wie sich der Rattansessel unter mir wie ein Gefängnis anfühlt.

Jade seufzt, ein Klang voller resignierter Traurigkeit. „Manchmal sind Entschuldigungen nicht genug", sagt sie leise und verzieht das Gesicht, als würden ihr die Worte Schmerzen zufügen. „Es geht nicht nur um den Moment, Balian. Es geht auch um das, was danach kommt."

Die Worte hängen wie ein Gewitter in der Luft. Der Dschungel um uns herum scheint seine eigene Klage anzustimmen, während ich mich in einem undurchdringlichen Dickicht aus Reue und Enttäuschung verliere.

„Mir war das alles einfach zu viel." Unmut breitet sich in mir aus, bei dem Gedanken an das, was ich vor ihrem

Unfall über sie und Nero erfahren habe. Ich kenne die Wahrheit immer noch nicht.

Als nun sie es ist, die sich fragend vorlehnt, weiche ich zurück. „Was – *alles*?", fragt sie.

„Nun ja, der Unfall … und die Sache mit Nero."

Stille.

Selbst das fröhliche Vogelgezwitscher wirkt nun unangenehm.

Jades Kiefer malmt, sie schweigt. In ihr brodelt es, das sehe ich ihr an. In mir sieht es nicht besser aus.

Ich habe mir mehr von diesem Zusammentreffen erhofft, als dieses vorwurfsvolle Gespräch.

„Glaubst du diesem Lackaffen etwa immer noch?" Ihr pikierter Gesichtsausruck trifft mich wie tausend Nadelstiche ins Herz.

Fuck, ich wollte das nicht sagen. „Jade, ich …", setze ich an, um mich zu entschuldigen, doch sie hebt stoppend die Hand.

„Balian, geh einfach. Danke für deinen Besuch", sagt sie schließlich mit einer Mischung aus Enttäuschung und Selbstschutz.

Völlig perplex starre ich sie an. Der Blickkontakt zwischen uns ist schmerzhaft intensiv, und ich merke, wie ich den letzten Rest meiner Hoffnung verliere. „Jade, bitte …", beginne ich, aber ihre Hand hebt sich in einer stillen Geste, die mich zum Schweigen zu bringen. Ich begreife, dass Worte jetzt nur noch mehr Wunden reißen würden.

Die Kälte, die sich zwischen uns ausbreitet, ist nicht auszuhalten. Ich erhebe mich, mache auf dem Absatz kehrt und verlasse die Terrasse.

Als ich durch ihr Zimmer schreite und die Hand auf die Türklinke lege, höre ich von draußen ein Schluchzen. Kurz halte ich inne. Es macht mich wütend, dass sie mich nicht versteht und ich wie der Buhmann dastehe. Schließlich war sie mit Nero fast …

Was habe ich mir dabei gedacht? War doch klar, dass das nach hinten losgeht. Bin ich überhaupt bereit für eine Versöhnung oder hat mich allein das schlechte Gewissen hierhergeführt? Mein Mitgefühl für Jade ignorierend, drücke ich die Klinke herunter und verlasse den Raum noch deprimierter, als ich ihn betreten habe.

10. Kapitel

SAMIRA

Untergrund, Jakarta-City

Die U-Bahn nimmt an Fahrt auf, und das monotone Rattern der Räder wird von den Wänden des dunklen Tunnels widergespiegelt. Ein kurzer Moment der Einsamkeit breitet sich aus, während ich mich in den klapprigen Kunststoffsitz lehne und versuche, meine Gedanken zu sortieren. Ich sehe durch das mit Graffiti besprühte Fenster in die an mir vorbeirauschende Dunkelheit. Der Wagen schaukelt leicht hin und her, was mich dazu verleitet, die Augen für einen Moment zu schließen und einfach mal durchzuatmen. Allerdings ist es schier unmöglich, das Chaos in meinem Kopf zu bändigen.

Die Bahn bremst ab und erneut höre ich die Gleise. Neugierig öffne ich die Augen und behalte den Einstieg im Blick.

An der nächsten Station öffnen sich die Türen mit einem zischenden Geräusch, das mich zusammenfahren lässt.

Drei Männer von bedrohlicher Statur und Größe steigen ein. Sie tragen Pullover mit Kapuzen, die sie tief ins Gesicht gezogen haben. Ihre Gesichter sind von düsteren Schatten umhüllt. Die Atmosphäre wird dichter, als sie sich langsam durch den Wagen bewegen. Obwohl ich ihre Gesichter aus der Ferne noch nicht erkennen kann, spüre ich, dass ihre Blicke auf mich gerichtet sind. Sie durchbohren mich, was unvermittelt dazu führt, dass sich alle Härchen meines Körpers aufstellen.

Die sind mir ganz und gar nicht geheuer. Ein Kribbeln des Unbehagens überläuft meine Haut, als sie näher kommen. Ihre Schritte hallen dumpf im Wagen wider, während ich versuche, meine Nervosität zu verbergen. Mir ist, als würde ich den Kopf in ein Wespennest stecken und es sich nur noch um Sekunden handeln, ehe sie auf mich losgehen.

Die Gesichter der Männer bleiben im Dunkeln verborgen, und ihr Schweigen wirkt bedrohlich in der Stille des Wagens.

Ich ziehe die Cap tiefer ins Gesicht und schlage den Kopfausschnitt meines Hoodies noch ein Stück nach oben. Angsterfüllt versuche ich bestmöglich, mich unsichtbar zu machen.

Die Männer verweilen kurz in meiner Nähe, bevor sie sich auf freie Plätze setzen, von denen sie mich immer noch im Blick haben.

Meine Sinne sind geschärft. Mein Blick wachsam, wie der eines Wachhundes.

Einer von den Männern trägt ein Messer bei sich, das unter dem Hosenbein hervorblitzt, als er das Bein anwinkelt. *Scheiße.*

Ein eisiger Schauer durchfährt meine Wirbelsäule, und mein Herz beginnt schneller zu schlagen. Panik kriecht mir langsam unter die Haut, während ich mich entscheide, an der nächsten Station auszusteigen. Der Weg an den unheimlichen Gestalten vorbei, wird dabei mein Schwerster sein. Gedanklich gehe ich ihn immer wieder durch. Jedes Mal, ohne sie anzusehen. Den Blick starr geradeaus oder flüchtig über den Boden gleitend. Doch wie ich es auch anstellen möchte – in meiner Fantasie endet der Weg immer damit, dass sie mich ansprechen werden. Und das wird, weiß Gott, nichts Gutes heißen.

Meine Hände sind bereits schwitzig, als sich die Dunkelheit langsamer an den Fenstern vorbeizieht. Die Anzeigetafel, schlägt um, doch auch das kann ich nicht lesen.

Zweifel überfallen mich. *Hoffentlich komme ich heil hier raus. Ich wäre besser nicht weggelaufen. Vielleicht hätte ich einfach mit Amir sprechen sollen. Wer weiß, vermutlich würde er diese Nachricht besonnen aufnehmen. Immerhin hat er sich in der letzten Zeit sehr um mich bemüht. Warum sollte es jetzt anders sein? Andererseits ... vielleicht sperrt er mich dann in einen goldenen Käfig – für immer.* Bangen und die quälende Unwissenheit nagen wie ein Rudel Ratten an mir. Es nützt alles nichts. Ich muss hier raus – lebend.

Als die U-Bahn mit quietschenden Bremsen an der Station zum Stillstand kommt, zögere ich nicht einen Moment länger. All meinen Mut zusammennehmend, springe ich ruckartig auf und stürze an den Männern vorbei zu den sich öffnenden Türen. Aus dem Augenwinkel beobachte ich, wie einer von ihnen den Kopf hebt, und spüre bohrende Blicke in meinem Rücken. Jetzt gibt es kein Zurück mehr. Ich muss mich beeilen.

Schwüle Gewitterluft schlägt mir ins Gesicht, als ich auf den Bahnsteig springe. Die Basecap tief ins Gesicht gezogen, eile ich in strammem Marsch den Bahnsteig entlang. Zum Glück ist dieser nicht leer. Zwischen den vielen Passanten kann ich leichter untertauchen. Mir schlägt das Herz bis zum Hals, als ich mich vorsichtig nach hinten umsehe. *Shit! Shit! Shit!* Meine Flucht ist nicht unbeobachtet geblieben.

Die Männer in den Kapuzenpullis folgen mir im hastigen Schritt. Ihr bedrohlicher Schatten wird länger, als sie die Türen den Bahnsteig nur wenige hundert Meter hinter mir passieren.

Ein kalter Wind trägt den Klang ihrer Schritte zu mir herüber, als ich durch die Menschenmenge auf dem Bahnsteig schlüpfe, verzweifelt nach einem Ausweg suchend. Ich renne die Haupttreppe vor mir hinauf. Die Stufen sind nassgetreten und rutschig. Ich dränge mich an ein paar Passanten vorbei, indes ich immer wieder panisch hinter mich sehe, und tauche schließlich in die regennasse Nacht von Jakarta ein.

Die Neonlichter der Stadt verschwimmen vor meinen Augen. Der pulsierende Regen und die unsichere Dunkelheit verschlucken meine Schritte, während ich durch die verschlungenen Gassen flüchte, die Männer immer dichter hinter mir.

Ihre Schritte hallen wie ein todbringendes Echo.

Warum bin ich nur so dumm gewesen, wegzulaufen? Warum habe ich mich von meinen Emotionen leiten lassen? Scheiße, Samira, was machst du für Sachen?

Die Sweatjacke klebt an meinem Körper, und meine Lungen brennen vor Anstrengung, während ich mich durch die nächtlichen Schatten dränge, auf der verzweifelten Suche nach einem Versteck vor der Bedrohung, die mir auf den Fersen ist.

Als ich um eine Ecke biege, trifft mich der Schlag. Eine Sackgasse. *Verdammt! Das ist das Ende!*

Die Sackgasse wirkt wie ein finsteres Labyrinth, dessen Wände mich erdrücken. Mein Herz hämmert in meiner Brust, als ich in dem ausweglosen Gang stehe. Der Regen prasselt unaufhörlich auf mich nieder, meine Kleidung klammert sich an meinen Körper, während die Dunkelheit, die nur durch einzelne Laternenlichter durchbrochen wird, mich verschluckt.

Hinter mir erklingen laute Männerstimmen. Lachend.

„Hi Sayang. Kemana kamu pergi?", ruft jemand deutlich in meine Richtung, doch ich verstehe nicht, was die Worte bedeuten. Die Tonalität lässt mich allerdings auf nichts Gutes schließen.

Langsam drehe ich mich um, während der Muskel in meiner Brust zu zerspringen droht.

Die drei Männer mit den dunklen Kapuzen stehen knapp zehn Meter von mir entfernt und haben die Blicke wie Waffen zielsicher auf mich gerichtet. Das Licht der spärlichen Laternen zeichnet düstere Konturen auf ihre Gestalten, während der Regen die Szene in eine surreale Unwirklichkeit taucht.

Die Sackgasse wird von einem grellen Blitz erhellt, als einer der Männer langsam die Kapuze herunterzieht und sein Gesicht enthüllt. Ein kahlrasierter Kopf, vom

Scheitel bis zum Kinn mit düsteren Tätowierungen bedeckt, wird sichtbar. Die Wangenknochen, die auf einer Seite von einer breiten Narbe durchzogen werden, treten hervor. Die fleischige Narbe mutet an, als habe jemand ihm das Gesicht aufschlitzen wollen. Seine verkniffenen Augen verleihen seinem Blick eine gefährliche Intensität. Der Regen rinnt über die tätowierte Haut, die das Bild von Gewalt und Geheimnissen trägt. „Ayo bersenang-senang!", sagt er und schnalzt brünstig mit der Zunge. Seine Stimme klingt tief und rau, durchtränkt von Grausamkeit.

Die beiden anderen Männer fixieren mich schweigend. Ihre Anwesenheit verstärkt die beklemmende Atmosphäre in der regennassen Sackgasse. Sie wirken wie Schatten neben dem Mann, der sich zu erkennen gegeben hat. Das muss wohl der Anführer sein.

„Ich verstehe Sie nicht", rufe ich auf Englisch und sehe mich panisch nach einem möglichen Fluchtweg um, allerdings gibt die Sackgasse keinen Ausweg preis.

Die Mauern der Umklammerung scheinen sich zu verengen. Der Regen prasselt unaufhörlich auf uns nieder.

Der Mann antwortet mir nicht. Er sieht mich einfach nur an. Ausdruckslos und kalt.

Fuck! Verdammte Scheiße!

Die unheilvolle Stille wird nur von meinem hastigen Atem durchbrochen. Mein Blick huscht von einer dunklen Ecke zur nächsten, doch jede Hoffnung auf Rettung verblasst.

Der Glatzkopf setzt sich in Bewegung und hält in großen Schritten auf mich zu.

O Gott! Das war's! So wie der aussieht, werden die mich erst vergewaltigen und dann abstechen! Rückwärtsgehend lasse ich ihn nicht aus den Augen, während mein Herz sich beinahe überschlägt. Meine Beine fühlen sich wie Gummi an und ich kann den Boden unter den Füßen nicht mehr richtig spüren. Tränen schießen mir in die Augen, doch ich lasse nicht zu, dass sie sich den Weg über meine Wangen bahnen. Schnell wische ich sie weg und stoppe unvermittelt, als ich an meinem Rücken einen Widerstand spüre. Die Mauer, die mir den Fluchtweg versperrt, ist direkt hinter mir. *Ich werde sterben! Hier in dieser dreckigen Gasse!* Ich habe das Gefühl zu ersticken, denn mein Brustkorb schnürt sich merklich zu.

Der Anführer hat mich fast erreicht.

Ich bin kurz davor, resignierend die Augen zu schließen und mich meinem Schicksal hinzugeben, als die beiden anderen Männer zeitgleich mit dem lauten Gebell von Hunden aufschreien. Der Glatzkopf reißt den Kopf herum und wird einen Wimpernschlag später vom aufgerissenen Maul eines riesigen Dobermanns erfasst und zu Boden gerissen. Vier weitere stürzen sich auf die Männer. Mit ihren kupierten Ohren, den Stachelhalsbändern und ihrer imposanten Körpergröße wirken sie wirklich beängstigend. Doch irgendetwas sagt mir, dass sie mich nicht angreifen werden. Dass sie zu meinem Schutz hier sind. Solche Hunde habe ich zuletzt auf der *Infinite Horizon* gesehen.

Amir. Ob er hier ist? Ob das seine Hunde sind? Die Fragen in meinem Kopf überschlagen sich.

Plötzlich hallen weitere Männerstimmen durch die dunkle Gasse. Gefolgt von energischem Hundegebell.

Ich atme viel zu hektisch, sodass alles um mich herum beginnt sich zu drehen.

Ein weiterer Blitz zuckt, begleitet von einem ohrenbetäubenden Donner.

Erschrocken kneife ich die Augen zusammen. Als ich sie wieder öffne, erblicke ich eine Gestalt unweit von mir.

Ein weiterer Blitz zuckt. Dieses Mal ist der Donner noch lauter.

Es kommt mir wie eine surreale Szenerie vor, als ein Mann im dunklen Anzug auf mich zuhält. Sein Blick ist streng auf mich gerichtet. Unbehelligt geht er an den Hunden vorbei, die sich zähnefletschend einen erbitterten Kampf mit den unheimlichen Kapuzen-Männern aus der U-Bahn liefern.

Ich japse nach Luft, denn der Kloß, der sich binnen Sekunden in meiner Kehle gebildet hat, ist erstickend groß geworden. Mir ist heiß und kalt gleichzeitig. Der Regen klatscht mir unaufhörlich ins Gesicht und die schwüle Luft, getränkt mit dem modrigen Geruch von altem Wasser und überlaufenden Abflüssen, mischt sich in die Atmosphäre – verstärkt durch den starken Regen, der die dunklen Gassen hinabströmt.

Das Gewitter erreicht seinen Höhepunkt, der Himmel zerreißt sich in einem blendenden Blitz, der die Umgebung für einen kurzen Augenblick in grelles Licht taucht. Dann verschluckt die Dunkelheit abermals die Szenerie.

Die Augen des Mannes ruhen immer noch auf mir und brennen sich spürbar in meine. Als er ins Licht einer der Laternen tritt, füllen sich meine Lungen mit Feuer. Eine Welle der Panik erfasst mich und ich kann nichts weiter tun, als meinen Beinen nachzugeben und in Richtung Boden zusammenzubrechen.

Amir sagt kein Wort – sieht mich einfach nur an. Der Mund ist geschlossen, die Augen konzentriert und starr auf mich gerichtet. Frei von irgendwelchen Emotionen. Er gibt mir keinerlei Anweisung, was ich tun soll.

Ich bin wie gelähmt, lasse mir von ihm unter die Beine greifen und mich hochheben. Sein Geruch beruhigt mich, sodass ich die Arme um seinen Hals lege und mich von ihm forttragen lasse.

11. Kapitel

JADE

Im Anwesen auf Limanossa

Eine halbe Stunde sitze ich wie in Schockstarre auf dem Rattansessel und verarbeite die letzten Minuten. Ich weiß, dass ich mir mit meinem Stolz manchmal selbst im Weg stehe, obgleich es überhaupt nicht will. *Das mit Nero hat Balian sehr verletzt, ja, aber er kam sofort, als er hörte, dass ich noch lebe. Ihm muss etwas an mir liegen.* In meinen Gedanken kreisen die Bilder von unserem ersten Kuss, unserer Begegnung im geheimen Schlafzimmer und dem wunderschönen Date am Strand. Sie beschwören die unbändige Sehnsucht nach ihm erneut herauf, intensiver als in den letzten Wochen. Doch ausgerechnet jetzt, wo er zum Greifen nahe ist, lasse ich ihn gehen.

Ein tiefes Seufzen entgleitet mir – so schwer wie eine Horde Elefanten. „Nein", murmele ich entschlossen und richte mich auf. „So läuft das nicht, Jade. Nicht heute", sage ich und habe es nie ernster gemeint. Ich werde Balian nicht einfach so gehen lassen. Ich will nicht wegwerfen, was wir gerade erst gefunden haben.

Das mit uns fühlt sich ehrlich an. Es ist echt. Wir sind beide gefangen in einer Situation, die wir uns in unseren schlimmsten Albträumen nicht hätten ausmalen können. Aber inmitten von diesem vielen Leid und der Ungewissheit sind wir zwei einsame Lichter, die sich gegenseitig angezogen haben und zu einer großen Flamme verschmolzen sind. Pusten wir sie aus, bleibt nichts als Dunkelheit zurück. Lassen wir sie jedoch weiter auflodern, wird ein beständiges Feuer bestehen. Und genau das ist es, was ich will. Was mich erfüllt. Was mich glücklich werden lässt.

Unter großer Anspannung hieve ich mich hoch und komme leicht wackelnd in den Stand. Jeder Schritt ziept und schmerzt, während ich von draußen ins Zimmer humpele und nach meinen Krücken greife. Doch das ist mir egal. *Ich muss ihn finden. Ich muss ihm verzeihen und hoffen, dass er es mir gleichtut. Zudem müssen wir die Sache mit Nero endgültig aus der Welt schaffen.*

Die Tür fällt laut hinter mir ins Schloss, als ich keine zwei Minuten später auf den Flur humpele. Mein Weg führt mich in die große Eingangshalle. Ich glaube nicht, dass Balian sich am Tag in seinem Zimmer aufhält, doch ich versuche es. Es liegt ohnehin auf dem Weg nach draußen.

An seiner Tür angekommen, klopfe ich. „Balian? Können wir reden?"

Stille.

Mit pochendem Herzen lege die Hand auf die Klinke und drücke sie herunter. „Balian?" Vorsichtig spähe ich in das Rauminnere. Das Zimmer ist leer. „Mist", fluche ich leise und spüre einen Anflug von Verzweiflung.

Nicht aufgeben, Jade. Vielleicht ist er draußen unterwegs. Balian ist absolut kein Stubenhocker. Inständig hoffe ich, dass er nicht bei Fatir ist, denn diesen Weg könnte ich in meinem Zustand garantiert nicht beschreiten.

Leise schließe ich die Tür und setze meinen Weg zum Eingangsbereich fort.

Jeder Schritt tut weh, doch ich bin es Balian schuldig. Ich hätte ihn vorhin nicht so behandeln dürfen. Immerhin heiße ich nicht Ruth. Es wäre ganz sicher der Stil meiner Mutter gewesen, aber nicht meiner. Warum habe ich ihm nicht einfach in aller Ruhe erzählt, dass ich nicht wirklich mit Nero im Bett war? Die Situation hätte nicht besser für ein klärendes Gespräch sein können. Ich dumme Ziege habe es vermasselt. Dann ist es jetzt auch an mir, die Sache zu bereinigen.

Mit schmerzverzogenem Gesicht erreiche ich den Eingang und erblicke Miroh an der großen Tür.

Wie es aussieht, ist er gerade im Begriff zu gehen, da er die Tür aufgezogen hat. Er stockt, als er mich bemerkt und sieht mich verwundert an. „Jade? Was machst du da? Solltest du dich nicht ausruhen?"

Definitiv sollte ich das. Die Schmerzen werden mich noch umbringen.

„Hast du Balian gesehen?", frage ich und ignoriere das Gehörte.

Mit besorgtem Gesicht hält Miroh auf mich zu. Das weiße T-Shirt hat er locker in seine Jeansshorts gesteckt und die Kappe auf seinem Kopf nach hinten gedreht. Die über und über tätowierten Arme scheinen durch das helle Oberteil besonders betont zu werden. „Nein, ich habe ihn nicht gesehen. Aber ich kann ihm sagen, dass er zu dir kommen soll, sobald ich ihn spreche", sagt er, als er mich erreicht hat.

Vehement schüttele ich den Kopf. „Nein. Ich muss ihn jetzt sprechen. Sofort!"

„Warum? Ist etwas passiert?"

Ja, ich war eine verdammte Idiotin!

Sofort schießen mir Tränen in die Augen bei dem Gedanken daran, wie gemein ich zu ihm gewesen bin. „Ich habe ihm Unrecht getan und befürchte, er könnte deswegen wieder verschwinden."

„Nein. Das glaube ich nicht", entgegnet er lächelnd, doch seine Miene erfriert, als erste Tränen über meine Wangen rollen.

„Ich suche ihn jetzt", schluchze ich und humpele an ihm vorbei, um einen ersten Schritt über die Türschwelle zu setzen. Draußen schlägt mir die Sonne so ungefiltert entgehen, dass ich sofort eine Hand vor die Augen hebe und dabei eine Krücke fallen lasse. „Mist!"

„Jade, komm zurück. Spätestens zum Abendessen sitzt Balian am Tisch", höre ich Miroh hinter mir.

„Nein, ich muss ihn *jetzt* finden!", gebe ich energisch zurück und beuge mich nach der Krücke. *Und ich lasse mich von niemandem abhalten, nach Balian zu suchen.*

Vor mir auf dem Platz erklingt ein Motorengeräusch, dem ich augenblicklich nachsehe.

Es ist Dracu auf seiner Maschine, der wenige Meter vor mir zum Stehen kommt und den Helm abzieht. Sofort hat er den Blick auf mich gerichtet und sieht dann irritiert an mir vorbei. „Was ist hier los, Miroh? Sollte Jade sich nicht schonen?", fragt er, als sei ich nicht anwesend.

„Sie sucht Balian. Irgendwas Wichtiges, das nicht warten kann."

„Es ist megawichtig, verdammt!", fluche ich verärgert, richte mich wieder auf und wische mir eine Träne aus dem Gesicht. Wut packt mich. *Warum nimmt mich hier niemand ernst?!* „Nun gut, wenn mir niemand helfen will ..." Ich lasse auch die andere Krücke fallen und humpele auf das Motorrad zu. „Leihst du mir das? Damit bin ich schneller als zu Fuß", frage ich in Dracus Richtung, ohne ihn anzusehen.

„Spinnst du, Jade? Sieh dich mal an. Du gehörst ins Bett oder wenigstens auf ein Sofa. Nicht auf die Maschine. Davon abgesehen ... kannst du überhaupt so was fahren?"

„Natürlich kann ich!"

„Selbst wenn. Die Antwort lautet: Nein! Leg dich zurück ins Bett, wo du hingehörst. Wenn Crita dich hier sieht, flippt sie aus."

„Dracu, bitte!"

„Nein!" Entschlossen presst er die Lippen aufeinander und sieht mich an.

Einen Moment lang liefern wir uns ein unerbittliches Blickduell.

Schließlich gibt er laut seufzend nach. „Also schön. Aber *ich* fahre", sagt er und greift nach seinem Helm.

„Seid ihr bescheuert? Dracu, das kannst du nicht machen. Crita bringt dich um!", zischt Miroh. „Im Ernst!"

„Entspann dich. Bis sie merkt, dass Jade weg ist, sind wie längst wieder da."

„Das hoffe ich für euch." Miroh schüttelt den Kopf und reibt sich mit den Händen das Gesicht.

Dracu hält mir den Helm hin. „Hier, zieh den an. Wir suchen zuerst am kleinen Wasserfall. Da geht Balian hin, wenn er seine Ruhe haben will."

Das Wort Wasserfall jagt mir einen kalten Schauder über den Rücken. Am großen Wasserfall ist der schreckliche Unfall passiert. Am kleinen Wasserfall jedoch haben Balian und ich uns das erste Mal näher kennengelernt. Auch wenn mir der bloße Gedanke an das Rauschen des Wassers schon Gänsehaut bereitet, muss ich mich überwinden. Also ziehe ich den Helm über und sitze hinter Dracu auf. „Danke."

„Mhm", brummt er und startet den Motor. „Aber dieses Mal zerkratzt du mir nicht den Rücken."

„Dieses Mal habe ich auch keinen Sack über dem Kopf", kontere ich auf die Anspielung an unsere erste und bisher einzige gemeinsame Motorradfahrt, nachdem ich die *Infinite Horizon* verlassen hatte.

Ich sehe ein letztes Mal zu Miroh, der ungläubig den Kopf schüttelt.

Wir fahren eine Weile und der unebene Weg voller Erschütterungen jagt eine Schmerzwelle durch meinen Körper. Doch ich lasse mich nicht davon abhalten. Ich muss Balian finden! Jetzt!

Die Hitze des Dschungels umschließt uns wie ein unsichtbares Band, während Dracu das Motorrad mit einer raubtierhaften Eleganz durch das Dickicht lenkt. Die Luft ist schwer von Spannung und einem Hauch von Gefahr, der zwischen uns liegt.

Ich klammere mich fest an Dracus starken Rücken, meine Finger suchen Halt in seinem Lederjackenstoff. Der Zopf seines dunklen Haares flattert im Fahrtwind, und ich kann das vertraute Aroma seines Duftes wahrnehmen, das mich ein wenig beruhigt. *Hoffentlich finden wir Balian. Und hoffentlich verzeiht er mir.*

Die Sonne brennt erbarmungslos über uns, ihre Strahlen durchdringen das Blätterdach über unseren Köpfen, um uns mit einer intensiven Hitze zu umgeben.

Unser Weg führt uns zu den Wasserfällen, deren ferne Gischt bereits in der Luft liegt. Ein dumpfes Rauschen begleitet uns, als wir die Schluchten durchqueren und dem verlockenden Ruf der Natur folgen. Auf einem kleinen Plateau, von dem aus man einen atemberaubenden Blick auf die majestätischen Wasserfälle hat, entdecken wir schließlich ... Balian.

Mein Herz setzt einen Schlag aus.

Er steht da, hat uns den Rücken zugedreht, seine Silhouette von der gleißenden Sonne umrahmt.

Dracu stoppt das Motorrad kurz vor dem Plateau und wir steigen ab.

Balian dreht sich zu uns um, während wir auf ihn zuhalten.

Im schwerfälligen Gehen ziehe ich den Helm aus und lasse ihn ins hohe Gras fallen.

Balian, der mich erst jetzt zu erkennen scheint, reißt überrascht die Augen auf. Er streicht sich eine Strähne seiner dunklen Haare aus dem Gesicht und hebt überrascht die Arme. Er hat wahrscheinlich mit jedem anderen hier gerechnet, doch nicht mit mir.

Der Schmerz, der mit jedem Schritt an meinem geschundenen Körper nagt, lässt sich kaum noch ignorieren, sodass ich wieder stärker humpele.

Verwunderung sowie Sehnsucht liegen in Balians Gesicht, als ich auf ihn zuhalte.

„Tut mir leid, sie ließ sich nicht davon abhalten und wäre wahrscheinlich zu Fuß hergelaufen", entschuldigt sich Dracu hinter mir in Balians Richtung.

Dieser läuft mir in großen Schritten entgegen. Erst langsam, dann immer schneller und fängt mich gerade noch auf, als mich meine Kräfte zu verlassen drohen.

Ich finde mich in seinen starken Armen wieder und sauge seinen vertrauten Geruch ein, als er mich hochhebt und mich mit seinem fragenden Blick zu durchbohren droht. „Was machst du hier, Jade? Du gehörst ins Bett – nicht auf ein Motorrad."

Die Luft ist elektrisch geladen, als sich unsere Blicke kreuzen. Mir ist inzwischen klar, dass unsere Schicksale miteinander verflochten sind, und dass keine der Entscheidungen, die wir treffen, ohne Konsequenzen bleiben wird. Ich denke, er weiß es ebenfalls.

Sein Bild vor meinen Augen verschwimmt. „Ich wollte ... ich musste mich unbedingt bei dir entschuldigen. Es tut mir leid! Das, was ich gesagt habe ... Ich war vorhin so gemein zu dir, weil ich nicht wusste, wohin mit mir. Dabei wollte ich doch nichts lieber, als dich bei mir zu haben", platzt es ungefiltert aus mir heraus. „Ich will dich bei mir haben ... weil ... ich dich liebe." Ich hole tief Luft, da mein Herz wie nach einem Marathon rast. „Und, ich hatte wirklich keinen Sex mit Nero. Das musst du mir glauben. Bitte."

Der Dschungel um uns herum scheint den Atem anzuhalten, als ich Balian schwer schlucken sehe.

Mein Herz hämmert stark in meiner Brust und droht, jeden Augenblick zu zerspringen. *Bitte weise mich jetzt nicht zurück. Das könnte ich nicht verkraften.*

Ohne ein weiteres Wort zu sprechen, senkt Balian seinen Kopf und seine Lippen verschmelzen mit den meinen. Der Kuss ist voller Leidenschaft und Hingabe, als ersetze er all die unausgesprochenen Worte zwischen uns. Die Welt um uns verschwindet, und es gibt nur noch diesen magischen Augenblick, in dem sich Liebe und Verlangen gegen das Leid und den Schmerz der Vergangenheit vereinen.

Die Zeit scheint still zu stehen, während wir uns in diesem Kuss verlieren, und die Dunkelheit, die zuvor unserer Seelen durchzogen hat, von einem funkelnden Licht der Leidenschaft erhellt wird. Das Feuer unserer beider, kleiner Lichter entflammt in neuer Pracht.

Ein Räuspern unterbricht unsere Zweisamkeit. Schritte nähern sich. „Ich störe nur ungern, aber so langsam sollten wir aufbrechen. Wenn Crita rausfindet, dass Jade hier ist … Ich glaube, sie wird wahnsinnig vor Sorge."

Balian löst sich sanft von meinen Lippen, hält mich jedoch fest in seinem Arm. „Fahr schon mal vor. Jade fährt mit mir. Wir kommen nach."

„Ist schon klar." Dracu lacht auf, als ahne er, dass wir noch ein wenig unter uns bleiben wollen. So richtig. „Beeilt euch."

Balian grinst breit. „Idiot. Los, mach dich vom Acker", neckt er Dracu und küsst mich auf die Stirn.

Alle Anspannung fällt von mir ab. Ich spüre sogar die Schmerzen nicht mehr. Zumindest sorgen meine Glücksgefühle dafür, dass sie nachlassen.

Einen Augenblick später heult der Motor von Dracus Maschine auf und er braust davon. Natürlich nicht, ohne uns vorher noch einmal schelmisch zuzuzwinkern, was mich grinsen lässt. Das dumpfe Grollen des Motorrads entfernt sich, und ich spüre, wie die Vibrationen nach und nach in der Luft verhallen. Dracu lässt uns allein auf dem Plateau zurück, umhüllt von der undurchdringlichen Stille des Dschungels.

Die Geräusche der Natur, das Zirpen der Grillen und das geheimnisvolle Rascheln der Blätter, scheinen nun lauter und intensiver zu werden.

Balian und ich stehen uns gegenüber, die Luft zwischen uns ist geladen von unseren lodernden Gefühlen. Ein leises Knistern durchdringt die Atmosphäre, während wir uns in die Augen blicken, als würden wir einander in dieser magischen Umgebung neu entdecken. Ich bin bereit, das Vergangene hinter mir zu lassen und ich denke, Balian ist es auch.

Er löst langsam seinen Arm von mir und steht mir nun gegenüber. Er rahmt mein Gesicht mit seinen Händen, als er zu mir herabschaut, und ich spüre die Hitze seines Körpers. Die Nähe zwischen uns wird intensiver, und ich kann förmlich das feurige Knistern auf meiner Haut spüren.

Erneut küsst er mich und die Hitze, die zwischen uns entstanden ist, ist nicht nur die eines funkelnden Kusses, sondern eine lodernde Flamme der Hingabe. Unsere Seelen verschmelzen, als würden wir gemeinsam in einem Feuer aufgehen. Ein Feuer, das niemals mehr erlöschen soll.

12. Kapitel

AMIR

Amirs Appartement, Jakarta

Ein paar Tage später ...

Gegen halb fünf am Nachmittag fährt der SUV vor dem Tower vor. Viel später als gedacht und vorbereitet auf eine Samira, mit der ich seit dem Zwischenfall weder Worte noch Blicke gewechselt habe, seit wir zurück sind, komme ich an. Der Abendhimmel über Jakarta malt ein Gemälde aus rauchigem Purpur und goldenem Glanz, doch genießen kann ich diesen Anblick nicht. Grübelnd steige ich aus dem Wagen und wage mich auf den Weg nach oben. Ich erwarte ein Häufchen Elend, dass mich vielleicht an der Tür abfangen und losheulen wird oder eine stumme Stubenhockerin und Essensverweigerin. Wer weiß, wie sich ein paar Tage der Ignoranz meinerseits bei ihr bemerkbar machen. Fakt ist: Ich möchte nicht, dass das sie noch einmal wegläuft. Aber bestrafen, so wie ich es sonst tun würde, kann ich sie nicht. Ich will es nicht. Ich möchte derjenige sein, bei dem Samira Schutz sucht, nicht der, vor dem sie fliehen will.

Chalid hat sich vor dem Eingang postiert und nickt mir anerkennend zu.

„Wie war der Tag mit ihr?", will ich wissen, doch ernte nur ein Augenrollen. Meine Befürchtungen könnten sich nun bewahrheiten. Als ich das Appartement betrete, ist der Flur zu meiner Überraschung leer. Unheimliche Stille herrscht in meinen vier Wänden, die ich leise wie eine Raubkatze durchstreife. Ich bin ein Meister im lautlosen Anschleichen, seit ich ein Kind war. Mit unserem Geheimclub haben wir so oft die geheimen Gänge des Hauptsitzes des Darmawan-Syndikats durchstreift. Gemeinsam mit Nero, Balian und Zuma. Wir wurden nie erwischt. Die Strafe durch unsere Erzieherin Mahrani wäre grausam gewesen. Doch daran möchte ich gar nicht weiter zurückdenken.

Raum für Raum drücke ich die Türen beinahe geräuschlos mit dem Finger auf. Meine linke Braue zuckt, was bedeutet, dass hier irgendetwas nicht stimmt. *Wo ist Samira? Weggelaufen kann sie nicht schon wieder sein. Chalid hätte sie abgefangen. Einen Fehltritt wie gestern wird er sich kein zweites Mal erlauben. Sie wird sich doch nicht von er Dachterrasse gestürzt haben? Wer weiß, wie verzweifelt sie war. Vielleicht war Ignoranz doch nicht die beste Wahl. Andererseits war ich so unfassbar wütend ... und ich bin es immer noch. Sie hat sich und unser Kind in Gefahr gebracht. Mein einziger Trost ist, dass sie das inzwischen selbst eingesehen haben wird. Und bevor ich sie diese Wut spüren lasse, ziehe ich mich lieber zurück oder ignoriere sie.*

Besorgt eile ich durch das Wohnzimmer und ziehe die gläserne Terrassentür auf. Ein unruhiges Pochen erfüllt meine Brust, als ich die Umrisse einer Gestalt im Pool erblicke.

Dort steht sie, die Beine komplett im Wasser versunken, den Rücken zu mir gewandt. Das seidenbraune Haar fällt ihr über die Schultern und taucht mit den Spitzen ins Wasser ein. Samira wird von den Schleiern der Dämmerung umhüllt. Ihr Kopf ist leicht geneigt, der Blick verloren in der Unendlichkeit der nächtlichen Szenerie, ihre Gedanken wohl an weit entfernten Orten.

Zögerlich trete ich näher, mein Herzschlag wild und ungezügelt. „Samira!", rufe ich zaghaft und stehe still da, unsicher, ob ich sie stören oder in ihrem Moment der Einsamkeit lassen soll. Ich kann mir denken, was sie beschäftigt. Der Arzt hat mir seinen Bericht gestern gemailt. Ich muss zugeben, ein wenig stolz war ich beim Anblick des Ultraschallbildes schon. Jahrelang war ich allein und nun trägt die erste Frau, die mich mehr als ein paar Tage fasziniert, mein Kind in sich. Ein Kind, das durch meinen Einfluss eine bessere Kindheit erleben könnte, als Samira und ich sie je hatten.

Samiras Silhouette, von der tief stehenden Sonne umrahmt, wirkt wie eine Skulptur aus Schatten und Licht. Ein Augenblick der Anmut und der Verletzlichkeit zugleich.

Die Stille zwischen uns wird nur vom fernen Lärm der Stadt durchbrochen, während ich im Zwielicht stehe, gefangen zwischen dem Drang, sie zu trösten und der Furcht, sie zu verlieren.

Samira bleibt regungslos, eingetaucht in ihre eigenen Gedankenwelten, und ich stehe da, gefangen in der Dunkelheit meiner eigenen Unsicherheiten.

Scheiß drauf. Das Schweigen hat nun ein Ende. Ich ziehe meine Schuhe und Socken aus, stelle sie beiseite und entledige mich meiner Armbanduhr. Langsam knöpfe ich mein Hemd auf und halte auf den Rand des Pools zu.

„Lass mich bitte allein", sagt sie, als sie mich bemerkt. Allerdings ohne sich zu mir umzudrehen. „Bitte, ich meine es ernst. Ich möchte meine Ruhe."

Ich zögere kurz und atme durch. Drama liegt mir nicht. Sie braucht nicht denken, dass wir daraus eine riesige Szene machen. Wir bereinigen die Situation … jetzt. „Nein, Samira. Wir reden." Das ist keine Bitte, sondern eine Ansage. Samt Anzughose steige ich in den Pool. Das Wasser schlägt kleine Wellen um mich herum, während ich auf Samira zuwate. „Vorgestern hielt ich es … aufgrund der Situation … für angebrachter, dieses Gespräch auf heute zu vertagen." *Sie weiß ja, dass ich gestern auf Geschäftsreise war.*

Samira, die einen edlen schwarzen Monokini trägt, starrt immer noch regungslos in die Ferne. *Hat sie Angst vor mir oder spielt sie das Spiel nun umgekehrt?*

Als ich sie erreiche, stelle ich mich direkt hinter sie. „Hast du eine Ahnung, mit wie vielen Leuten wir dich gestern gesucht haben?"

Samira schweigt, doch ihr Atem geht angestrengt.

„Oder eine Ahnung, wie gefährlich -" Ich stoppe mich selbst. Auf keinen Fall möchte ich sie aufregen – der Arzt hat mir strengstens zur Ruhe für sie geraten. Sanft streiche ich ihr das Haar zur Seite und küsse ihre Schulter, statt weiterzusprechen.

Ihre angespannte Haltung scheint zu erschlaffen, als sie laut ausatmet. „Es tut mir leid, dass ich weggelaufen bin."

„Hm", brumme ich und warte, dass sie weiterspricht, während ich abermals ihre Schulter küsse. Das Chlorwasser benetzt dabei meine Lippen, doch das ist mir egal. Ich möchte ihr Vertrauen nicht verlieren, also muss ich sanft zu ihr sein. Alles andere würde sie nur vergraulen.

„Amir", setzt sie erneut zum Sprechen an. „Das war so nicht geplant. Wirklich nicht. Ich bin plötzlich so panisch geworden. Weil …"

Ich räuspere mich und atme angespannt Luft aus. „Es gibt weitaus schlimmere Nachrichten", bemerke ich und nehme ihr damit die Last einer Beichte von den Schultern. Sie ahnt wahrscheinlich ohnehin, dass ich längst im Bilde bin. Ich lege meine Hand auf ihre Schulter, um ihr Halt zu geben.

Samira zuckt zusammen, als hätte meine Hand, die auf ihrer Haut liegt, sie verbrannt. Dabei sieht sie mich jedoch nicht einmal an. *Schämt sie sich etwa, weil sie schwanger von mir ist? Das muss sie nicht. Das sollte ich sie wissen lassen.*

Über ihre Schulter hinweg sehe ich, wie sich ihr Brustkorb tief nach innen zieht, bevor sie angespannt Luft ausstößt.

„Es gibt weitaus schlimmere Nachrichten, sagst du? Für mich gibt es nicht viel, das schlimmer ist als ein ungeplantes Kind. Mein Leben ist ohnehin gerade das reinste Chaos. Ich habe meine Freundin verloren, möchte eigentlich längst nach Hause zu meiner Mutter ... Dann ist da die Hoffnung, dass ich vielleicht doch noch nach Jade suchen kann ... ich glaube nicht, dass sie tot ist", antwortet sie leicht ungehalten. „Dann die Gefahr durch die Terroristen, jetzt auch noch ein Kind ... und mein Leben wäre komplett im Arsch."

Ehrlich gesagt habe ich eine dankbarere Antwort erwartet. Oder wenigstens einen tränenreichen Gefühlsausbruch. Doch nichts dergleichen. Nicht einmal mehr ein schlechtes Gewissen wegen vorgestern. Stattdessen muss ich mir so etwas anhören. Mein Magen knotet sich zusammen. So gut, wie ich dachte, kann ich sie wohl doch nicht einschätzen. „Samira, wie kannst du so etwas sagen? Du weißt doch gar nicht, wovon du da redest."

„Amir, ich will kein Kind. Wollte ich nie!"

„Und wie konntest du dann zulassen, dass genau das passiert?", entgegne ich scharf.

Samira lässt den Kopf sinken und fasst sich mit den Fingern an die Nasenwurzel. „Ich habe in dem ganzen Stress die Pille vergessen", murmelt sie. Doch dann dreht sie sich um und sieht mich direkt an. Wut steht ihr ins Gesicht geschrieben. „Vielleicht war es aber auch eine Wechselwirkung mit deinen Gute-Laune-Pillen, die mir von dir empfohlen wurden", zischt sie und schlägt mir gegen die Brust. „Darüber hast du wohl noch nicht nachgedacht, oder?! Hakuna Matata, du Arsch!" Sie drückt mich von sich weg und bahnt sich den Weg an mir vorbei in Richtung Poolausstieg.

Verdutzt sehe ich ihr nach. *Verdammt. Das habe ich wirklich nicht bedacht. Ausreichend erforscht scheinen die Teile ja zu sein, aber hat das Labor auch Untersuchungen*

*auf Wechselwirkungen mit anderen Medikamenten festge-
stellt?* So kann ich sie jetzt nicht gehen lassen. Unvermittelt schwimme ich ihr nach und bekomme sie am
Fuß zu fassen.

Samira versucht, sich aus meinem Griff zu befreien,
doch das lasse ich nicht zu.

Ich tauche ab und ziehe sie unter Wasser.

Panisch strampelt sie mit den Beinen und versucht,
mit den Händen ihren Fuß zu befreien.

In diesem Augenblick bekomme ich sie an der Schulter zu fassen und ziehe sie zu mir heran. Sie leistet
keine Gegenwehr, sodass ich langsam mit ihr auftau-
che.

Wasser perlt von unseren Gesichtern, als wir gleichzeitig den Blick heben und einander in die Augen sehen.

Samiras Lippen beben und ich spüre, dass sie zittert.
Ob vor Kälte oder Aufregung, kann ich nicht sicher sagen.

Behutsam rahme ich ihr Gesicht, beuge mich vor und
küsse ihre vollen Lippen.

Sie erwidert den Kuss, in den wir für einen einsamen
Moment verfallen und bei dem alles um uns herum an
Bedeutung verliert.

„Amir", setzt sie zum Reden an, als sie sich von mir
löst. „Ich will dieses Kind nicht."

Ein Satz, der mich wie Messerstiche trifft und bis ins
Mark erschaudern lässt. „Warum?"

Sie weicht meinem Blick aus, indem sie den Kopf zur
Seite dreht, doch meine Finger greifen nach ihrem
Kinn und ziehen es zurück.

„Sieh mich an."

Samira schluckt heftig, doch ich gebe nicht nach.
„Sag mir, warum."

Über Samiras Augen legt sich ein glasiger Film. „Weil ich denke, dass ich keine gute Mutter wäre."

Auf diese Aussage kann ich mir ein Lächeln nicht verkneifen. „Ich glaube auch nicht, dass ich die perfekte Besetzung für einen Vater wäre. Erst recht nicht mit meinem Background ... Aber ich möchte es versuchen."

„Warum?", stellt nun sie die bedeutende Gegenfrage. „Warum ist dir das so wichtig?"

„Samira", wehre ich zunächst ab und weiche ihrem Blick aus. „Ich spreche nicht gern darüber."

Samira schnaubt verächtlich, als ich wieder zu ihr sehe. „Das war wieder klar." Ihre Miene wird kalt.

„Was?", will ich irritiert wissen und ahne, dass daraufhin nichts Gutes folgen wird.

„Dass du immer der geheimnisvolle, unnahbare Mann sein darfst, dem ich vertrauen muss. Von dem ich jedoch kaum etwas weiß, außer dass er Jade völlig zugedröhnt und gedächtnislos an einem Flughafen aussetzen wollte!", feuert sie mir treffsicher entgegen.

Ihre Worte lassen mein Herz um einen Takt aussetzen. „Woher ...?"

„Ich habe euch damals an Bord gehört. Ich kenne euren perfiden Plan." Sie fährt sich mit den Händen durch das Haar. „Ihr seid völlig krank. Und du willst ein Kind großziehen? Das lässt sich moralisch ja wunderbar unter einen Hut bringen – am Vormittag spielst du mit dem Baby, um danach loszuziehen und Leute kaltzumachen. Ganz Mafialike. Wer weiß, vielleicht will unser Kind irgendwann in deine Fußstapfen treten. Nein danke."

„Samira …“

„Nichts Samira!“ Sie rückt näher, indes sich ihre Augen rapide verfinstern. So habe ich sie noch nie erlebt. „Jetzt ist endlich mal Schluss mit dem Schauspiel! Von meiner wie von deiner Seite! Glaubst du im Ernst, ich weiß nicht, was los ist? Was hier abgeht? Du bist ein verdammt krankes Schwein, wenn du das wirklich so meinst, wie du es gesagt hast. Ich würde lieber sterben, als ein Kind von dir auszutragen!“ Ihre Worte treffen mich wie Messerstiche in meine Brust. „Meinetwegen bring mich um, jetzt wo dir klar sein sollte, dass ich mehr über dich weiß, als dir lieb ist“, schiebt sie nach und watet an mir vorbei.

Verdammt. Das ging so richtig nach hinten los. Was nun? Sie wird das Kind abtreiben lassen. Mein Kind. Das kann ich nicht zulassen. „Wie du weißt, ist das Darmawan-Syndikat bisher meine einzige Familie“, beginne ich zu sprechen.

Auf der ersten Stufe am Ende des Pools verharrt Samira plötzlich und es scheint, als habe ich endlich ihre volle Aufmerksamkeit.

„Ich war schon sehr früh auf mich allein gestellt. So, wie du.“

Ihr Kopf neigt sich nach unten, als hätte ich sie eiskalt erwischt.

„Ich hatte niemanden, der sich wirklich um mich gekümmert hat. Ich wurde zusammen mit anderen Kindern durch das Syndikat von einer Erzieherin großgezogen, weil meine Mutter früh verstarb. So etwas wie Liebe habe ich nie erfahren – eher das Gegenteil. Strenge, Kälte und Schläge waren an der Tagesordnung. Die Erzieherin war ein Monster. Aber so bin ich groß geworden. Deswegen war ich auch so erschlagen, als …“

„Als was?“

Das fällt mir nun wirklich nicht leicht, doch ich muss es ausnahmsweise mal mit Ehrlichkeit versuchen. Eine Frau wie Samira scheint ohnehin jede Lüge zu durchschauen. „Als ich dich getroffen habe.“

Stille.

Samira wirkt irritiert.

Und ich bin es ebenso, weil ich das wirklich ausgesprochen habe.

„Wenn das jetzt eine Liebeserklärung werden soll, um mich zu überzeugen, das Kind zu behalten, kannst du dir das gleich sparen! Das glaube ich dir ohnehin nicht. Du hast gerade selbst gesagt, dass du keine Liebe kennst.“

Scheiße. Das hat gesessen. In Samira habe ich wirklich einen Menschen gefunden, der mir ehrlich seine Meinung ins Gesicht sagt – und recht damit hat. Ich schnaufe, denn ich will es nicht auf die harte Tour machen müssen. Allerdings *muss* ich sie davon abhalten, das Kind vorschnell abtreiben zu lassen. „Vorschlag zur Güte. Wir machen einen Deal“, beginne ich Besänftigungsversuch Nummer zwei, woraufhin sie sich zu mir herumdreht.

„Und was für ein krankes Angebot kommt jetzt, Amir?“

„Du überlegst dir das mit dem Kind in Ruhe und dafür suchen wir Jade.“ Ich sehe sie von der Seite, wie sie hart schluckt und den Blick senkt.

Samira kneift die Augen zornig zusammen und kräuselt die Lippen – sie grübelt.

Gut. Denk darüber nach.

„Jade ist tot. Das sagt ihr doch alle“, spricht sie ins Leere und bietet mir damit die perfekte Vorlage, die Infos, die mich erreicht haben, zu verkünden.

„Also ehrlich gesagt … Davon gehe ich nicht aus. Meines Wissens nach hat man ihre Leiche bis heute nicht gefunden.“

Sofort reißt sie den Kopf herum. „Was sagst du da? Du glaubst auch, dass sie noch leben könnte?“

„Ich wollte es dir noch nicht sagen, weil ich dich vor einer Enttäuschung bewahren wollte.“ Kurz muss ich mich räuspern. „Einer weiteren Enttäuschung“, schiebe ich reumütig nach. „Ich habe Nero beauftragt, nach Jade zu suchen. Hinweise auf ihren Tod gibt es bisher keine. Die Chancen, sie lebend zu finden, stehen gut.“

„Ich … nicht …“ Samira kneift die Augen zusammen. „Ich habe sie doch herabstürzen sehen.“

„Aber du hast sie nicht sterben sehen, habe ich recht?“

„Du selbst warst es doch, der meinte, ich solle mich lieber mit ihrem Tod abfinden.“

„Weil ich dich schonen wollte.“

Sie schluckt hart und sieht mich forschend an.

„Ich gebe dir Bedenkzeit. In Ordnung?“

„Wir suchen Jade!“, fordert sie mit angehaltenem Atem und entspannt sich erst, als ich zustimmend nicke. „Und ich lasse mir alles durch den Kopf gehen.“

„In Ordnung“, sage ich nickend und bin heilfroh über ihre Entscheidung.

13. Kapitel

BALIAN

Limanossa, Bali

Die Sonne ist bereits untergegangen, als ich den Motor meines Bikes vor dem Anwesen abstelle. Die Grillen zirpen ohrenbetäubend zu den Rufen der Vögel.

Ich helfe Jade von der Maschine und ziehe ihr vorsichtig den Helm aus. Mein Herz fühlt sich so unfassbar leicht an, während ich die gewellten blonden Strähnen aus dem Gesicht streiche und in ihre strahlend blauen Augen sehe. Jade gibt mir das Gefühl, dass nun alles gut so ist, wie es ist. Fehlt nur noch die Freiheit von der Fußfessel zu meinem perfekten Glück. Aber daran arbeite ich noch. „Bist du bereit?"

Sie lächelt. „Ja. Wie sieht es mit dir aus?"

„Mehr als bereit."

Ihre Augen, von einem tiefen Blau, durchdringen die meinen und lassen meinen Puls kurzzeitig schneller schlagen. Die ovalen, geschwungenen Augenbrauen verleihen ihrem Gesicht Charakter, während die kleine Stupsnase und die vollen Lippen einen Hauch von Süße und Selbstbewusstsein mit sich bringen. Grinsend streicht sie sich eine Partie ihrer gewellten Haare hinter das Ohr, was ihrem Erscheinungsbild eine lässige Note verleiht. „Na, dann komm“, sagt sie und geht voraus. Dieses Mal kaum noch humpelnd. Nach ein paar Metern bleibt sie stehen, weil ich ihr nicht folge. „Was ist?“, fragt sie wartend und winkt mich zu sich heran. Sie steht vor mir mit einer entspannten Selbstsicherheit, die meine Aufmerksamkeit nicht nur auf ihr Äußeres, sondern auch auf ihre Ausstrahlung lenkt. In diesem Moment finde ich mich fasziniert von der unaufdringlichen Eleganz und Schönheit dieser Frau, die ich nun meine Freundin nenne.

„Nichts. Ich bin einfach … glücklich“, entgegne ich, ohne dass es zu kitschig wirkt.

„Na dann sind wir ja schon zwei.“ Zwinkernd hält sie mir ihre Hand hin, die ich ergreife und mit ihr durch den Eingang und über den langen Flur zum Speisesaal schreite.

„Na endlich“, blödelt Dracu. „Da habt ihr euch aber mächtig Zeit gelassen.“ Er tippt mich von der Seite an. „Junge, muss ich mir Sorgen machen?“

„Pfff“, winke ich feixend ab und lache.

„Wuuuhhh, hab ich da etwas verpasst?“, grölt Miroh, als wir Platz nehmen und ich ihn mit einer Papierserviette abwerfe.

Die Tafel ist großzügig gedeckt und erstrahlt in den warmen Farben Balis. Ein kunstvoll gewebter Tischläufer aus traditionellem batikartigem Stoff bildet die Basis, darauf stehen handgefertigte Keramikschalen und Teller mit kunstvollen Schnitzereien. Frische Blumenarrangements aus tropischen Blüten, wie Hibiskus und Frangipani, setzen lebendige Farbakzente.

Das Essen vor uns ist ein Fest für die Sinne. In der Mitte der Tafel thront ein prächtiges Nasi Goreng, von Garnelen, Hühnchen und Tofu begleitet. Satay-Spieße, sorgfältig mariniert und gegrillt, ragen von einem Bambusgestell empor. Knusprige Lumpia-Rollen sind kunstvoll auf einem Servierteller arrangiert. Die Düfte von Gewürzen wie Ingwer, Kurkuma und Lemongras erfüllen die Luft, während Schalen mit Sambal und Erdnusssoße für den extra Kick an Würze bereitstehen. Kokosnusswasser in kunstvollen Gläsern mit Frangipani-Dekor rundet das Bild ab.

Ich lasse den Blick durch die Runde schweifen und bemerke, dass ein paar Plätze leer sind. „Wo ist ...?"

„Crita ist mit Sayla auf dem Weg, Lucius abzuholen. Er trifft heute Abend am Hafen ein", bemerkt Indira, die weder mich noch Jade beim Sprechen ansieht.

„Lucius ist zurück?" Verwundert blicke ich zu Miroh, von dem ich mir mehr Informationen erhoffe.

„Ja, er hat Nero im Gepäck."

Seine Aussage quittiere ich mit einem stummen Augenrollen. Statt meinem Unmut auf ihn Raum zu geben, ergreife ich unter dem Tisch Jades Hand und lächele ihr zu. Sie soll wissen, dass sich nichts ändern wird, auch wenn dieser eingebildete Vogel hier wieder auftaucht. Ich glaube Jade. Was Nero wohl hier will?

Während des Essens ist die Stimmung ausgelassen. Miroh und Dracu albern herum und fangen sich immer wieder genervte Kommentare von Indira ein, während die anderen sich vor Lachen nicht halten können.

Die Tür öffnet sich knarzend.

Alle drehen ihre Köpfe, als Sayla den Raum betritt. „Gibt es hier was zu feiern? Euch hört man ja bis draußen." Sie zieht die Mundwinkel seitlich hinauf, als sie Jade und mich erblickt und tritt ein. „Na, das wurde aber auch Zeit", bemerkt sie mit einem Zwinkern und setzt sich an die Tafel. „Übrigens, Balian?"

„Ja?"

„Lucius möchte dich sprechen. Er ist in seinem Büro. Am besten gehst du sofort. Es scheint wichtig zu sein."

Wenn das so ist, muss ich wohl nicht lange raten, wo auch Nero sich gerade befindet. Mit hochgezogener Braue rutsche ich auf dem Stuhl zurück und gebe Jade einen Kuss auf die Stirn, als ich mich erhebe. „Bin gleich zurück."

*

Vor Lucius' Bürotür angekommen, atme ich noch einmal tief durch, bevor ich anklopfe. Wenn er mich so eilig sprechen möchte, kann das nichts Gutes bedeuten.

„Herein", dringt es schließlich dumpf durch das Holz der alten Tür, nachdem ich mich angekündigt habe.

Neugierig betrete ich den abgedunkelten Raum.

Lucius steht hinter seinem rustikalen Sekretär und hat die Arme auf der Tischplatte aufgestemmt. Er trägt einen feinen grauen Anzug mit einem weißen Hemd. Das schulterlange graue Haar hat er zu einem eleganten Zopf zusammengenommen und sein Bart ist wie immer voll und gestutzt. Er blickt mich aus seinen dunkelbraunen Augen an und winkt mich herein.

Vor ihm steht Nero, der sich seitlich zu mir dreht und mich ebenfalls mit strenger Miene bedenkt.

Ich versuche, ihn nicht länger als nötig anzusehen, und richte den Blick auf Lucius.

„Willkommen zurück", begrüße ich ihn und sehe dann grimmig zu Nero. „Du hast Besuch mitgebracht?"

„Setz dich."

„Ich stehe lieber", erwidere ich und habe Nero argwöhnisch im Blick. „Was gibt es?"

„Oh, was es gibt." Er greift sich in den Bart und zwirbelt das Haar mit seinen Fingern. „Vielerlei Neues aber kaum etwas Gutes, wie ich höre."

„Wie meinst du das?", hake ich nach und verschränke die Arme vor der Brust. Die Tatsache, dass Nero mich still beobachtet, kann nur bedeuten, dass er Lucius den Vortritt lässt – womit auch immer. Ich bin zwar noch nicht lange auf der Insel, aber da meine Mutter von hier stammt, kenne ich Lucius aus längst vergangenen Kindertagen. Er war damals schon sehr streng und besonnen. Es braucht nicht viel um, ihn aufzuregen. Und tatsächlich sehe ich, wie in seinem Gesicht ein Gewitter aufzieht.

„Balian", beginnt er zu sprechen und flaniert langsam auf mich zu. „Kannst du mir in etwa sagen, wie oft ich euch gebeten habe, Amirs Geschäfte nicht zu sabotieren?"

Ich hatte geahnt, dass das noch zum Thema wird. „Sag das nicht mir", verteidige ich mich. „Dracu und Miroh fahren ständig zum Hafen raus. Ich beteilige mich daran nicht. Abgesehen davon ... so weit reicht mein Bewegungsradius nicht. Das sollte dir auch bekannt sein. Also warum stehe *ich* nun hier und nicht Dracu und Miroh?"

„Mit den beiden werde ich noch sprechen – keine Sorge. Aber wie ich hörte, war es *deine* Freundin, die ihr hier beherbergt und die Amir hierhergelockt hat." Lucius' Worte sind gestochen scharf.

Blitzartig schicke ich einen finsteren Blick zu Nero, der unverhohlen die Mundwinkel hebt.

Lucius, der mich wie ein Hai umrundet, spricht zwar leise, doch seine Worte haben mehr Gewicht, als ich tragen könnte. „Das hier ist eine friedliche Insel. Wir haben Waffenstillstand – noch. Es war ein harter Kampf mit dem Darmawan-Syndikat, diesen überhaupt zu erreichen. Du hast ja keine Ahnung, welche Opfer dafür nötig waren. Wie sehr wir alle leiden mussten ... Wenn deine Freundin uns in Gefahr bringt, was bedeutet, dass der Waffenstillstand aufgehoben wird, dann kann sie nicht bleiben."

„Was? Das macht sie nicht!"

„So lange ihre Freundin, die im Übrigen die Partnerin von Amir ist, nach ihr suchen lässt – und das tut sie, wie Nero mir berichtet hat –, sind wir alle in Gefahr." Lucius tauscht einen knappen Blick mit Nero aus. Wie ein stilles Abkommen, von dem ich noch nichts weiß. „Das kann ich nicht verantworten. Deshalb wird Nero sie morgen früh mit nach Jakarta nehmen. Nur so kann ich die Insel vor dem Syndikat schützen. Du solltest heilfroh sein, dass ich dich nicht gleich mit ausliefern kann." Lucius richtet den Blick auf meine Fußfessel.

„Nein!", rufe ich entschlossen aus und greife ihn am Arm. „Bitte. Das kannst du nicht machen!"

„Ich kann und ich werde! Es ist zum Wohle aller Inselbewohner. Sie verlassen sich darauf, dass ich sie beschütze." Lucius reißt sich los und verpasst mir eine schallende Ohrfeige. „Dass du es überhaupt wagst, meine Entscheidungen infrage zu stellen! Sie ist getroffen und nicht verhandelbar!“ Nun ist er laut geworden. Das ist eher unüblich für ihn.

Taumelnd fange ich mich an einer Kommode ab und richte mich auf. Ich fühle mich hilflos. Wenn Nero sie von der Insel bringt, kann ich sie nicht mehr beschützen. „Lucius, bitte. Sie ist verletzt.“

„Nero wird sich gut um sie kümmern. Nicht wahr?“

„Davon kannst du ausgehen, Lucius“, antwortet dieser mit einem herausfordernden Unterton.

Als ich zu Nero aufsehe und mir dieser provokant zuzwinkert, koche ich vor Wut. „Bullshit! Der Einzige, der sich wirklich gut um sie kümmert, bin ich.“

Nero lacht spöttisch auf. „Und wie willst du das anstellen, mein Freund?“ Süffisant schaut er auf meine Fußfessel hinab. „Ich glaube kaum, dass du dazu in der Lage bist.“

„Und wenn ich mir das Bein abschneiden muss! Ich werde nicht zulassen, dass du noch mal in ihre Nähe kommst!“

„Genug!“, brüllt Lucius und hebt die Hand. Die Fackel, die hinter ihm an der Wand lodert, lässt ihn in diesem Licht wirken wie der leibhaftige Teufel. „Es reicht! Nehmt euch zurück! Alle beide!“

Ich versuche es auf die ruhige Tour. „Lucius, sag mir bitte ...“, beginne ich leise zu sprechen und habe seine volle Aufmerksamkeit. „Sag mir bitte, warum es schon so bald sein muss.“

„Amir hat bisher keine Leiche gesehen. Also geht er davon aus, dass deine Freundin noch lebt“, entgegnet er und lässt sich im Stuhl hinter seinem Sekretär nieder.

Er setzt die Ellbogen auf den Tisch und nimmt die Handflächen zusammen, die er gegen die Lippen drückt. Sein Siegelring mit dem Wahrzeichen Lishias glänzt im Licht des Feuers. „Wie mir Nero berichtete, plant Amir aus genau diesem Grund seine Anreise hierher. Wann er eintreffen wird, wissen wir nicht. Aber es könnte jeden Augenblick so weit sein."

„Er hat gesehen, wie Jade vom Wasserfall gestürzt ist. Ihre Freundin war dabei. Sollte er nicht davon ausgehen, dass sie tot ist?"

„Er will sich überzeugen", wirft Nero mit ernstem Blick ein und nimmt seitlich vom Schreibtisch Platz.

Auch ich setze mich.

„Ihre Freundin scheint keine Ruhe zu geben, ehe sie nicht ihre Leiche gesehen hat", fügt mein ehemaliger Freund hinzu.

„Verstehst du jetzt, warum sie gehen *muss*?", hakt Lucius – diesmal ruhiger – nach und bedenkt mich mit einem ernsten Gesicht. „Wir haben weder Zeit noch eine Wahl!"

„Man hat immer eine Wahl!", zürne ich, weil ich seine Entscheidung nicht akzeptieren kann. „Dann schaufeln wir ein Grab und verkaufen es ihm als Jades", schlage ich vor, weil mir kein besserer Plan einfällt. Ich kann nicht zulassen, Jade ein zweites Mal zu verlieren.

Nero lehnt sich zu mir vor. „Das wird er nicht akzeptieren. Er will sie sehen!" In seinen Augen ist nichts als Kälte. „Was glaubst du, was Amir machen wird, wenn er das Grab ausheben lässt und nichts als ein paar Hühnerknochen findet?" Er pausiert kurz und eine gefährliche Stille entsteht. „Er wird Lishia niederbrennen und

Limanossa zerstören! Und ausnahmslos jeden, der hier lebt."

Er hat recht. Genau das wird passieren. Ich kenne Amir gut genug, um zu wissen, dass er es nicht auf sich sitzen lässt, wenn man versucht, ihn hinters Licht zu führen. Doch ich weiß, dass auch meine Freundin sich nicht so einfach ausliefern lassen wird. „Jade wird nicht freiwillig von hier weggehen."

„Bist du dir da wirklich sicher? Sie hat ein Zuhause in den Staaten. Dort wartet man schon sehnsüchtig auf sie. Kannst du mir mit Sicherheit sagen, dass sie nicht gern wieder dorthin zurück möchte?" Lucius Frage bohrt sich wie ein Dolch in mein Herz.

Ich weiß, wie sehr Jade an ihrer Freundin hängt und auch ihre Familie wird ihr fehlen. Also kann ich diese Frage nicht mit *Ja* beantworten und lasse schweigend den Kopf sinken.

„Wie du siehst, haben wir nicht viele Optionen, mein Junge. Sieh es ein." Lucius lehnt sich in seinem Stuhl zurück und ich spüre seine durchbohrenden Blicke. „Sie wird morgen früh in der Dämmerung mit Nero nach Jakarta übersetzen. Er wird Presse und Medien informieren, damit Jade sicher ist. Die Darmawan werden nichts tun, was ihr schadet, wenn die Öffentlichkeit zuschaut. Außerdem wird ihre Freundin es ohnehin zu verhindern wissen."

Bilder von Nero und Jade in trauter Zweisamkeit bohren sich aus dem Unterbewusstsein hinauf und erzeugen in meinem Kopf ein lebhaftes Bild. Eines, das ich zu gern auslöschen möchte. Ich sehe ihn, wie er sich an sie heranmacht, um sie über mich hinwegzutrösten. Wie er sie in die USA begleitet. Doch plötzlich verpufft das

Bild. Inzwischen bin ich mir sicher, dass Jade seinem Charme nicht noch ein zweites Mal erliegen wird. Ihr Herz schlägt für mich. Das hat sie inzwischen ganz deutlich bewiesen. Aber dieser Schmierfink Nero wird alles versuchen, sie herumzukriegen, wenn ich erst einmal außer Reichweite bin. Meine Hand ballt sich zu einer Faust zusammen, die jeden Augenblick zu explodieren droht. Bereit, alles und jeden zu vernichten, der sich Jade und mir in den Weg stellt.

„Nero. Ich danke dir. Für heute brauchen wir dich nicht mehr. Wir haben ja alles besprochen. Ruh dich etwas aus. Morgen früh geht es los." Lucius erhebt sich von seinem Stuhl und geleitet Nero zur Tür.

Regungslos bleibe ich sitzen und sehe auf meine Hände, die in meinem Schoß ruhen. Die Handflächen nach oben gedreht. *So starke Hände und doch so nutzlos. Sie können mich weder aus diesen Fußfesseln befreien, noch können sie die Frau, die ich liebe, beschützen.* Ich kann nicht fassen, welch schwerwiegende Entscheidung in den letzten Minuten gefallen ist. Bevor ich diesen Raum betreten habe, war meine Welt noch in Ordnung. Binnen von Minuten haben Lucius und Nero sie zerstört. Ich habe Jade schon einmal verloren. Ein zweites Mal … das könnte ich nicht verkraften.

Die Tür fällt ins Schloss und schwere Schritte wandern an mir vorbei.

Lucius zieht den Stuhl zurück und nimmt erneut hinter seinem Sekretär Platz. „Balian. Du weißt, wie viel mir dein Vater bedeutet und auch, wie wichtig deine Mutter für uns alle auf der Insel war. Dein Großvater war unser König. Er hat uns geleitet durch gute und schwere Zeiten. Wir haben ihm viel zu verdanken. Es war für mich selbstverständlich, dich bei uns aufzunehmen. Aber *so* geht es nun mal nicht. Limanossa ist ein Zufluchtsort. Eine Insel, die als die Insel der Verdammten verschrien ist, aber ein Ort des Friedens geworden ist und das soll er auch bleiben. Mit Amir gibt es keinen Frieden. Das weißt du selbst am besten."

In eisernes Schweigen gehüllt, lausche ich seinen Worten, deren Wahrheitsgehalt so schwer wiegt wie eine Horde Elefanten.

„Du bist mit dieser Insel verwurzelt, Balian. Darmawan hin oder her. Aber deine Freundin ist es nicht."

„Verwurzelt ja, aber auch gefangen", gleitet es schwer über meine Lippen und ich sehe betreten auf meine Fußfessel. „Ich liebe Jade, verdammt!"

„Ich weiß, mein Junge. Ich habe sehr lange mit Crita über euch gesprochen. Mir ist klar, dass du mit deiner Freundin gehen würdest, wenn du könntest. Aber das ist nun mal nicht möglich. Sieh bitte ein, dass sie nicht bleiben kann. Sie ist nun mal keine von uns. Und sie bringt nichts als Gefahr."

14. Kapitel

JADE

Es ist mitten in der Nacht, als ich durch ein Geräusch geweckt werde. Nachdem Balian nicht mehr in den Speisesaal zurückgekehrt und nirgendwo auffindbar war, habe ich mich in mein Zimmer zurückgezogen und schlafen gelegt.

Die Decke bis zum Hals gezogen, drehe ich mich auf die andere Seite herum und stocke, als ich kurz blinzele und jemanden an meinem Bett sitzen sehe. Mein Herz setzt einen Schlag aus und ich bin sofort hellwach.

„Shhh", höre ich eine Stimme, die mir sehr vertraut ist.

Unvermittelt fahre ich auf und sehe zu Balian. Er sitzt oberkörperfrei nur in Jeans gekleidet an meinem Bett. Wasser tropft von den nassen Spitzen seiner Haare, als habe er gerade geduscht. „Wo warst du?"

„Spielt keine Rolle, Jade. Wir müssen reden."

„Warum spielt das keine Rolle? Ich habe mir Sorgen gemacht. Lief das Gespräch nicht gut?"

Balian presst die Lippen fest aufeinander, um eine Antwort zu vermeiden. Eine Antwort, die mir Sorgen bereiten würde? „Komm, zieh dich an."

„Was? Warum? Ich dachte, du wolltest reden?"

„Nicht hier. Bitte zieh dir etwas an."

„Also gut, ich bin jetzt sowieso wach", entgegne ich, steige aus dem Bett und greife nach einem weißen Strandkleid. Rasch ziehe ich es über und kämme mein Haar.

In Balians Gesicht entdecke ich einen seltsamen Ausdruck, als er mir dabei zusieht. Sein Kiefer malmt und doch sehe ich einen Ausdruck von Gefallen in seinen Augen.

„Stimmt etwas nicht mit dem Kleid?", versuche ich ihn zu necken, da ihn ganz deutlich etwas anderes zu beschäftigen scheint.

„Nein, nein. Es ist schön", entgegnet er und deutet mit dem Kopf auf meine Ballerinas. „Komm jetzt. Wir haben nicht mehr allzu viel Zeit." Er fasst mich am Arm und greift nach meiner Jacke. Dann schiebt er mich sanft zur Tür und öffnet sie beinahe lautlos.

Warum macht er so ein Geheimnis aus unserem nächtlichen Ausflug? Da mein Zimmer etwas abgelegen ist, würden wir ohnehin niemanden wecken. Etwas Geheimnisvolles liegt in seinem Blick, als er zu mir herübersieht, während wir in Richtung Ausgang den Flur entlang schleichen.

Das Feuer der Fackeln knistert ebenso geheimnisvoll. Der Mond am Nachthimmel, der durch die Fenster scheint, umhüllt uns mit seinem undurchdringlichen Schleier, als ich mich hinter Balian leise aus dem Anwesen schleiche. Der Dschungel um mich herum scheint zu flüstern, als würde er unsere heimliche Verbindung bewahren. Ich spüre mein Herz rasen, als ich mich durch das Dunkel bewege und hoffe, dass uns niemand

erwischt. Draußen angekommen, hüllt uns die Nachtluft angenehm ein.

„Wo willst du hin?“, frage ich Balian, der auf die Mo-
torräder zuhält.

Er greift nach einem Hemd, das auf dem Sitz liegt und
zieht es über. Anschließend umschließen seine Hände
das Lenkrad, doch statt aufzusteigen und es zu starten,
schiebt er es. „Jade, ich kann es dir hier nicht erklären.
Vertrau mir bitte einfach und komm mit.“

„Okay“, antworte ich mit einem Nicken, da ich ihm
grenzenlos vertrauen kann. Das kann ich wirklich.

Balian schiebt das Motorrad, bis wir einige Meter
vom Anwesen entfernt sind. Seine Augen, von der Dunkelheit umrahmt, leuchten auf, als er stehen bleibt und
mich so intensiv ansieht, dass Gänsehaut meinen Körper überzieht. Wortlos reicht er mir einen Helm, und
ich ziehe ihn an, während der Motor des Bikes aufheult.

Vorsichtig steige ich hinter ihm auf, greife mit meinen Armen um seinen Bauch und halte mich fest.

Gemeinsam brechen wir auf, die Nacht als stummer
Zeuge unserer Flucht.

Der Dschungel um uns herum wird zum undurchdringlichen Labyrinth, während wir uns durch die
Dunkelheit winden. Der Klang des Motors mischt sich
mit dem leisen Rascheln der Blätter und dem Zwit-
schern der Nachtvögel, die wir aufscheuchen. Die Dunkelheit, die uns umgibt, ist mir in Balians Gegenwart
nicht länger unheimlich. Mit ihm kann kommen, was
wolle. Wir werden alles überstehen.

Wir fahren eine Weile durch den tiefen Dschungel, bis sich das Dickicht langsam lichtet und wir schließlich die abgelegene Bucht erreichen. Balian verlangsamt das Motorrad.

Der Duft des Meeres vermengt sich mit dem süßen Aroma des Dschungels. Der glitzernde Ozean erstreckt sich vor uns, von Silbermondlicht durchzogen.

Wir halten an, und ich steige von der Maschine. Das Rauschen der Wellen wird lauter, während wir uns in die Stille der Nacht begeben. Die salzige Brise streicht sanft über meine Haut, und das Mondlicht spielt im Wasser, als würde es unsere Schatten verzaubern. „Wow, was für ein Ausblick", murmele ich wie erschlagen, als ich mich um die eigene Achse drehe und alle Eindrücke in mich aufsauge.

Balian kommt näher, und seine Hand findet sanft meinen Rücken. Sein Blick durchdringt die Dunkelheit und trifft auf meine Augen. Ein Flüstern des Verlangens liegt in der Luft, als wir uns in der Stille der Bucht verlieren. „Jade", beginnt er zu sprechen und sofort spüre ich, dass der Grund dieses Ausflugs keine romantischen Ambitionen birgt. „Lucius ... Er herrscht über Limanossa, wie du vielleicht von Crita weißt."

Ein Kloß hat sich in meinem Hals gebildet, der mit jedem seiner Worte an Größe zunimmt. Nervös trete ich von einem Fuß auf den anderen.

„Es ist hier nicht sicher, solange du hier bist. Nicht für dich und nicht für die Inselbewohner."

„Aber warum? Wenn ich wieder gesund bin, melde ich mich bei meinen Eltern und dann -", ich stoppe und mein Blick gleitet zu Balians Fußfessel. Große Traurigkeit überfällt mich und umringt meinen Körper mit einem eisigen Frösteln. Mein Herz fühlt sich bleischwer an.

„Du weißt, dass ich dich begleitet würde ... aber es geht nicht. Es sei denn, ich würde mir den Fuß absägen – aber darauf würde ich gern verzichten, wenn es noch eine andere Möglichkeit gäbe. Dass du hierbleibst, ist leider auch keine Option. Selbst, wenn du wolltest. Du bist nun mal keine von uns.“

Nein, das bin ich nicht, aber tief im Inneren spüre ich, dass ich hierhergehöre – zu ihm. „Du bist doch auch kein richtiger Inselbewohner ... Hast du nicht gesagt, du warst bis vor Kurzem noch ein Mitglied des Darmawan-Syndikats?“

Balian streicht mir sanft eine Strähne hinter das Ohr. „Das ist richtig, aber meine Mutter kommt von hier. Sie ist hier geboren und aufgewachsen. Mein Vater wurde auch einer von uns, nachdem er sie geheiratet hat ... Ich kenne Limanossa seit Kindertagen. Verstehst du? Ich gehöre hierher.“

Ein dichter Schleier bildet sich von meinen Augen. „Ich will nicht ohne dich sein, Balian. Wir haben uns doch gerade erst wiedergefunden.“ Ohne dass ich es steuern kann, werde ich von tiefer Melancholie erfasst, die erste Tränen zum Laufen bringt. „Ich will nicht zurück in die Staaten, wenn du mich nicht begleiten kannst. Bitte lass mich bei dir bleiben.“

„Das geht nicht. Lucius ...“ Balian rauft sich das Haar. „Nero soll dich morgen früh an das Syndikat ausliefern. Die Presse wird auch vor Ort sein, damit du sicher bist und deine Eltern wissen, wo du dich befindest und dass es dir gut geht.“

„Er will mich an diese Verbrecher ausliefern?! Warum?"

„Weil sie nicht an deinen Tod glauben und uns angreifen werden, wenn sie nicht bald eine Leiche sehen oder dich lebend wieder zurückbekommen. Deine Freundin wird nicht müde, nach dir zu suchen."

Mir wird schwindelig, sodass ich mich langsam auf den Kiesboden setze. „Samira glaubt also, dass ich noch lebe?" *Ich wusste es. Unsere Freundschaft überwindet alles und unsere tiefe Verbindung steht.*

„So wie Nero es erzählt hat, schon. Würdest du nicht auch so reagieren, wenn es andersherum wäre?"

„Nein."

Das Wasser schlägt wenige Meter neben uns Wellen.

Ich inhaliere die kalte Nachtluft und ordne meine Gedanken. „Diesem Lucius geht es also gar nicht darum, dass ich nach Hause komme? Er will mich einfach nur loswerden!" Trotzig blicke ich zu Boden.

„Das lasse ich aber nicht zu. Ich will dich nicht noch einmal verlieren. Als ich dachte, dass du tot bist, ist für mich eine Welt zusammengebrochen." Balian kniet vor mir nieder, greift nach meinem Kinn und schiebt es mit dem Finger nach oben, sodass ich seinem Blick nicht entkommen kann. „Stell dich hin."

„Was? Warum?"

„Na los." Balian umfasst meine Hüfte und hebt mich in den Stand. Er jedoch bleibt vor mir auf dem Boden ... kniend. Das Mondlicht spiegelt sich magisch in seinen Augen wieder, während er zu mir heraufschaut und meine Hand ergreift. „Ich habe dir versprochen, dich nie wieder allein zu lassen."

„Ja“, hauche ich und sehe ihn traurig an. Ich fühle mich wie Julia, die sich nach ihrem Romeo verzehrt und weiß, dass es aussichtslos ist, je eine normale Beziehung führen zu können.

„Jade, ich weiß, dass die Umstände besser sein könnten, doch wenn es der einzige Weg für uns ist, frage ich dich hier und jetzt, ob du meine Frau werden willst.“

What the fuck?! Perplex schlage ich mir eine Hand vor den Mund und weiß kaum, wie mir geschieht. Ist das ein Traum? Hat Balian mich vielleicht gar nicht geweckt und ich liege gerade in meinem Bett und erträume mir diese Szenerie? Mir wird heiß und kalt gleichzeitig, meine Hände zittern und die Knie sind plötzlich weich wie Wackelpudding. Ich habe mit vielem gerechnet, aber nicht mit einem Heiratsantrag.

„Es wäre mir eine Ehre“, schiebt er nach und grinst nonchalant.

Nein, das ist kein Traum. Das ist echt. Und auch wenn wir uns noch nicht lange kennen, schreit mein Herz laut *Ja!* Ich grinse über beide Ohren. „Balian ... Es wäre mir eine Ehre, deine Frau zu werden.“

Er greift nach meinem Gesicht, zieht es zu seinem heran und legt seine Lippen auf meine.

Wir verschmelzen in einem nicht enden wollenden Kuss. Einer Symbiose aus Liebe, Verlangen und einem mächtigen Geheimnis.

Als Balian sich von mir löst, spüre ich etwas an meiner Hand. Grinsend gibt er sie frei und ich entdecke einen prächtigen Ring mit einem Jade-Stein. Was auch sonst.

Ich muss schmunzeln. „Du bist unglaublich, weißt du das?“

Der Glanz des Verlobungsrings im Mondlicht spiegelt die Freude in seinen Augen wider. Balian hebt mich vor sich hoch, während ich ihn abermals küsse.

Es ist so unbeschreiblich toll. Wie fliegen. Nur viel besser.

Behutsam setzt er sich mit mir auf den Kiesboden. „*Du* bist unglaublich, Jade."

Ich sitze auf ihm. Ein verführerisches Lächeln spielt auf meinen Lippen, während meine Hände sanft über seine Schultern zu seiner Brust und unter sein Hemd gleiten. Seine Augen funkeln vor Verlangen, als er eine Hand an meinen unteren Rücken legt und mich an sich drückt. Kurz stoppe ich. „Sag mal, war der Antrag von Anfang an dein Vorhaben oder hat dich mein weißes Kleid dazu inspiriert?"

Kurz lacht er auf. „Glaubst du, den Ring habe ich spontan hergezaubert?"

„Wer weiß", kontere ich mit einem Lächeln und knöpfe sein Hemd auf.

Das Rauschen der Wellen und der Schein des Mondes auf dem glitzernden Wasser untermauern die romantische Stimmung.

Alles scheint perfekt, wären nur die Umstände nicht so dramatisch. Doch irgendwie war es bei Balian und mir noch nie anders. Die Dramatik zieht sich wie ein roter Faden durch unsere Geschichte. Und doch ist sie perfekt. *Er* ist perfekt.

Verliebt schaue ich ihn an, sein pochendes Herz vibriert durch meine Handfläche, die auf seiner Brust liegt. Es scheint, als schlage es in diesem Augenblick ganz allein nur für mich.

15. Kapitel

SAMIRA

Amirs Appartement, Jakarta

Mit einem tiefen Atemzug, als hätte man mich zu ersticken versucht, schrecke ich aus einem furchtbaren Traum hoch und japse nach Luft. Mein Hals fühlt sich so eng und trocken an, als hätte ich eine Handvoll Staub geschluckt. Der Muskel in meiner Brust hämmert wild, als ich mich im Bett aufrichte. Die Laken um mich herum sind ein Wirrwarr aus Falten und Schatten, die mich an die düsteren Ecken meiner Gedanken erinnern. Ein kühler Schweißfilm bedeckt meine Stirn. *Fuck, was für ein fieser Traum!*

Nur noch Bruchstücke des Albtraumes flirren in meinem Kopf wie Lichtdrähte, die langsam verglühen. Alles bekomme ich nicht mehr zusammen. Nur dass ich nicht Mutter werden wollte und keine Wahl hatte, weil ich eingesperrt war. *Scheiße. Das war kein Traum. Das war Teil meiner Realität. Zumindest Ersteres. Ich glaube nicht, dass Amir mich einsperren würde. Ich sehe immer noch etwas in ihm, dass mich nicht daran zweifeln lässt, dass in ihm ein guter Mensch steckt. Einer, der sich zu lange verloren hat und langsam zu sich selbst zurückfindet.*

Ich versuche, meine Atmung zu beruhigen, doch die düstere Atmosphäre scheint meine Lungen zu erdrücken. Der Raum ist still, nur das leise Ticken der Uhr auf dem Nachttisch durchbricht das bedrückende Schweigen.

Der Gedanke an Amir drängt sich in meine Gedanken wie ein mysteriöser Schatten. Ich strecke meine Hand aus, doch sein Platz neben mir ist leer, kalt und verlassen.

Langsam rutsche ich aus dem Bett, meine nackten Füße berühren den kalten Boden, als ich mich auf den Weg mache, Amir im düsteren Appartement zu suchen.

Der Mond wirft schmale Lichtstreifen durch die halb geöffneten Vorhänge, die den Raum in ein gespenstisches Halbdunkel tauchen.

Ich schleiche durch die schmalen Flure, mein Herzschlag pulsiert in meinen Ohren.

Die Tür zu Amirs Arbeitszimmer steht einen Spalt offen. Nur ein schwacher Lichtschein stiehlt sich hindurch. Ein Hauch von Verzweiflung durchdringt die Luft. Als ich eintrete, erblicke ich Amir an seinem Schreibtisch, die Stirn in tiefe Falten gelegt, von den Schatten der Dunkelheit umschlungen.

„Samira", seine Stimme ist sanft, doch sie trägt eine Last von Geheimnissen. „Kannst du nicht schlafen?" Was auch immer ihn bis in die Nacht beschäftigt, muss von Bedeutung sein.

„Doch, aber ich hatte einen unschönen Traum."

„Hm. Willst du darüber reden?"

„Nein. Ich kann mich kaum noch an Details erinnern.“

Er nickt und presst die Lippen aufeinander. Mit dem Zeigefinger tippt er auf das Papier vor sich auf dem Schreibtisch. „Hör mal … Ich muss noch etwas fertig schreiben. Dann komme ich auch ins Bett. Okay?“

Ich trete näher, spüre die Spannung in der Luft, die wie ein unsichtbares Band zwischen uns liegt. Unsere Blicke verschmelzen in einem Moment der Stille, in dem die Dunkelheit um uns herum zu vibrieren scheint.

„Darf ich mich zu dir setzen, bis du fertig bist?“, frage ich und ziehe vorsichtig den Stuhl vor seinem Sekretär zurück. „Also nur, wenn es dich nicht stört.“

Eine seiner Brauen hebt sich leicht, als hätte er einen Einwand anzubringen. Doch dann lächelt er. „Stört mich nicht. Nimm ruhig Platz.“

Leise lasse ich mich auf dem Stuhl nieder und sehe ihm dabei zu, wie er hochkonzentriert etwas in den Papieren nachliest und dann etwas in seinem Laptop notiert. Sein ernster Gesichtsausdruck amüsiert mich und lässt mich den Albtraum langsam vergessen. Während er liest, legt er die Stirn in Falten und sieht so todernst aus, dass sich meine Mundwinkel wie von Geisterhand heben.

„Was gibt es denn da zu grinsen?“, fragt er, über den Rand seines Laptops hinwegschauend.

Ertappt zucke ich zusammen und spüre eine leichte Hitze auf meinen Wangen. *Ihm entgeht aber auch nichts.* Fahrig streiche ich über meine Oberschenkel und fühle mich furchtbar ertappt. „Nichts, nichts. Ich frage mich nur, was du da gerade machst, weil du so konzentriert dabei aussiehst. Ist es kompliziert?"

„Hm", brummt er leise. „Nun ja ... Nicht wirklich."

„Gut. Ich möchte dich ungern ablenken."

„Tust du nicht", antwortet er, ohne zu mir zu sehen, und liest wieder etwas nach. „Da müsstest du schon nackt vor mir sitzen", schiebt er beiläufig nach und grinst schief.

Ich habe keine Ahnung, welche Gruppierung meiner sich am Rande des Wahnsinns befindlichen Hormone auf die glorreiche Idee kommt, mich dazu zu bringen, das Höschen unter meinem Negligé heimlich auszuziehen und es Amir auf den Laptop zu werfen.

Überrascht sieht dieser von seinen Unterlagen auf und weitet die Augen. Damit hat er wohl nicht gerechnet, wie mir scheint.

„Entschuldige. Ich ging eigentlich davon aus, dass du dich durch nichts ablenken lässt. Scheint wohl doch nicht so zu sein", necke ich ihn amüsiert und spüre förmlich die Raumtemperatur ansteigen.

„Pfff ... Ich lasse mich davon nicht ablenken", erwidert er galant, greift nach meinem Höschen und steckt es sich in die Brusttasche seines Hemdes. Natürlich nicht, ohne es sich vorher einmal unter die Nase zu reiben.

Das kann es noch nicht gewesen sein. Provokativ rücke ich mit dem Stuhl zurück, spreize die Beine und beginne, vor Amirs Augen meine Mitte zu streicheln. Dabei sehe ich ihn herausfordernd an. Was wird er tun? Sich doch von seiner Arbeit ablenken lassen? Oder sie unterbrechen für einen Quickie auf dem Schreibtisch? Gänsehaut legt sich bei dem bloßen Gedanken daran auf meine Haut, aber ich spiele unbehelligt weiter an mir herum, denn ich ahne, wie sehr Amir das anmacht.

Sofort schnellen seine Augen von den Papieren hoch. Er schüttelt tadelnd und wie in Zeitlupe den Kopf, bevor er ihn schief legt. „Samira, Samira ... was planst du da?"

„Nichts, das dich stören könnte. Ich bin leise, wenn ich komme. Keine Sorge, Mr. Unablenkbar", entgegne ich schief grinsend, lege den Kopf in den Nacken, schließe die Augen und stöhne bittersüß auf. Der bloße Gedanke daran, dass Amir mir gerade zusieht, reicht aus, dass ich feucht werde. Unverhohlen setze ich mein illustres Treiben fort und seufze tief, als ich plötzlich das Zurückschieben eines Stuhles höre. Ich spüre die leichten Vibrationen des Bodens bei jedem von Amirs Schritten; er sagt kein Wort. Den interessierten Gesichtsausdruck einer Raubkatze kann ich mir bei ihm lebhaft vorstellen. Gespannt lausche ich der Stille und genieße das schöne Gefühl, das sich in meiner Mitte ausbreitet. Kurz zucke ich zusammen, als sich eine Hand von hinten an meinen Hals legt und eine weitere meinen Kiefer umgreift, doch ich mache weiter.

Amirs Zunge bahnt sich den Weg in meinen Mund und schickt eine Welle elektrischer Funken durch meinen Körper, die meine Mitte erzittern lassen. Ich bin hungrig nach mehr und greife nach seinem Nacken, um ihn näher zu mir zu ziehen.

Allerdings bleibt er völlig starr.

War ja klar. Er bestimmt – nicht ich.

„Du willst spielen, ja?", raunt er dunkel in mein Ohr, woraufhin sich erneut alle Härchen meines Körpers aufstellen. Amir hat mit seinem Kuss einen Funken entfacht, der sich nun wie ein Lauffeuer immer weiter auf meinem Körper ausbreitet.

„Ich will dich", flüstere ich hungrig und sehnsüchtig zu gleichen Teilen. Zugegeben habe ich mich einsam ohne ihn gefühlt und seine Nähe hat mir so gefehlt.

„Ist das so?" Seine Stimme klingt so rau und animalisch, dass es mir heiß und kalt den Rücken herunterläuft.

„Oh ja. Das ist so!" Ich komme kaum dazu, den Satz zu beenden, da hebt er mich hoch und setzt mich vorsichtig auf dem Sekretär ab. *Wusste ich es doch. Langsam habe ich raus, wie der Hase läuft.*

Er küsst mich im Nacken, während eine Hand den Träger des Negligés über meine Schulter schiebt. Selbiges auf der anderen Seite.

Der glatte Satin entblößt meine Brüste und meine Nippel, die wie eine eins stehen. Ich erschaudere vor Lust.

Amir beugt den Kopf zu meinem Dekolleté herab und küsst meine Brüste. Dabei arbeitet er sich mit der Zunge zu meiner Brustwarze vor. Als er beherzt daran saugt, atme ich scharf Luft ein und vergesse beinahe, weiter an mir herumzuspielen. Er sendet diesen einen besonderen Reiz aus, der dafür sorgt, dass sich meine Mitte unweigerlich zusammenzieht und ich zu einem nach Sperma lechzenden Individuum mutiere.

Ich lege meine Hände an seinen Nacken, als er sich von meinen Brüsten abwärts arbeitet und das Negligé bis zu meiner Hüfte hinab schiebt. Helfend hebe ich meinen Po an und lasse mich von allem unnötigen Stoff befreien.

Amir beäugt mich zufrieden, denn ich sitze auf seinem Schreibtisch, wie Gott mich erschuf. Mit der Hand schiebt er die Unterlagen beiseite, um mehr Platz zu schaffen, und bringt mich sanft in eine Liegeposition.

Ich höre eine Gürtelschnalle klappern, als ich die Augen schließe. Meine Brüste werden erneut geküsst und als ich die Lider wieder öffne, erblicke ich Amir über mir.

Etwas Wölfisches liegt in seinem Blick, während ich wie ein erlegtes Reh unter ihm bin.

Unsere Lippen verschmelzen zu einem Kuss, als er in mich eindringt. Langsam und bedacht. Nicht so rau wie sonst.

Ein Kribbeln überrennt meinen Körper, während ich die Arme um seinen Hals lege.

Sanft bewegt er sich in mir und knetet meine Brust.

Unsere Lippen liegen noch immer aufeinander und unsere Zungen umgarnen sich.

Das ist ein völlig neues Gefühl, das ich mit ihm erlebe. Bisher war der Sex immer sehr rau und bestimmend durch ihn. Doch dieses Mal habe ich nicht das Gefühl, dass allein er den Ton angibt.

Amir löst sich von meinen Lippen und küsst meinen Hals entlang bis zu meinem Schlüsselbein.

Meine Mitte zieht sich schneller zusammen, als mir lieb ist.

Amirs Hand wandert hinab und kurz darauf spüre ich seine Finger auf meiner Perle, die mich binnen Sekunden zum Höhepunkt bringen, während sein Schwanz mich weiter fickt. Auch sein Atem geht schneller und seine Härte pulsiert nur wenig später in mir. *Wahnsinn! Das habe ich so vermisst und gebraucht!*

Mit einem innigen Kuss zieht er sich schließlich aus mir zurück, um sich anzukleiden.

Ich kann mir ein benebeltes Grinsen nicht verkneifen. Mit glühenden Wangen richte ich mich auf und ziehe das Negligé über. „Das war ...“

„Ungewohnt“, ergänzt er, bevor ich den Satz zu Ende bringen kann.

„Ja, aber schön.“

Amir nickt, während er sich das Hemd zuknöpft und wieder auf seinem Stuhl Platz nimmt.

„Du muss noch arbeiten, richtig?“, frage ich und stehe von seinem Schreibtisch auf.

„Ja, aber nicht mehr lange. Ich muss noch diese Sache zu Ende bringen. Es gab da eine gewisse Verzögerung bei der Bearbeitung.“ Er grinst düster.

„Womit ich natürlich rein gar nichts zu tun habe“, entgegne ich lächelnd.

„Natürlich nicht.“

Ich bin schon halb auf dem Weg zur Tür, als ich den Stuhl erneut höre.

„Samira, warte mal.“

Schritte folgen.

Ich drehe mich um und erblicke Amir direkt vor mir.

„Ich habe es ernst gemeint, als ich sagte, dass ich dieses Kind möchte.“ Seine Augen huschen zu meiner Mitte. „Unser Kind.“ Sein Kiefer mahlt, als stecke er in einer tiefgründigen Überlegung. „Und das schließt auch mit ein, dass sich gewisse Dinge ändern werden.“

„Gewisse Dinge?“

„Dass *ich* mich in gewissen Dingen ändern werde.“

Ich lasse seine Aussage unkommentiert auf mich wirken.

„Ich meine das Ernst, Samira“, schiebt er leise aber nicht weniger bedeutsam nach und küsst mich auf die Stirn. „Ich werde es dir beweisen.“

„Okay“, hauche ich und verlasse den Raum. Verwirrt aber irgendwie auch … glücklich.

16. Kapitel

BALIAN

Strand von Limanossa

Der Wind streicht durch die Palmenblätter und die ersten Sonnenstrahlen lassen das Meerwasser im Hintergrund glitzern. Zusammen mit Crita und Lucius sitzen Jade und ich am Strand im Schutz einer Felsengruppe. Dracu und Miroh haben neulich einen Tisch und zwei Holzbänke gebaut und den Platz neben den Palmen mit Blumentöpfen arrangiert. Crita hatte es sich schon Jahre zuvor gewünscht, doch nie bekommen. Sie liebt das Meer, das, wie sie sagt, der Spiegel der Seele ist.

Es kann wild und ungestüm oder sanft und beruhigend sein. Und damit hat sie recht. Heute ist es entspannt und ich hoffe inständig, dass sich das auf sie und Lucius überträgt.

Auf dem Tisch stehen Getränke und Teller mit Beeren und anderem Obst.

Wir haben die beiden aus dem Bett geworfen. Unsanft, aber mit triftigem Grund.

„Also, warum wolltet ihr uns so früh sprechen? Nero wird gleich auftauchen."

„Schickt ihn bitte wieder weg", platzt es unvermittelt aus mir heraus.

Lucius Miene verfinstert sich. „Balian, wir hatten darüber gesprochen. Ich dachte, du hättest es verstanden."

„Habe ich auch. Aber darf ich dich an den alten Brauch erinnern?"

„Welchen Brau-" Lucius bricht mitten im Satz ab, legt die Ellbogen auf der Tischplatte ab und lehnt sich vor. „Sag mir nicht ..."

Auch ich lehne mich auf dem Tisch vor. „Doch."

Lucius schlägt mit der Faust auf die Tischplatte.

„Kannst du mir sagen, was los ist?", will Crita wissen und sieht ihn mit ernster Miene an.

Lucius greift über den Tisch nach Jades linkem Arm und hält Crita die Hand mit dem Verlobungsring hin. „Die beiden werden heiraten. Das Gesetz sagt, dass der direkte Nachfahre unseres Königs erst dann seinen Platz einnehmen kann, wenn er verheiratet ist."

Crita wird blass um die Nase. „Junge. Weißt du, was das heißt? Ich dachte, du wolltest nach einer Lösung suchen, dich deiner Fesseln zu entledigen und von hier zu verschwinden? Trittst du die Nachfolge deines Großvaters an, musst du für immer hierbleiben."

„Aber ich kann auch das Gesetz ändern und da Jade dann eine von uns ist, kann ich ihr höchsten Schutz zuweisen."

Jade sieht mich mit großen Augen an. „Ich glaube, ich höre nicht recht", sagt sie leise, wie in Trance. „Verstehe ich das richtig? Wenn wir heiraten, wirst du König dieser Insel sein?"

„Und du meine Königin", füge ich hinzu und küsse sie sanft auf die Stirn.

„Ein Ex-Darmawan-Mitglied wird zu unserem König. Das ist so absurd!“ Lucius scheint außer sich.

„Wenn es der einzige Weg ist, euch davon abzuhalten, Jade auszuliefern … Ich wollte nie König werden. Und ehrlich gesagt, wäre ich wahrscheinlich nicht mal ein Guter. Aber ihr zwingt mich dazu.“

„Balian! Das ist doch nicht wahr.“ Crita greift nach ihrem Glas Wasser und nimmt einen großen Schluck. „Du solltest keine unüberlegten Schnellschüsse wagen.“

„Glaub mir, Crita – ich war mir nie bei etwas *so* sicher.“

„Das ist doch eine Schmach!“, bemerkt Lucius unter abtrünniger Miene und erhebt sich vom Tisch. „Das höre ich mir nicht länger an.“

„Lucius!“ Critas Hand greift nach dem Stoff seines Hemdes und zieht ihn wieder auf die Bank. „Nun beruhige dich bitte. Wir finden bestimmt eine Lösung, mit der alle zufrieden sind.“

„Und die soll sein, dass die Darmawan hier alles niederschießen?“

„Nein, das soll es nicht.“

Jade meldet sich mit einem Räuspern zu Wort. „Die Darmawan wollen einen Beweis, dass ich lebe, richtig? Dann lasst mich mit Samira sprechen. Sie wird Amir vielleicht davon abhalten, einen Krieg zu beginnen.“

Lucius lacht ungläubig auf. „Mein Kind, lass dir eines gesagt sein. Ein Mann wie Amir lässt sich von nichts und niemandem von etwas abhalten. Außerdem hat auch er einen Boss über sich, dem er sich nicht widersetzen kann. Da kann deine Freundin noch so gute Argumente vorbringen. Keine Chance.“

„Wir heiraten. Ende der Diskussion“, platze ich dazwischen.

Die Stimmung heizt sich ziemlich auf, was ich eigentlich vermeiden wollte. Doch inzwischen haben sich die Gemüter so erhitzt, dass ein Umschwung kaum noch möglich ist. Ich wollte diese Bürde nie tragen, doch ich bin lieber König dieser Insel, der Jade höchsten Schutz bieten kann, als dass ich dabei zusehen muss, wie Nero die Liebe meines Lebens gleich diesen Ganoven ausliefert. Wer weiß, ob das mit der Presse überhaupt stimmt. Welche Garantie habe ich dafür? Keine. Und trauen kann ich Nero nicht. Nicht mehr.

In der Ferne ist das leise Surren eines Motorboots zu hören.

Gleichzeitig reißen wir unsere Köpfe in Richtung des Geräuschs.

Abseits des Strandes auf dem Meer zeichnet sich ein dunkler Schatten über dem glitzernden Wasser ab.

„Da ist Nero“, bemerkt Lucius zähneknirschend. Dann richtet er sich an mich und durchbohrt mich förmlich mit seinem stechend ernsten Blick. „Balian. Mach jetzt keine Szene. Wir machen es, wie wir es gestern besprochen haben. Du kannst Amir mit einer solch wahnwitzigen Idee ohnehin nicht davon abhalten, sich zu holen, was er will.“

„Wahnwitzig?“

„Richtig! Und das wirst du auch noch einsehen. Du hast ja keine Ahnung, was es bedeutet, eine Insel zu regieren.“

„Na und? Du hast es dir doch auch von meinem Großvater abgeschaut.“

„Ja, weil er mich darum gebeten hat, seine Nachfolge anzutreten, bis einer seiner Nachfahren sich bindet. Kurz nach seinem Tod starb auch deine Mutter und die Ehe deiner Eltern war daher nicht mehr gültig. Zudem war dein Vater durch seine aktive Mitgliedschaft bei den Darmawan von der Thronfolge ausgeschlossen."

„Und da hast du dich natürlich sehr gern angeboten, hier weiter alles zu leiten."

„Balian! Das ist anmaßend!", funkt Crita aufgebracht dazwischen.

Das Schnellboot nähert sich.

Jade neben mir schluckt hart und lässt das Boot nicht aus den Augen. Ihre Augen sind angsterfüllt, doch sie sollte wissen, dass ich nicht zulasse, dass Nero sie mitnimmt. Niemals.

„Jetzt hört bitte auf!" Jade ist von ihrem Platz aufgesprungen und sieht uns entsetzt an. Ihre Augen sind glasig und ihr Brustkorb hebt und senkt sich hektisch. „Ich verstehe, dass ihr aufgebracht seid. Dass ihr eine Lösung finden wollt. Aber bitte: nicht so! Diese Situation ist für niemanden angenehm und es tut mir leid, dass ich euch Probleme mache. Aber glaubt ihr, ich habe das alles gewollt? Denkt ihr, es war ein Vergnügen für mich, Samira auf dieses Schiff zu begleiten, dann wieder zu verlieren, diesen Wasserfall hinabzustürzen? Diese Schmerzen zu erleiden? Diesen Kummer? Und das über Wochen! Offenbar ist Balian der Einzige, der das alles sieht."

Betretenes Schweigen.

Nur der Klang des Motorbootes ist zu hören, das in diesem Augenblick anlegt.

Aus dem Augenwinkel sehe ich, wie Nero von Bord steigt und seine Umrisse sich uns nähern.

„Balian, ich würde wirklich gern deine Frau werden, aber ich möchte nicht, dass du einen Posten für mich annimmst, den du eigentlich gar nicht willst. Warum sonst bist du von hier weggegangen?“

Ich seufze schwer, denn der Wahrheitsgehalt ihrer Worte liegt höher, als ich zugeben möchte.

„Oh, eine Versammlung. Wie es aussieht, komme ich gerade richtig“, erklingt Neros Stimme hinter Jade. „Feiert ihr Abschied?“

Während ich den Vollidioten ignoriere, Jade „Nein“ und Lucius „Ja“ knurren, ist Crita merklich still geworden. Ich sehe ihr an, dass sie grübelt. Dass Jade ihr ans Herz gewachsen ist, hat sie mehr als nur einmal zugegeben. Es wird auch ihr sicherlich sehr schwerfallen, Lucius' Entscheidung zu akzeptieren, aber sie würde sich niemals gegen ihr stellen.

„Bist du dann so weit?“ Nero legt seine Hand an Jades unteren Rücken, was mir ziemlich missfällt, doch da er sie sofort wieder löst, als er meinen finsteren Blick bemerkt, erwidere ich nichts.

„Ich komme nur unter einer Bedingung mit.“ Jade schluckt hart und nickt mir ruhig zu.

Mir ist das Herz in die Hose gerutscht, doch ich weiß, dass Jade einen Plan hat. Ich muss ihr vertrauen.

„Welche Bedingung?“ Nero belächelt sie. „Ich glaube nicht, dass du in der Position bist, Forderungen zu stellen.“

„Aber ich bin in der Position euch vor der Presse bis auf die Knochen zu blamieren“, kontert sie mit einem frechen Zwinkern.

Nero starrt sie verdutzt an und auch Crita und Lucius scheinen wie versteinert.

„Welche Bedingung?“, will Nero wissen und zupft die Ärmel seines Anzugs zurecht.

„Ich möchte mit Samira sprechen. Sichergehen, dass alles seine Richtigkeit hat. Du könntest mich sonst wohin entführen. Niemand würde es mitbekommen. Amir würde trotzdem auf die Insel marschieren und niemandem wäre geholfen.“ Jade schickt einen messerscharfen Blick an Lucius, der sich nervös den Bart reibt.

Mein schlaues Mädchen.

„Nun ja“, steigt Crita ein. „Wo sie recht hat, hat sie recht.“

„Du zweifelst an mir?“ Neros echauffierter Blick amüsiert mich.

Crita schweigt.

„Nun gut.“ Aus der Innentasche seines Jacketts zieht Nero ein Satellitentelefon. „Meinetwegen. Ruf sie an.“ Als er Jade das Telefon entgegenhält, weitet sie angespannt die Augen.

„Wirklich?“

„Du hast zehn großzügige Minuten.“ Er tippt auf dem Display herum und betätigt die Lautsprechertaste.

Nach mehreren Freizeichen nimmt endlich jemand ab. Amirs Stimme jagt mir einen Kälteschauer über den Rücken.

„Amir, mein Freund. Hier ist Nero. Ich bin auf Limanossa. Jade steht neben mir. Unversehrt. – Ja, es geht ihr gut. Allerdings möchte sie die Insel nicht verlassen, ehe sie mit Samira gesprochen hat.“

Es rauscht in der Leitung. Der Empfang hier ist nicht der Beste.

Amir entschuldigt sich für einen Moment, drückt einen Knopf und dreht die Antenne zurecht.

Die Minuten des Wartens vergehen quälend langsam.

Ich sehe, wie Jades Beine zittern. Aber auch mir geht es nicht sehr viel anders.

Es knackt im Satellitentelefon und eine zarte Frauenstimme erklingt. „Hallo? Jade?"

17. Kapitel

JADE

Mir schießen Tränen in die Augen und der Boden unter meinen Füßen droht nachzugeben. Das Satellitentelefon in meiner Hand zittert und ich spüre die neugierigen Blicke, die auf mir ruhen. „Samira?"

„O mein Gott, Jade! Du bist es wirklich! Du lebst!"

„Das kann man wohl sagen. Hast du gedacht, so ein kleiner Sturz macht mich platt? Niemals."

„Ich glaub, es nicht. Jade! O mein Gott." Samira schluchzt, worauf ich schnell den Lautsprecher ausschalte und das Telefon an mein Ohr drücke.

Sofort spüre ich Neros mahnende Blicke.

„Warte mal kurz, Samira", sage ich und richte mich an Nero. „Ein bisschen Privatsphäre, ja? Ich wette, Amir hängt auch nicht mit am Hörer und lauscht", zische ich in seine Richtung und wende mich ein paar Schritte von der Gruppe ab. Ich klettere auf einen der kleineren Felsen und spüre, wie mein Herz höherschlägt, als ich das Handy wieder an mein Ohr halte. „Es tut so gut, deine Stimme zu hören."

„Was glaubst du, wie es mir gerade geht", schluchzt sie. „Ich bin so verdammt froh, dass du wohlauf bist.

Die ganze Zeit habe ich es gewusst. Ich habe gespürt, dass du noch lebst."

„Ich habe ein paar Blessuren davongetragen, aber abgesehen, davon geht es mir gut." Und jetzt erst recht, denn Samiras Stimme zu hören, ist wie nach Hause zu kommen.

„Wie bist du den Terroristen entkommen?", will sie wissen und ich stocke.

„Welche Terroristen?"

„Die auf der Insel. Amir sagte mir, dass einige dorthin verbannt wurden. Der Kerl, der mit dir den Wasserfall hinabgestürzt ist, war einer von ihnen."

„Also abgesehen von diesem Mistkerl habe ich hier noch niemanden getroffen, der es auch nur ansatzweise schlecht mit mir meinte."

„Was? Aber …"

„Samira, was ist los? Wie kommst du darauf, dass hier Terroristen sind?" Meine Hand gräbt sich in die kleine Steinausbuchtung, in der sich Sand gesammelt hat. Ich nehme etwas von dem Sand in die Hand, balle sie zur Faust und lasse den Sand hindurchrieseln. Immer und immer wieder.

„Amir …", stammelt sie und bricht ab.

Sofort ahne ich, dass er sie getäuscht haben muss. „Das habe ich mir fast denken können. Was hat er gesagt?"

„Nun ja, so intensiv haben wir darüber nicht gesprochen. Aber dort sollen ein paar üble Typen sein. Einige von ihnen waren selbst einst Teil des Darmawan-Syndikats."

Mir stößt Samiras Ausführung ziemlich übel auf, auch wenn sie nichts dafür kann. Amir war scheinbar derjenige, der sie mit solchen Falschinformationen manipuliert hat. „Richtig. Und Samira, ich muss dir was sagen."

„Was denn?"

Nervös spiele ich mit einer Haarsträhne, die ich mir immer wieder um den Finger wickele. „Mit einem von ihnen bin ich verlobt."

„Bitte? Du verarscht mich doch jetzt, Jade."

„Nein, tu ich nicht. Balian und ich sind seit letzter Nacht verlobt."

„Balian ... Der Name sagt mir doch was."

„Er war Amirs bester Freund", schiebe ich nach, um Samira auf die Sprünge zu helfen. Verstohlen sehe ich zu Balian hinüber, der immer noch in einer lebhaften Diskussion mit Lucius zu stecken scheint.

„Richtig, und dann hat er ihn hintergangen", erzählt Samira mit einer Sicherheit, als wäre sie selbst dabei gewesen. Dabei kennt sie ihn nicht einmal richtig.

„Hat er nicht. Ich kenne die Geschichte. Auf der Insel kennen sie alle. Nur Amir kennt sie nicht, weil er ihn nicht einmal anhören wollte, bevor er ihn gefesselt über Bord geworfen hat", spreche ich die Worte böser aus, als ich es beabsichtigt hatte. „Tut mir leid. Du kannst ja nichts dafür."

„Du glaubst vielleicht, Balian zu kennen, aber kennst du auch seine Vergangenheit? Kannst du mit Sicherheit behaupten, zu wissen, wer er wirklich ist?"

Stille.

Nein, seine Vergangenheit kenne ich nicht. Aber ich habe in sein Herz gesehen, als er zu mir sagte, dass er dachte, ich sei tot. Seine Augen haben unmöglich gelogen. Ich glaube nicht, dass Balian hinterhältiger sein könnte, als es Amir ist. Und dem traue ich keinen Meter über den Weg.

„Ich muss dich sehen, Jade."

Mein Herz ist bleischwer und die Sehnsucht nach einer innigen Umarmung meiner besten Freundin übermannt mich. „Samira, ich will dich auch sehen, aber ich kann diese Insel gerade nicht verlassen. Ich bin noch nicht ganz fit. Kannst du herkommen?"

„Ich weiß nicht. Amir ..."

„Würde das nicht gern sehen? Das denke ich mir. Aber ich will dich als Trauzeugin für meine Hochzeit, Samira."

„Du willst das wirklich tun?"

„Wenn du Balian erst einmal kennst, wirst du mich verstehen."

„Ach, Jade ..."

„Hey! Quatsch nicht so lange!", höre ich Neros Stimme und sehe zu ihm hinüber. Die Gläser seiner getönten Brille glänzen im Sonnenlicht und mit seinem dunklen Anzug wirkt er an diesem wunderschönen Strand ziemlich deplatziert.

Genervt winke ich mit der Hand ab.

Lethargisch blicke ich auf das weite Meer. So fern, so tief, so unberechenbar. Nur einige Meter neben mir flitzt eine Echse über den Fels. Man kann über die Insel der Verdammten sagen, was man will. Für mich ist sie das Paradies. Allerdings nur mit Balian. „Bitte, Samira. Ich werde heiraten, aber ich möchte das nicht ohne dich tun."

Ein lautes Schnaufen brummt durch das Handy. „Also gut. Ich werde mit Amir sprechen. Wenn ich ihm sage, wie wichtig mir das ist, wird er es verstehen. Ich kann mir aber gut vorstellen, dass er mich nicht allein fahren lassen wird.“

„Und warum nicht?“

„Weil er auf mich aufpasst.“

Ich muss auflachen. „Samira, ich kenne kaum eine Person, die so gut allein klarkommt wie du.“

„Es ist ein bisschen kompliziert. Ich kann das am Telefon nicht so gut erklären.“

Mein Freundinnen-Instinkt schlägt Alarm. „Samira. Was ist los?“ Da ist er wieder – mein bemutternder Unterton.

„Es ist alles in Ordnung. Ich meinte ja nur.“

Nein, du meintest nicht nur. Irgendetwas stimmt hier nicht. Unruhig schreibe ich Fragezeichen mit dem Finger in den Sand in der kleinen Felskuhle. „Samira! Raus mit der Sprache.“ *Ich weiß genau, dass du mir etwas verschweigst. Dafür kennen wir uns lang genug.*

Wieder seufzt sie und dann folgt ein Schluchzen.

„Samira?“

„Ich bin schwanger“, gibt sie kleinlaut zu und mir bleibt vor Schreck fast das Herz stehen.

Nach Worten ringend, schweige ich, bevor ich ein zaghaftes: „Von Amir?“, herausbringe. Ich hätte mit vielem gerechnet, aber nicht damit. Samira und Kinder. Nie im Leben. Ich weiß, was sie für eine kaputte Kindheit hatte und dass sie mir einmal erzählt hat, dass sie deswegen keine Kinder möchte.

„Ja. Von wem denn sonst?“

Ich raufe mir das Haar. „Heilige Scheiße!“

„Jade …“

„Was denn? Das hatte ich einfach nicht erwartet. Du und schwanger.“

„Wie lange brauchst du noch?", höre ich Nero, der hektisch in seine Richtung winkt.

Ich mache eine hektische Geste mit der Hand. Ein paar Minuten wird er sich noch gedulden müssen.

Ein schweres Atmen dringt durch die Leitung. „Ehrlich gesagt ... na ja ... ich weiß noch nicht, ob ich es behalten will."

„Solange du das frei entscheiden kannst. Ich meine ... was sagt Amir denn dazu?" Voller Anspannung halte ich die Luft an, während mir der Wind um die Ohren schlägt. *Was, wenn er sie dazu drängt, das Baby zu behalten oder abzutreiben? O Gott, das möchte ich mir gar nicht ausmalen.*

„Jade ... Er lässt mir die freie Entscheidung, falls du das wissen möchtest."

Erleichtert atme ich aus – viel zu hörbar. „Gut."

„Wir werden kommen, Jade. Und keine Sorge wegen Amir. Er wird tun, was ich sage. Schließlich will er nicht, dass ich abtreibe. Also bemüht er sich im Augenblick sehr."

„Gut, wenn du meinst, dass das ausreicht."

„Das wird es", versichert sie mir.

„Okay. Ich freue mich. Wirklich. Du, Samira ... Ich muss jetzt auflegen", sage ich, da Nero schon wieder in meine Richtung blickt. Dieses Mal nicht winkend, sondern mit in die Hüfte gestemmten Armen.

„Ich hab dich lieb, Jade."

„Ich dich auch." Mein Herz wiegt eine Tonne, als ich auflege. Ich brauche noch einen Moment, ziehe die Beine an und bleibe auf dem Stein sitzen. Ein kräftiges Zittern entsteht, obwohl ich nicht friere. Ich denke zurück an den Tag in der Bar und dann an das Hier und

Jetzt – Samira und ich haben völlig die Kontrolle über
die Situation verloren.

18. Kapitel

AMIR

Jengo-Tower, Jakarta City

Unser Wagen hält vor dem Jengo-Tower, der über zwanzig Meter in die Höhe ragt. Der Chauffeur steigt aus und öffnet uns die Tür.

Samira neben mir sieht umwerfend aus. Sie trägt eines der sündhaft teuren Kleider, mit denen ich sie ausgestattet habe. Dieses Mal in bordeauxrotem Stoff, der mit kleinen Steinen versehen ist und im Licht glitzert. Für sie ist mir nichts zu teuer. Ihr samtbraunes Haar fällt glatt über ihre Schultern. Die Tattoos auf ihrer gebräunten Haut bilden einen wunderschönen Kontrast zu dem eleganten Kleid. Sie trägt ein Septum und die Diamantohrringe, passend zu der Kette, die ich ihr auf der _Infinite Horizon_ geschenkt habe. Der blaue Herzanhänger ruht auf ihrer Brust, die sich entspannt hebt und senkt.

Chalid ist bereits ausgestiegen, als ich ihm folge und mich zu Samira umdrehe, die auf der Rückbank in Richtung der Tür rutscht.

„Darf ich bitten?", sage ich charmant und halte ihr meine Hand hin. Ich spüre, dass sie irgendetwas beschäftigt, doch ich weiß nicht was. Wir hatten heute noch nicht groß die Zeit zum Reden, da ich erst fünf Minuten vor der Abfahrt von einem Termin gekommen bin.

Samira schwingt behutsam ihre Füße aus der Tür und ergreift meine Hand. „Danke", sagt sie mit einem Lächeln und wirkt nachdenklich.

„Alles in Ordnung?"

„Ja. Nur … Können wir später mal reden?"

Solange es nicht um eine übereilte Entscheidung bezüglich unseres Kindes geht, gerne. „Natürlich. Ich denke, der Termin hier wird nicht lange dauern. Aber wir müssen uns auf der Party sehen lassen. Die Presse ist da."

„Verstehe", entgegnet sie und steigt aus.

Wir nehmen die Treppen zum Tower und atmen die angenehm kühle Abendluft ein.

Die Sonne ist bereits untergegangen und die Lichter Jakartas flirren in ihren schillerndsten Facetten.

Ich ergreife Samiras Hand. Sie fühlt sich so vertraut in meiner an.

Wir durchqueren das Foyer mit dem hellen Marmorboden und halten auf die Fahrstühle zu.

Chalid, der vorausgeht, drückt den Knopf und schon kurz darauf öffnen sich die Türen.

„Der Anzug steht dir gut. Chalid. So einen solltest du öfter tragen", bemerkt Samira, was mir ein Schmunzeln entlockt.

Chalid, der dafür bekannt ist, eher in Leder und nicht so elegant herumzulaufen, presst peinlich berührt die Lippen zusammen und nickt stumm.

Wir fahren bis ins letzte Stockwerk, da die Party einer meiner Geschäftspartner auf der Dachterrasse stattfindet.

Yasin empfängt uns bereits auf den ersten Metern mit einem smarten Lächeln. Mit seinem weißen Anzug fällt er unter den vielen dunklen Anzügen auf der Party sofort auf. Mit seinem Vollbart und dem nach hinten geflochtenem dunklen Haar sieht er beinahe aus wie Genie aus Aladdin.

„Amir, mein Guter!" Mit seinen strahlend weißen und geraden Zähnen könnte er glatt Werbung für Zahnpasta machen. „Schön, dass du meiner Einladung gefolgt bist."

„Danke, Yasin. Wir freuen uns, hier zu sein." Ich drehe mich Samira zu. „Darf ich dir meine Freundin Samira vorstellen?" Der Ausdruck *Freundin* gefällt mir zugegeben immer besser.

„Samira, welch Freude." Er verneigt sich mit einem bewundernden Blick vor ihr. „Und was für ein tolles Kleid."

„Danke. Amir beweist bei seinen Geschenken immer wieder einen hervorragenden Geschmack." Samira zwinkert mir galant zu.

Was für eine Frau. Ich habe sie bei unserem Kennenlernen eindeutig unterschätzt. Sie ist viel mehr als die kleine Studienabsolventin, als die ich sie kennengelernt habe. Neben mir könnte sie eine Frau von Welt sein und niemand würde das anzweifeln.

„Geht doch schon mal an die Bar und bestellt euch etwas zu trinken. Ich bin gleich bei euch. Folgt einfach dem roten Teppich."

„Danke, gern, mein Freund."

Wir tauchen in die Lichter der Scheinwerfer ein, die neben dem roten Teppich zu unseren Füßen ausgelegt ist. Die Party ist gut besucht. Viele Gesichter gehören zu Mitgliedern des Darmawan-Syndikats, doch auch einige unbekannte sind darunter.

Als wir weiter über den Teppich schreiten, zucken plötzlich von der Seite Blitze. „Amir, ein Foto bitte!"

Wir drehen uns den Rufen zu, posieren und lächeln in das Blitzlichtgewitter hinein.

„Keine Sorge, die halten sich nicht lange an uns auf", flüstere ich Samira ins Ohr, als ich mich dezent zur Seite lehne.

Ihr ist anzusehen, dass der Presseansturm für sie anfänglich befremdlich ist, doch ich halte fest ihre Hand und spüre, wie sie sich zunehmend entspannt. Schließlich posiert sie so gekonnt, dass es fast den Eindruck erweckt, dass sie das Spektakel genießt. „Bin neugierig auf die Bilder. Sind mit Sicherheit gar nicht so übel", haucht sie mir ins Ohr, bevor wir uns weiter in Richtung der Bar fortbewegen.

„Das hast du gut gemacht."

„Danke. Es sollte schließlich immer ein Geben und Nehmen sein", bemerkt sie und lässt sich auf einem der Barhocker nieder.

Nickend nehme ich neben ihr Platz und bestelle uns zwei alkoholfreie Cocktails. „Hat das zufällig etwas damit zu tun, über das du sprechen wolltest?" Ich habe ein gutes Gespür für verborgene Geheimnisse – bin ich doch selbst Meister darin, welche zu verbergen.

„Ja, aber das hat auch Zeit bis nach der Party." Samira nimmt eines der Gläser mit dem Fruchtcocktail entgegen, die uns der Barkeeper hinstellt und dreht das kleine Schirmchen zwischen ihren Fingern. Sie wippt mit dem Kopf zur Popmusik, die im Hintergrund läuft. Und wieder etwas, das ich neu an ihr entdecke. Wir wissen noch viel zu wenig voneinander. Vielleicht, weil wir noch nicht gänzlich bereit waren, uns einander so zu zeigen, wie wir wirklich sind.

„Gefällt dir der Song?"

Sie neigt den Kopf und sieht mich verträumt an. „The Weekend ist immer super."

„Gefällt mir auch."

„Ja?"

Skeptisch hebe ich eine Braue in die Stirn. „Du wirkst ziemlich überrascht. Was hast du denn gedacht, was ich höre? Klassische Musik?"

Samiras Mundwinkel zucken und sie scheint sich zu zwingen, ernst zu bleiben. Doch dann lacht sie los. „Ehrlich gesagt, schon."

Ich kann mir ein Schmunzeln nicht verkneifen. „Zugegeben, klassische Musik hat durchaus seinen Reiz, wenn man abschalten will, aber ich höre auch gern Linkin Park und Co."

„Was?" Samira blickt mir ungläubig entgegen. „Also das hätte ich jetzt nicht erwartet."

„Da kannst du mal sehen." Ich räuspere mich. „Du kannst auch jetzt übrigens mit deinem Anliegen rausrücken, wenn es kein allzu großes Geheimnis ist." Mit dem Oberkörper drehe ich mich ihr zu.

Samira erhebt ihr Glas. „Zuerst möchte ich mit dir anstoßen."

„Und worauf?"

„Auf uns."

Wohlwollend nicke ich und lasse mein Glas gegen ihres klirren bevor ich am Cocktail nippe. „Also?“

„Wie du weißt, habe ich mit Jade telefoniert.“

„Ja. Weiß ich.“ Der Anruf hat mich ziemlich überrumpelt – auch wenn ich nicht weiß, worüber die beiden so lange gesprochen haben.

„Und wie geht es Jade?“, will ich wissen, nehme das Glas in die Hand und trinke einen Schluck.

Samiras Wangen erröten leicht und ein verheißungsvoller Glanz schleicht sich in ihre Augen. „Es geht ihr gut. Sehr gut. Du glaubst nicht, wie gut es tat, ihre Stimme zu hören. Ich wusste, dass sie noch lebt. Wir sind wie Schwestern – da spürt man das.“

Die Liebe zu ihrer Freundin erinnert mich an das Band, das zwischen Balian und mir einst bestand – bevor er mich verraten hat. „Okay, aber das ist nicht das, was dich beschäftigt, oder?“, will ich wissen. „Ich sehe es dir an der Nasenspitze an.“

„Nein, das ist es nicht.“

„Sondern?“

Samira holt angestrengt Luft, als sei das Geheimnis tief in ihr vergraben. „Amir. Sie hat sich Hals über Kopf verliebt und wird heiraten“, platzt es unvermittelt aus ihr heraus.

„Okay, und wen?“

„Balian.“

Meine bis dato gute Laune ist mit einem Satz dahin. *Das kann nicht sein. Oder doch?*

„Du machst Witze.“

„Nein. Die beiden meinen es ernst.“

Sofort breitet sich eine unangenehme Enge in meinem Hals aus, denn ich ahne, dass darauf eine Bitte folgen wird, die ich des Babys wegen nicht ablehnen kann. Ich kann Samira einfach nichts abschlagen, da ich möchte, dass sie sich wohlfühlt und es den beiden gut geht. Sie soll wissen, dass ich mich ernsthaft um sie bemühe und ihr und dem Baby zuliebe, an mir arbeiten werde. Ich will ihr nicht mit Versprechungen kommen, dass ich es versuchen werde. Ich verspreche ihr, es zu tun. Den dunklen Amir von mir zu streifen. Wie eine sich häutende Schlange.

„Ich weiß, dass dir das vermutlich nicht gefallen wird, aber Jade möchte mich als Trauzeugin auf ihrer Hochzeit dabei haben.“

Es folgt eine ziemlich lange Minute der Stille, in der ich meine Gedanken ordnen muss und Samira mich einfach nur ansieht.

„Ok-ay“, antworte ich langgezogen und warte auf den Rest, der Nachricht, der mir vermutlich noch weniger gefallen wird. „Und was bedeutet das konkret?“

Samira wirkt verunsichert und zögert.

„Nun sag schon. Wenn wir schon offen miteinander reden, dann bitte über alles.“

„Ich will sie nicht zurückweisen – immerhin ist sie meine beste Freundin – aber ich kann nicht Trauzeugin werden, wenn der Vater meines Kindes mit ihrem Verlobten bis aufs Blut verfeindet ist.“ Samira verpackt es ziemlich theatralisch, doch sie hat recht.

Puh, das kann nichts Gutes nach sich ziehen und das passt mir absolut nicht. Zähneknirschend und in Schweigen gehüllt, sehe ich Samira einfach nur an. In mir beginnt es zu brodeln, das kann sie sich wahrscheinlich denken.

„Amir, ich weiß, dass ihr eure Differenzen habt und es dir vielleicht unmöglich erscheint, diese zu überwinden. Aber ich weiß auch, dass das mal anders war. So eine Freundschaft stirbt nicht einfach. Du hast mir mal gesagt, ihr seid befreundet, seit ihr Kinder wart.“

Das ist richtig. Wir waren nicht nur befreundet. Wir waren wie Brüder. Doch das ist Geschichte. Ich bringe nur ein leises Brummen zustande – so aufgewühlt bin ich plötzlich.

„Ich wette, Balian liegt auch noch etwas an dir.“

„Auch?“ Ich stoße laut Luft aus und kann mir ein Augenrollen nicht verkneifen. Ich hasse es, wenn Samira mich liest. Und das tut sie. Inzwischen besser als jeder andere Mensch. „Wer sagt denn, dass mir an dem Kerl noch etwas liegt?“, winke ich ab, doch davon wird Samira sich nicht beirren lassen.

Sie streicht sich eine Strähne ihrer samtbraunen, glatten Haare hinter das Ohr und legt eine Hand auf meinem Bein ab. „Ach, Amir. Komm schon. Ich sehe es dir an. Der Streit mit Balian lässt dich nicht kalt.“

Sofort wende ich den Blick ab und schüttele ungläubig mit dem Kopf. „Du hast ja keine Ahnung.“ Als ich im Verdacht stand, Zarnu betrogen zu haben, weil Balian es auf mich geschoben hat, hat man mich vier Tage in ein Loch ohne Licht und Essen gesteckt. Einen halben Liter Wasser bekam ich am Tag. Und das war nur die Warnung, Zarnu niemals zu hintergehen. Das werde ich Balian niemals verzeihen! Ein Glück, dass die Darmawan schnell herausgefunden haben, dass in Wirklichkeit Balian und sein Vater hinter den Betrügereien stecken. Der feine Musterknabe Balian wollte mir den schwarzen Peter zuschieben. Aber nicht mit mir!

„Amir", setzt Samira an, erhebt sich und stellt sich zwischen meine Beine. „Du bist ein guter Mensch. Ich fühle mich nicht wohl damit, ein Kind großziehen, das in so einem Streit aufwachsen würde. Ich werde den Kontakt zu Jade niemals deinetwegen abbrechen. Das kannst du nicht verlangen. Aber ich möchte auch nicht, dass dieses Thema immer zwischen uns steht. Können wir nicht gemeinsam eine Lösung finden?" Sie sieht mich mit ihren Rehaugen an, die mich weich werden lassen. „Bitte."

„Hmm", brumme ich und ringe mit mir. „Samira ... Das ist nichts, was ich spontan entscheiden werde."

„Das sollst du auch nicht." Samira sieht mich aus großen Augen an, nimmt meine Hand und legt sie auf ihren Bauch. „Denk bitte darüber nach. Es gibt Menschen, die können nichts für euren Streit", spricht sie meine Worte von unserer Diskussion am Pool nach und ich lächele in mich hinein. *Ach, verdammt! Was für eine Zwickmühle. Ich werde über einen Kompromiss nachdenken müssen, wenn ich Samira nicht verletzen will.*

„Ich würde mir wünschen, dass du mitkommst und dich mit Balian versöhnst."

Versöhnen? Pah!

Sie küsst mich auf die Wange und sieht mich aus ihren funkelnden Augen an. Ihr Parfüm, so lieblich wie aufregend, lullt mich dabei ein. „Denk einfach darüber nach okay?"

Fuck, ich drohe, in diesen hübschen Bambiaugen zu ertrinken. „Okay", antworte ich und bin mir nicht sicher, ob ich es auch so meine.

„Na, amüsiert ihr euch auch gut?" Yasin gesellt sich zu uns und nimmt neben mir Platz. Sein weißer Anzug strahlt, denn unweit von uns sind Schwarzlichtröhren an einer Anbringung montiert. Ihm ist der Stolz über den Erfolg seiner Feier deutlich anzusehen.

„Ja, tun wir. Du übertriffst dich einfach mit jeder deiner Partys, mein Freund", sage ich ihm, was er hören will und meine es in diesem Fall auch so. Schon früh habe ich gelernt, den Menschen das zu sagen, was sie glücklich macht, um mir immer eine Hintertür offenzuhalten. Manipulativ, ich weiß, doch in meiner Branche gang und gäbe. Samira jedoch könnte ich nicht manipulieren. Nicht mehr. Sie würde mich ohnehin sofort durchschauen.

Yasin steckt sich eine Zigarre an. Er pafft genüsslich ein paar Züge und sieht äußerst zufrieden aus.

Unauffällig ziehe ich Samira zur Seite, damit sie nicht direkt in der Qualmwolke steht.

„Wir sollten uns kommende Woche mal zusammensetzen und über die Geschäfte sprechen, Amir." Yasin pafft erneut und ordert einen hochprozentigen Drink beim Barkeeper.

„Kommende Woche werde ich noch auf Geschäftsreise sein, aber danach gern, mein Freund." Ich zwinkere Samira unauffällig zu, die sofort ein wunderschönes Lächeln zuwege bringt. Zwar würde ich ihr zuliebe mit auf diese Insel fahren, aber Balian und ich werden unsere Differenzen nicht beilegen können. Dafür ist zu viel passiert. Ich begleite Samira lediglich zu ihrem

Schutz. Das werde ich ihr noch unmissverständlich klar machen. Nur eben nicht jetzt.

„Gut, dann die Woche darauf." Yasin hebt sein Glas und stößt erst mit mir und dann mit Samira an. „Ich werde mich jetzt noch ein wenig unter das Partyvolk mischen. Ihr solltet das auch tun", sagt er, nachdem er das Glas auf Ex hinabgespült hat.

„Das werden wir. Nur nicht mehr allzu lange. Ich habe morgen schon recht früh Termine, die sich nicht umlegen lassen."

Yasin klopft mir auf die Schulter. „In Ordnung, Amir. Bis übernächste Woche." Dann wendet er sich Samira zu. „Es war mir eine Freude."

„Mir auch", erwidert sie knapp und legt ihre Arme um meinen Hals, als Yasin verschwunden ist. Ich sehe ihr an, wie glücklich sie ist, doch ich will ihr keine falschen Hoffnungen machen.

„Hör mal, ich begleite dich nach Limanossa, aber so leicht, wie du dir das vorstellst, wird es nicht laufen. Selbst wenn ich einer Streitbeilegung zustimmen würde, bin ich mir nicht sicher, ob Balian dieselbe Entscheidung trifft."

„Das ist mir auch klar. Und das habe ich auch nicht verlangt."

„Gut. Das wollte ich nur noch einmal klarstellen. Chalid allein wird nicht reichen, um uns zu beschützen. Also wird Verstärkung mitkommen."

„Nein, Amir!" Samira sieht mich plötzlich ziemlich echauffiert an und weicht ein kleines Stück von mir zurück.

Verdutzt schlucke ich. „Und warum nicht?"

„Die Leute auf der Insel werden doch sofort denken, dass du sie angreifen willst. Dann haben wir genau das Gegenteil erreicht. Wir kommen in friedlicher Absicht. Das wird uns doch so niemand glauben.“

Meine Hand zuckt und will sich zu einer Faust ballen, weil mir missfällt, dass sie mir etwas vorzuschreiben versucht, doch ich halte mich zurück. „Ich werde für unsere Sicherheit sorgen. Und das lasse ich mir auch nicht ausreden, Samira. Anderenfalls werde ich nicht fahren und du auch nicht.“

„Dann lass mich Jade wenigstens darüber informieren.“

„Wenn es sein muss“, knurre ich und fürchte mich schon vor dem Kompromiss, den ich ihr zuliebe eingehen werde.

19. Kapitel

SAMIRA

Auf dem Ozean, mit Kurs auf Limanossa

Dichte Wolken hängen dunkel über dem Himmel, als sei es ein Zeichen für ein nahendes Unglück. Ein Unglück, von dem ich nicht hoffe, dass es eintritt.

Nervös habe ich mich an Deck geschleppt, denn ich fühle mich nicht gut und sehne mich nach frischer Luft. Schwangerschaftsübelkeit und Schiffsgang sind keine gute Kombination, wie ich wenige Tage später feststellen muss. Mit Amirs Jacht wagen wir die Überfahrt nach Limanossa. Ich lehne mich an die Reling und lasse mir die salzige Meeresluft um die Nase wehen. Zuvor habe ich einen Ingwertee getrunken, der die Übelkeit zum Glück ein wenig lindert.

„Das gehört dazu", meinte Amirs Leibarzt, den dieser extra für diese Reise angefordert hat. Unglaublich, wie bedacht Amir im Hinblick auf mich und die Schwangerschaft ist. So hätte ich ihn bei unserem Kennenlernen niemals eingeschätzt.

„Hier bist du", höre ich ihn hinter mir und starre wie hypnotisiert auf die kleine Insel, die ich vor wenigen

Minuten in der Ferne entdeckt habe. Das kleine Fernglas habe ich mir aus der Kabine mitgenommen und um meinen Hals gehängt. Neugierig zücke ich es und linse hindurch.

„Das dahinten ist Limanossa. Bist du aufgeregt?" Amir legt von hinten seine Arme um mich.

„Ja, irgendwie schon. Aber mehr euretwegen."

Über meine Schulter hinweg vernehme ich ein leises Brummen. Bevor ich etwa entgegnen kann, küsst Amir zärtlich meinen Nacken.

„Versprich mir, dass das nicht eskaliert, ja?" Allein der Gedanke, an den drohenden Stress, bereitet mir großes Unbehagen.

„Ich werde keinen Krieg anzetteln, wenn du das meinst. Wie die anderen auf der Insel reagieren, weiß ich nicht. Aber gerätst du in Gefahr, garantiere ich für nichts."

„Ich wüsste nicht, wer oder was mich dort in Gefahr bringen sollte."

„Dann ist's ja gut."

„Und was ist mit dir?", frage ich, drehe mich herum und sehe Amir tief in die dunklen Augen. „Bist du aufgeregt?"

„Warum sollte ich das sein?"

Ich kann mir das kleine Schmunzeln, das meiner Frage folgt, nicht verkneifen. „Komm schon. Du weißt genau, was ich meine. Vielleicht könnt ihr eure Differenzen ja wirklich klären."

Amir rahmt mein Gesicht mit seinen Händen und zieht es ein Stück zu seinem heran. „Samira, ich möchte nicht, dass du dir falsche Hoffnungen machst. Dass wir uns einfach die Hände schütteln und alles vergessen, wird nicht passieren. Weder Balian noch ich wären dazu in der Lage. Nicht nach allem, was passiert ist."

„Amir?"

Wir drehen zeitgleich die Köpfe herum.

„Geht lieber rein, es zieht ein Gewitter auf." Chalid steht in der Tür, die unter Deck führt und winkt uns zu sich heran.

Ein dunkles Grollen über uns lässt uns nicht groß überlegen.

„Komm", sagt Amir, legt seinen Arm um meine Schulter und setzt zum Gehen an.

Ich lehne meinen Kopf bei ihm an und hoffe, nicht in meinen Sorgen zu ertrinken. Etwas in mir sagt mir, dass ich ihm vertrauen soll. Dass er nichts tun wird, das mir und dem Baby schadet.

„Hast du den Tee getrunken?"

„Ja, ich fühle mich auch schon viel besser."

„Sehr gut. Es könnt gleich nämlich ein wenig Seegang geben", kündigt Amir vorsichtig an.

„Oh nein. Bitte nicht."

Erste Tropfen platschen auf den Holzboden und ich spüre bereits, wie die Jacht zunehmend unruhiger durch das Wasser gleitet.

Zehn Minuten später perlt strömender Regen am Fenster hinab und Blitze zucken, die von einem krachenden Donner untermalt werden.

Chalid, Amir, Dr. Wengsu und ich sitzen um einen Tisch herum zusammen und hören den Geschichten rund um die Insel der Verdammten zu, die Ratouh, der mit von der Partie ist, erzählt. Das tobende Wetter fügt sich ziemlich gut in seine unheimlichen Geschichten ein, sodass ich vor lauter Spannung die Schwangerschaftsübelkeit überwinde.

Ich habe die Ellbogen auf der Tischplatte aufgestellt und den Kopf auf den Handrücken gelehnt, während ich gebannt an Ratouhs Lippen hänge.

„Es heißt, die Ureinwohner Limanossas essen jeden Menschen, der ohne ihre Erlaubnis die Insel betritt. Viele Forscher, Biologen oder Abenteurer, die die Insel erforschen wollten, wurden seit ihrer Ankunft nie wieder gesehen." Ratouhs dunkle Augen erfüllt ein kleines Feuer. „Man sagt, sie wurden einem grausamen Ritual unterzogen und bei lebendigem Leibe gekocht."

„Ratouh, ich glaube, es reicht jetzt", fährt Amir dazwischen, als ich hart schlucke.

„Was denn? Ihr wolltet die Geschichte über Limanossa hören."

Chalid schmeißt Ratouh mit einer Zigarette ab. „Du musst aber keinen Hollywoodstreifen daraus machen, du Hornochse."

„Wie es aussieht, ist die Insel erzürnt über unseren Besuch", lacht Ratouh und sieht zu Amir auf. Als er bemerkt, dass dieser seine Bemerkung alles andere als lustig findet, erschlaffen seine Mundwinkel im Nu.

„Schönes Wetter haben wir nun wirklich nicht. Chalid, sobald wir angelegt haben, wirst du dich zum alten Hotel aufmachen und wenn möglich eine gesamte Etage reservieren."

„Eine gesamte Etage?" Ich sehe Amir irritiert an.

„Ja. Ich möchte kein Risiko eingehen. Und das bedeutet, so viel Privatsphäre und Schutz wie möglich."

„Und wenn da nichts frei ist?"

„Die Frage stellt sich mir nicht." Amir streicht mir liebevoll eine Strähne meiner Haare hinter das Ohr und grinst über meine Naivität. Dabei kann ich mir schon denken, vor wem die Inselbewohner die meiste Angst haben. Das Hotel wird wie leer gefegt sein, wenn sich herumspricht, dass wir einchecken. „Für die Mitglieder der Darmawan ist immer etwas frei."

„Okay, wenn du meinst, dass wir das so machen müssen." Ich sehe Amir an, dass er mich nicht in alle Details einweihen möchte.

„Glaub mir, ich weiß, was ich tue. Wir checken ein und sobald sich das Wetter gebessert hat, brechen wir nach Lishia auf. In Ordnung?"

„Ja, ist gut."

Wieder zuckt ein Blitz. Der Donner, der darauf folgt, lässt mich panisch aufschreien. Die Jacht schaukelt heftig. „Komm mit", sagt Amir deshalb, erhebt sich vom Tisch und ergreift meine Hand. Als ich aufstehe, wendet er sich an Chalid. „Wir ziehen uns jetzt in meine Kabine zurück. Du hast die Aufsicht. Wenn sich irgendetwas Auffälliges ereignet, möchte ich das sofort wissen. Wenn wir anlegen, übrigens auch." Augenrollend gibt er ihm das Zeichen, sich sofort zum Kapitän zu gesellen und ich verschwinde mit Amir in unserer Kabine.

20. Kapitel

JADE

„Was?! Amir kommt hierher?!" Die Augenpaare aller am Tisch sind vor Entsetzen aufgerissen, nachdem ich sie über die Ankunft von Samira und Amir informiert habe. Ich wollte das nicht am Strand ausdiskutieren und die anderen hätten ohnehin davon erfahren. Dann lieber alle an einen Tisch setzen. Zudem hat es sich draußen ziemlich zugezogen und ein heftiges Gewitter kracht über unsere Köpfe hinweg. Wind schlägt hart gegen die Fensterläden und der grollende Donner erschüttert mich jedes Mal bis ins Mark.

„Sie kommen in friedlicher Absicht. Ihr werdet sehen", versuche ich die Runde zu beruhigen. Ich stehe vor meinem Platz und bin froh, dass die Tischplatte verhindert, dass man meine Beine zittern sehen kann. „Ich bin einfach so froh, meine Freundin wiederzusehen. Macht mir das bitte nicht kaputt. Es wird nichts weiter geschehen. Wirklich."

„Pah! Mensch, Jade! Du weißt, ich mag dich, Kleines ... aber Amir und Samira auf die Insel zu holen ... sorry, aber das war das Dümmste, das du je gemacht hast!", knurrt Dracu unter dem erneuten Zucken eines Blitzes. „Dafür habe ich kein Verständnis."

„Ihn hierher einzuladen ... sag mal, willst du uns alle umbringen?", zürnt Miroh, der sonst immer ein Lächeln auf den Lippen trägt. Nun sehe ich ihn das erste Mal richtig aufgebracht und fühle mich schlecht deswegen. Hoffentlich gelingt es mir, die Runde doch noch zu besänftigen.

„Samira hat es mir versprochen. Es wird nichts passieren", versichere ich, obwohl ich es nicht kann. Mein Wort ist nichts Wert, denn Amir und seine Leute haben ihren eigenen Kopf. Trotzdem bemühe ich mich, meine optimistische Fassade aufrechtzuerhalten.

Dracu schlägt mit der Faust auf den Tisch. „Ein Versprechen eines Darmawan-Mitgliedes ist einen Scheiß wert! Das wissen wir alle. Das sind hinterhältige Schweine, denen man nicht über den Weg trauen kann."

Nero, der galant an der Wand lehnt, verschränkt die Arme vor der Brust und schnauft laut und sieht in Richtung des kaputten Fensters neben ihm, durch das man den prasselnden Regen so laut hören kann, als stünde man mittendrin.

„Nun ja, bis auf Nero. Der ist die einzige Ausnahme – neben Balian natürlich", schiebt Dracu zu Neros Zufriedenheit nach, doch die Luft im Raum bleibt weiterhin geladen.

Balian schweigt und hat den Blick stur auf seinen Teller gerichtet. Mir ist klar, dass er jetzt lieber woanders wäre, als hier zwischen den Stühlen zu stehen, beziehungsweise in diesem Fall sprichwörtlich zu sitzen.

„Ihr denkt, wir haben keine Garantie, dass die Darmawan uns nicht angreifen werden, richtig?“

Kritisches Nicken überall.

„Damit liegt ihr aber falsch“, führe ich weiter aus und setze mich hin. Mit eng angewinkelten Ellbogen lehne ich mich vor und lasse den Blick durch die Runde schweifen, bevor ich weiterspreche. Ich bin abgelenkt durch einen zuckenden Blitz, der mich durch die halb offenen Fensterläden blendet. Dieses Wetter passt vortrefflich zu unserer Diskussionsrunde.

„Und was macht dich da so sicher?“, will Indira wissen. „Wie kannst du wissen, dass uns keine Gefahr durch das Darmawan-Syndikat droht?“

„Das möchte ich nicht in der Runde besprechen. Da ist zu ... privat.“ Schließlich kann ich nicht die Geheimnisse meiner besten Freundin ausplaudern.

„Dann sagst du es mir“, schlägt Crita vor. „Und wenn ich danach der Meinung bin, dass deine Begründung ausreicht, werden sich die anderen auf mein Urteil verlassen müssen.“

„Was?“ Miroh springt von seinem Stuhl auf und auch Balian hebt endlich mal den Blick. „Das kannst du doch nicht über unsere Köpfe hinweg entscheiden! Wir haben auch ein Recht, über unser Schicksal zu bestimmen.“

„Bitte verlasst für einen Moment den Raum. Alle! Außer Balian. Ich denke, den wirst du ohnehin einweihen.“ Crita macht eine Bewegung mit der Hand, woraufhin sich die anderen von ihren Plätzen erheben und unter protestierendem Gemurmel den Speisesaal verlassen.

Als die Tür ins Schloss fällt und wir nur noch zu dritt im Raum sitzen, lehnt Crita sich neugierig vor. „Also? Warum denkst du, wird Amir keine Bedrohung für uns darstellen, wenn er auftaucht?“

„Meine Freundin Samira erwartet ein Kind von Amir.“

„Was?! O Mann, die Ärmste“, höre ich Balian murmeln.

„Ob sie es behalten will, weiß sie noch nicht, aber Amir scheint im Augenblick alles zu tun, um sie bei Laune zu halten. Ich vermute, er will das Kind unbedingt. Das ist unsere Sicherheit.“

„Dass er sie überhaupt begleitet oder herkommen lässt, ist mir ein Wunder. Hört sich ganz so an, als sei an deiner Behauptung etwas dran“, stellt Crita nachdenklich fest. „Was denkst du, Balian? Du kennst ihn besser als wir alle zusammen.“

„Seit wann zählt denn meine Meinung? Ich dachte, Lucius ist der Big-Boss hier.“

„Balian! Nun sei nicht eingeschnappt.“

„Ich weiß es nicht, Crita. Die Familie war schon immer Amirs wunder Punkt. Er selbst hatte nie eine richtige Familie. Vielleicht ist es ihm deshalb wichtig. Keine Ahnung.“ Balian rauft sich das Haar und erhebt sich vom Tisch. „Ganz ehrlich Jade ...“ Ich sehe, wie konzentriert er sich die Worte zurechtlegt.

„Was denn?“

Die Augen des Mannes, den ich von Herzen liebe, verfinstern sich, sodass es mich fröstelt. „Ich will diesen Kerl hier nicht sehen! Warum kommen die beiden überhaupt her?“

Stark bleiben, Jade. Ich atme tief ein und kämpfe gegen das immer noch anhaltende Zittern meiner Beine an. „Ich möchte, dass Jade meine Trauzeugin wird."

Ungläubig lacht Balian auf und dreht sich von mir weg. „Ich glaub es nicht. Und der Mann, der mein Leben und das meines Vaters zerstört hat, soll womöglich noch an unserer Hochzeit teilnehmen?!"

„Könnt ihr nicht wenigstens eure Differenzen klären, damit das nicht ewig einen Schatten auf unsere Ehe wirft, wenn Samira Trauzeugin wird?"

Balian bleibt wie versteinert stehen. Ganz langsam dreht er sich zu mir um. „Nein, Jade. Das können wir nicht. Mein Vater wird wegen diesem Mistkerl sterben!" Er macht ein paar Schritte auf mich zu. „Ich habe um deine Hand angehalten, weil ich dich liebe und dich vor deinen Feinden beschützen will. Und genau diesen Feind holst du nun auf unsere Insel und verlangst, dass wir unsere Differenzen, wie du sie nennst, einfach beilegen?"

Eine unangenehme Stille folgt, in der sich sein zorniger Blick direkt in meine Netzhaut brennt. So wütend habe ich ihn noch nie erlebt.

„Du holst ihn hierher, Jade! Wozu dann das Ganze? Die Hochzeit ist ja jetzt wohl überflüssig. Dann kannst du direkt mit ihm gehen! Ich bin raus aus der Nummer!", zürnt er, eilt auf die Tür zu und knallt sie beim Rausgehen so heftig zu, dass mir fast das Herz stehenbleibt.

„Scheiße!", fluche ich und lasse den Kopf sinken. Tränen schießen mir in die Augen und die unbändige Angst, Balian zu verlieren ist, wieder da. „So war das doch überhaupt nicht geplant."

„Ganz ehrlich, Jade, was hast du erwartet?"

Ein kräftiger Donner grollt von draußen und lässt mich zusammenzucken.

„Ich weiß es nicht. Ich hatte einfach nur gehofft, dass er mich versteht. Samira und ich sind wie Geschwister. Wir kennen uns ewig und haben schon so viel zusammen erlebt. Ich kann nicht ohne sie heiraten."

Crita legt eine auf meiner Schulter nieder. „Und Balian kann nicht heiraten, wenn der Mann anwesend ist, der über sein und das grausame Schicksal seines Vaters gerichtet hat. Das musst *du* verstehen."

Ein Schwall aus Tränen überrennt mich und ich breche weinend zusammen. Ich will Balian nicht verlieren. „Ich war so dumm, Crita", japse ich. „Warum hab ich das getan? Ich wollte weder Samira noch Balian hintergehen. Aber ich habe damit alles nur noch schlimmer gemacht!"

„Dracu! Miroh!", ruft Crita, die mich gerade so auffangen kann. „Ich brauche Hilfe!"

„Was ist los?", höre ich Dracu, wie aus weiter Ferne, denn vor mir dreht sich alles.

„Das war zu viel für sie. Jade ist noch nicht so weit, dass man sie so belasten kann. Bitte bring sie auf ihr Zimmer, damit sie sich ausruhen kann. Und du Miroh, du holst mir Balian her. Ich muss dringend mit ihm sprechen."

„Mach ich, aber was ist jetzt mit Amir?"

Ich spüre Critas angestrengten Atem direkt über mir. „Ich denke, er wird keine Gefahr für uns sein. Trotzdem bereiten wir uns vor. Das übernimmt Dracu, sobald er Jade auf ihr Zimmer gebracht hat."

„In Ordnung“, höre ich Dracu, der meine Beine mit beiden Händen umfasst und mich hochhebt. „Und du atmest jetzt mal tief durch. Es kommt alles wieder in Ordnung.“

21. Kapitel

BALIAN

Erst am späten Nachmittag löst sich die graue Wolkendecke und erlösende Sonnenstrahlen kommen zum Vorschein.

Von einem Baum aus beobachte ich den Strand, dem sich eine Jacht aus der Ferne nähert. Im Schutze der Baumkrone habe ich gute Sicht, ohne dass mich jemand wahrnimmt.

Ich muss immer noch an meinen Streit mit Jade denken, der mein Herz zum Bluten gebracht hat. Mich mit ihr in die Haare zu bekommen, war das Letzte, das ich bezwecken wollte. Aber ich kann nicht einfach hinnehmen, was sie da von mir verlangt bzw. sich vorstellt, was ich tun soll.

Eine Windböe streift durch das Geäst und treibt mir Luft von frischem Regen in die Nase.

Die Jacht nähert sich und es dauert nicht lange, bis ich Dracu, Jade und Crita am Strand entdecke. Bei Jades Anblick überrennt Gänsehaut meinen Körper. Ich kann mir vorstellen, wie sehr sie sich auf ihre Freundin freut.

„Ah, hier hast du dich versteckt."

Ertappt reiße ich den Kopf herum und entdecke Miroh, der zu mir heraufklettert.

„Ich habe dich überall gesucht."

„Jetzt hast du mich ja gefunden", erwidere ich gleichgültig. „Außerdem verstecke ich mich nicht."

„Ach, nein? Sieht aber ganz danach aus." Er lässt sich neben mir nieder und zieht zwei kleine Flaschen Bier aus den Taschen seiner Cargojeans und drückt mir eine davon in die Hand. „Hier, Mann. Hab ich uns mitgebracht. Und jetzt komm mal runter."

„Tzzz."

„Glaubst du, mir gefällt, dass dieser Wichser hier auftaucht?" Er öffnet den Verschluss seiner Flasche und ein lautes Plopp erklingt. „Wir können nun mal nichts daran ändern." Er nimmt einen Schluck, während ich meine Flasche immer noch regungslos festhalte. „Irgendwie kann ich sie ja verstehen. Wäre ich an ihrer Stelle und es ginge um Dracu oder dich. Mir würde es ähnlich ergehen."

„Ich weiß", murmele ich in mich hinein und öffne die Flasche, während ich Jade beobachte, die gespannt von einem Fuß auf den anderen Tritt, während die Jacht anlegt. Meine Herzfrequenz beschleunigt sich und meine Handflächen leicht schwitzig an der Flasche kleben.

„Vielleicht hat sie recht und Amir hält wirklich die Füße still. Allerdings müsste ihm dafür schon etwas an Jades Freundin liegen. Das kann ich mir ehrlich gesagt nicht bei ihm vorstellen. Obwohl ..." Miroh nimmt einen Schluck.

„Obwohl, was?", will ich wissen, nippe am Bier und sehe ihn skeptisch an.

„Nero meinte, in der Presse wird Samira als Amirs feste Freundin beschrieben. Die beiden wurden schon auf mehreren Gala-Veranstaltungen zusammen gesehen, auf denen er sie als seine Freundin vorgestellt hat."

Am Strand ereignet sich eine Szene wie aus einem Hollywoodfilm. Jade und Samira laufen aufeinander zu und fallen sich innig in die Arme.

„Ist das so?", frage ich zähneknirschend und werfe einen abfälligen Blick auf Amir, der neben einem Boot stehengeblieben ist und dem Spektakel wie ich aus der Ferne beiwohnt. Merkwürdig, dass er sich so im Hintergrund hält.

Hinter ihm entdecke ich Chalid und zwei weitere Männer, die mir jedoch den Rücken zudrehen. „War ja klar, dass diese Ratte sich nicht allein her traut." Mein Blick gleitet zur Jacht, die einige Meter hinter ihnen im Wasser treibt. „Wer weiß, wie viele dieser Ratten noch an Bord sind."

„Abwarten. Wir sind nicht ganz unvorbereitet." Miroh zwinkert mir zu. „Sollte es Stress geben, werden uns ein paar Leute der Nachbarinsel unterstützen."

„Wie hast du sie denn dazu überreden können? Die scheißen sich normalerweise sofort ein, wenn die den Namen Darmawan hören."

„Jeder hat seinen Preis, Balian." Miroh setzt die Flasche an und trinkt genüsslich daraus.

„Du scheinst ja inzwischen tiefenentspannt zu sein, im Gegensatz zu vorhin im Saal", stelle ich treffend fest und bin sehr verwundert darüber.

„Mein lieber Balian. Ich zähle ungefähr vier bis fünf Leute auf dem Boot. Auf die Jacht wird auch keine Armee passen. Und jetzt überlege mal, zu wie vielen wir hier sind. Plus unsere Inselnachbarn, die auf Abruf binnen einer halben Stunde hier sein können."

Er hat recht. Langsam entspanne ich mich ein wenig, behalte Amir jedoch argwöhnisch im Blick.

Dieser steht immer noch neben seiner Jacht und blickt auf die beiden Frauen, die aus dem Umarmen gar nicht mehr rauskommen. Ich kann Jades Freude in meinem Herzen spüren, doch ich bringe es nicht über mich, zu ihr zu gehen.

Neben uns schlängelt sich eine Natter von einem der oberen Äste, die Miroh mit seiner Flasche sofort verscheucht. „Nerviges Biest", murmelt er und richtet das Wort wieder an mich. „Komm schon Balian, gib dir 'nen Ruck."

„Was meinst du?" Kritisch hebe ich eine Braue und sehe zu Miro hinüber.

Dieser grinst und sieht mich auffordernd an. „Zeig dem Arschloch, dass das da unten deine zukünftige Frau ist und du dich nicht wie ein Feigling verstecken wirst, bevor er oder einer der anderen Idioten noch auf dumme Gedanken kommt."

22. Kapitel

AMIR

Wie bestellt und nicht abgeholt stehe ich neben dem kleinen Boot, mit dem wir uns von der Jacht abgesetzt haben, die einige Meter hinter uns im Wasser treibt. Ich sehe zu den beiden Frauen hinüber, die sich binnen der ersten Sekunden ihrer Umarmung in kleine Mädchen verwandelt haben, denen man Freikarten für Disneyland geschenkt hat. So glücklich und aufgeregt habe ich Samira noch nie erlebt. Sie ist wie ausgewechselt.

„Was für ein Zirkus. Sind die bald fertig?", brummt Ratouh hinter mir. „Wann fangen wir endlich an, hier aufzuräumen, Amir?"

„Erst mal gar nicht", antworte ich, stecke die Hände in die Taschen meiner Anzughose und sehe dem munteren Treiben weiter zu. Es erfüllt mich mit tiefster Zufriedenheit, als Jade Samiras Bauch streichelt und diese dabei strahlt. Dabei keimt eine leise Hoffnung in mir auf, dass sie das Kind doch behalten will. Diese Chance möchte ich mir unter keinen Umständen kaputt machen.

„Ich finde, die kuscheln langsam genug, oder?" Chalid stellt sich neben mich, steckt sich eine Zigarette in den

Mund und zündet sie mit seinem Sturmfeuerzeug an. Er braucht ein paar Versuche, denn der Wind geht immer noch kräftig. „Wann willst du wieder zurück? Oder willst du wirklich noch hier aufräumen? Ratouh und ich wären dabei."

„Nein, auf keinen Fall." Mahnend hebe ich Hand. „Keinen Stress. Wir warten ab."

„Darf ich fragen, warum?"

„Weil ich nicht will, dass sie sich aufregt. Ich will das Kind nicht gefährden."

Die Glut von Chalids Zigarette knistert beim Aufglühen. „Verstehe. Aber wir lassen uns nicht von ihr auf der Nase rumtanzen, Amir. Wenn sich das zu Zarnu rumspricht, haben wir ein Problem. Alle, wie wir hier stehen. Die Darmawan gehen nicht auf Kuschelkurs. Das hier wirst du bereits rechtfertigen müssen, wenn das jemand infrage stellt." Sein Blick wandert zu Ratouh, der in der Ferne nervös über das Deck der Jacht tigert und wild mit den Händen vor sich hin fuchtelt. Chalid greift nach einem kleinen Funkgerät. „Was ist los, Mann?"

Es rauscht. „Der scheiß Motor!", meldet Ratouh sich zu Wort.

„Was ist damit?" Chalid nimmt einen letzten Zug und schnipst die Zigarette ins Wasser.

„Springt nicht mehr an! Jackson wollte die Jacht ein Stück nach hinten setzen, aber der Motor will nicht mehr. Drecksteil!"

Ungeduldig greife ich nach dem Funkgerät und drücke den Knopf zum Sprechen. „Dann bringt ihn gefälligst zum Laufen, du Idiot!" Ich lasse bei meiner Ansage mehr Dampf ab als beabsichtigt. So langsam nervt mich dieses Herumgestehe schon. „Chalid, du wartest hier", weise ich meinen Partner an und setze mich in Bewegung. Selbstbewusst und mit langsamen Schritten halte ich auf die beiden Frauen zu. Die beiden Inselbewohner neben ihnen nehmen mich sofort in Augenschein. Die alte Frau, bei der es sich um Crita, die Dorfälteste, handeln muss, weicht zurück, doch der Kerl nicht. Als ich nur noch wenige Meter entfernt bin, erkenne ich, dass es Dracu ist. Einer der Saboteure meines Mädchenhandels. Wenn ich daran denke, wie oft sie uns schon die Übergabe von Mädchen versaut haben, könnte ich ihm sofort an die Gurgel springen. Doch nicht jetzt. Nicht hier. Nicht vor ihr.

Samira dreht sich zeitgleich mit ihrer Freundin zu mir um. Ihr Lächeln versiegt für den Bruchteil einer Sekunde, doch das entgeht mir nicht. Schnell hält sie ihr Lächeln wieder aufrecht. Hat sie sich gerade vor mir erschreckt? Vor mir? Ich dachte, wir wären weiter.

Dracu beäugt mich misstrauisch und verschränkt die Arme vor der Brust, während die Alte sich umdreht und uns kommentarlos stehenlässt. Mit dem Fuß zieht Dracu eine Linie in den Sand. „Keinen Schritt weiter", knurrt er mit der Drohgebärde eines Pitbulls.

Lächelnd hebe ich die Hände. „Ich bin unbewaffnet, wie du siehst."

„Ich traue dir nicht. Niemand hier. Ihr Darmawan lügt wie gedruckt, wenn ihr nur den Mund aufmacht. Also bleib, wo du bist, Arschloch."

„Dracu. Er hat doch gar nichts gemacht." Es ist Jade, die Partei für mich ergreift und ihrer Freundin zunickt.

„Bei dem weiß man nie. Erst lacht er und sobald du ihm den Rücken zudrehst, fällt er dich an wie ein tollwütiges Tier."

„Jetzt übertreib mal nicht", mischt sich Samira ein, was mir nicht gefällt.

„Ich wollte kurz mit Samira sprechen", sage ich, hebe noch einmal kurz die Hände und nehme sie dann herunter. Dann winke ich sie zu mir.

Die Unsicherheit steht ihr ins Gesicht geschrieben, als sie sich in Bewegung setzt. „Amir. Bitte mach keinen Stress", wispert sie, als sie mich erreicht und sich mit dem Rücken zur Gruppe vor mich stellt. „Wir hatten das doch besprochen."

„Ich habe nichts getan. Das weißt du selbst. Aber wir haben ein Problem."

„Was denn? Können sich deine Bluthunde nicht mehr zurückhalten?", platzt es unvermittelt aus ihr heraus, woraufhin sie sich sofort die Hand vor den Mund schlägt. „Entschuldige, so war das nicht gemeint."

„Natürlich war es das", entgegne ich ruhig, da ich die erhitzte Stimmung nicht weiter hochkochen will. „Wir haben ein Problem mit dem Motor der Jacht. Er springt nicht mehr an."

„Dann soll Jackson, oder wie der Kapitän heißt, das Ding reparieren."

„Er ist dran. Aber wir wollen uns langsam wieder startklar machen."

„Was bedeutet das jetzt genau?" Samira zieht die Brauen leicht zusammen und sieht mich erwartungsvoll aus ihren Bambiaugen an.

„Ich möchte in einer Stunde wieder auslaufen. Bis dahin müssen wir startklar sein."

„In einer Stunde schon?“ Sie weicht einen Schritt von mir zurück.

„Was hast du denn gedacht? Das sollte kein Tagesausflug werden. Du wolltest deine Freundin finden und sehen. Dem bin ich nachgekommen.“

„A-aber …“, stammelt sie und sieht mich an, als hätte ich soeben einen schlechten Scherz gemacht.

„Ich habe noch Termine, Samira. Die lassen sich nicht verschieben. Ihr könnt gern noch ein wenig hier am Stand spazieren oder euch irgendwo hinsetzen zum Reden, aber dann müssen wir los. Ehrlich gesagt habe ich auch keine Lust, wie ein geparkter Hund weiter in der Sonne zu brutzeln. Wenn mein Boss das erfährt, bekomme ich ein ernsthaftes Problem.“

Unverständnis zeichnet sich in Samiras Gesicht ab. Traurig sieht sie zu Jade hinüber.

„Was ist? Gibt es Stress?“, höre ich Dracu, der sich provozierend die Ärmel seines Hemdes hochschiebt.

„Nein, die gibt es nicht“, ruft Samira ihm zu.

„Das will ich dem Penner auch geraten haben!“

Jetzt reicht es mir aber. Ich lasse mir von diesem Inselwicht nicht auf der Nase herumtanzen! „Pass auf, wie du mit mir sprichst!“

„Sonst was?“ Für Dracus widerliches Grinsen würde ich ihm zu gern eine verpassen.

„Samira, es reicht langsam. Sag deiner Freundin, sie soll diesen Idioten zurückpfeifen, sonst eskaliert das hier“, warne ich sie leise, aber eindringlich, während ich sie bei den Schultern fasse und in die Richtung des Bootes drehe. „Chalid wird nicht zögern, sofort einzuschreiten, wenn der Esel weiter das Maul aufreißt.“

„Ist gut", zischt sie und löst sich von mir. „Wir gehen spazieren und ihr wartet am Boot. Okay?"

„Gut. Und Samira?" Ich lehne mich langsam zu ihr vor. „Es liegt nicht an mir. Dass das klar ist. Der Stress geht ganz klar von Jades Leuten aus."

„Ich habe es verstanden, okay?", sagt sie genervt und mit einem Unterton, als sähe sie die Schuld doch bei mir.

Ich schaue ihr zu, wie sie mit Jade auf einen der Felsen zusteuert, und ärgere mich immer noch über Dracu, dessen finstere Blicke ohne Unterlass auf mich feuern. Fünf weitere Minuten ziehen ins Land, in denen ich mir an Ort und Stelle die Füße vertrete – die beiden Frauen immer im Auge behaltend.

23. Kapitel

SAMIRA

„Du bist dir mit Amir wirklich sicher?", will meine Freundin von mir wissen, mit der ich mich auf einem der Felsen niedergelassen habe und mir die warmen Strahlen der Sonne auf den Bauch scheinen lasse.

„Ich weiß es nicht. Einerseits schon, aber dann kommen immer wieder Zweifel auf. Dieser Mann hat so viele Facetten und ich habe keine Ahnung, welche seinem eigentlichen Charakter entspricht."

Jade, die sich zu mir dreht, wirkt skeptisch. „Zweifel sind nie gut, meine Liebe. Und ich habe diesem Kerl von Anfang an nicht getraut."

„Ich weiß, aber ich habe ihn inzwischen von einer anderen Seite kennengelernt. Allein, dass er mit hierhergekommen ist und seine Männer zurückhält ... das sollte dich doch eines Besseren belehren."

„Und wie erklärst du dir, dass er gerade eine Waffe zieht und auf Dracu zielt?"

„Was?!" Ich schrecke aus meiner liegenden Position auf und sehe zu Dracu, der Amir den Rücken zugedreht hat und sich wild gestikulierend mit Miroh unterhält.

„Nein!", ruft Jade aus, als sich bereits ein Schuss löst.

Vor Entsetzen schlage ich mir eine Hand vor den Mund, um einen Schrei zu unterdrücken. Zitternd sehe ich zu den beiden Männern und warte auf den Moment, in dem einer von beiden zu Boden geht. Doch es passiert nichts. Mir bleibt fast das Herz stehen.

Dracu und Miroh sehen wutentbrannt auf und drehen sich zu Amir, der neben ihnen auf den Boden zeigt.

Eine Schlange liegt regungslos nur wenige Meter neben Dracu auf dem Boden.

„Fuck! Das hätte ins Auge gehen können. Das ist eine grüne Viper – eine der giftigsten Schlangenarten der Insel. Ein Biss tötet binnen weniger Minuten", wispert Jade erschrocken und starrt zu Dracu und Miroh, die mit weit aufgerissenen Augen zwischen der Schlange und Amir hin und her sehen.

„Was ist los?!", brüllt Chalid und legt einen Sprint zu Amir hin, der ihn mit der Hand sofort stoppt. Die beiden stecken die Köpfe zusammen und Amir zeigt in Richtung der Schlange.

„Komm", sage ich und erhebe mich vom Felsen, als die vier Männer wie in einem Western langsam aufeinander zuhalten. Angespannt bis ins Mark laufe ich los und stelle mich zwischen Amir, Chalid und die beiden Inselbewohner und hoffe, dass nicht erneut ein Streit losbricht. Zu meiner Verwunderung herrscht betretenes Schweigen zwischen den Fronten.

„Hattest du nicht gesagt, du seist unbewaffnet?" Dracu baut sich wütend vor Amir auf.

„Hattest du nicht gesagt, die Darmawan lügen ohnehin?", kontert dieser und verschränkt die Arme vor der Brust. Ich komme mir vor wie bei der Aufstellung eines

Hundekampfes. *Was soll denn das jetzt? Amir hat Dracu das Leben gerettet! Ist das keinem klar?*

„Jetzt ist Schluss!", brülle ich und stelle mich in die Mitte. „Dracu! Amir hat gelogen, ja. Aber wenn Amir nicht die Waffe dabei gehabt hätte, hätte die Schlange dich mit ihrem Biss getötet, so wie ich das hier sehe!"

Dracu der ebenfalls die Arme vor der Brust verschränkt hält und sich während meiner mahnenden Worte ein Blickduell mit Amir geliefert hat, atmet tief ein.

„Ist das nicht Beweis genug, dass Amir nicht hier ist, um jemandem von euch etwas anzutun? Wäre das nämlich seine Absicht gewesen, hätte er das die Viper erledigen lassen!" Fassungslos schüttele ich mit dem Kopf. „Und ihr habt immer noch nichts Besseres zu tun, als euch gegenseitig anzugreifen. Unfassbar!"

Betretenes Schweigen herrscht und ich spüre, wie mein Puls rast.

Der Mann neben Dracu flüstert ihm etwas ins Ohr, was dieser mit einem Augenrollen quittiert. Schließlich löst Dracu mit einem lauten Seufzen seine Arme und hält Amir die Hand hin. „In Ordnung. Waffenstillstand."

Fordernd sehe ich zu Amir, der meinem Blick begegnet und ihm dann ebenfalls die Hand reicht. Ihm ist anzusehen, dass er das nicht gern, aber für mich tut.

„Und … danke", presst Dracu die Worte ziemlich zerknirscht heraus.

„Keine Ursache."

Sofort nehme ich mir Amir zur Seite. „Auch von mir … danke. Du hättest das nicht tun müssen."

„Ich hoffe, das weiß der Kerl nun zu schätzen."

„Bestimmt“, sage ich und bin zutiefst erleichtert über diese Wendung. Jade scheint es auch zu sein, das sehe ich ihr an.

„Ich werde mich jetzt mit Chalid um die Jacht kümmern. Es wird Zeit, dass wir aufbrechen. Also bleib bitte am Strand. Ich komme dich gleich holen.“

„In Ordnung“, antworte ich traurig und sehe wehmütig zu meiner Freundin. Dass der Abschied schon so schnell naht, habe ich nicht erwartet. Ohnehin hatte ich mir das alles ganz anders vorgestellt. Irgendwie leichter. Ich habe die Situation völlig unterschätzt. Die Stimmung ist angespannter, als ich dachte – dabei sind Amir und Balian noch nicht einmal aufeinandergetroffen. Kein Wunder, dass er schnell wieder wegwill.

„Was zu Hölle ...“, murmelt er und es klingt dabei fast wie ein Fluch.

Ich drehe mich um, da er über meine Schulter hinwegsieht, und entdecke einen Mann mit dunklen Haaren, Tattoos und einer verdächtigen Apparatur um das Fußgelenk.

Er hält auf Jade zu, fixiert jedoch Amir und auch dieser kann nicht anders, als ihn anzustarren. Zweifelsfrei – das muss Balian sein.

„Der hat mir gerade noch gefehlt“, knurrt Amir und zieht die Brauen finster zusammen. Sein Kiefer mahlt und seine Hände ballen sich zu Fäusten.

„Amir“, sage ich leise und greife nach seinem Arm. „Du hast mir etwas versprochen.“ Ich beobachte, wie Balian beschützend von hinten den Arm um Jade legt, ihr etwas ins Ohr flüstert und ihr einen Kuss seitlich auf den Hals gibt.

„Ich weiß. Komm, wir fahren zurück. Ich kann diesen Typ nicht ertragen." Seitlich seines Halses tritt eine Ader hervor, die mich nur erahnen lässt, wie sehr ihn die Situation stresst.

„Lass mich wenigstens noch Jade Lebewohl sagen."

„Du hast fünf Minuten. Ich gehe schon mal zum Boot."

24. Kapitel

JADE

Die Regenpause hat nicht lange angehalten. Schon wieder regnet es in Strömen. Ich stehe in meinem Zimmer und sehe durch das Fenster hinaus ins entfernte, dunkle Geäst des Dschungels. Irgendwie bin ich Amir dankbar, denn sein Erscheinen hat Balian aus der Reserve gelockt und in ihm den Beschützer geweckt. Über unseren Streit haben wir kein einziges Wort mehr verloren, als wir gemeinsam nach Lishia zurückgelaufen sind.

Ich hatte keine Ahnung, was ich sagen sollte, und auch er war irgendwie schweigsam. Vermutlich hat ihn die Begegnung mit Amir sehr beschäftigt. Da wollte ich nicht auch noch von unserem Streit anfangen. Wortlos bin ich in mein Zimmer gegangen, habe eine Kerze entzündet, da der Himmel sich erneut verdunkelt hat, und starre nun seit zehn Minuten ohne Unterlass aus dem Fenster.

Der Regen prasselt gegen das Fensterglas und in der Ferne ist wieder ein unterschwelliges Grummeln zu hören. Der Gewittergott geht in die zweite Runde.

Ein zartes Klopfen an der Zimmertür lässt mich zusammenfahren. „Herein“, sage ich und drehe mich langsam um.

„Hey, hier bist du. Ich habe dich schon gesucht.“ Es ist Balian, der mit einem vorsichtigen Lächeln in der Tür steht.

„Komm ruhig rein“, antworte ich irritiert, denn mit ihm habe ich so schnell nicht gerechnet.

Behutsam drückt er die Tür ins Schloss und flaniert galant auf mich zu.

„Entschuldige“, sagen wir gleichzeitig und schmunzeln darüber.

Balian stellt sich vor mich und küsst mich sanft auf die Stirn. Seine Lippen sind so weich, ich spüre die Wärme, die von ihnen ausgeht und meinen Körper mit glühender Leidenschaft belebt. Er legt den Daumen an mein Kinn und schiebt es sanft nach oben, sodass ich seinem Blick begegnen muss. Binnen Sekunden verliere ich mich in der Tiefe seiner kakaobraunen Iriden. „Ich weiß, dass du es nicht böse gemeint hast.“ Seine Brust hebt sich angestrengt, bevor er hörbar ausatmet. „Ich weiß, dass ich überreagiert habe. Das tut mir leid. Es ist einfach … in letzter Zeit …“

„So viel passiert“, raube ich ihm das Wort und spreche für uns beide. „Ich weiß. Vergessen wir das. In Ordnung?“

Balian zögert und scheint Erkundungen in der Tiefe meiner Seele anzustellen.

Die Luft zwischen uns ist geladen. Ich kann das Knistern förmlich hören und spüre es in der Mitte meines Körpers.

Wir stehen voreinander, so nah und doch so distanziert. Ich will ihn berühren. Jede Stelle seines Körpers. Und ich glaube, dass es ihm genauso geht.

Balian starrt mich mit einer Intensität an, die räuberisch und gleichzeitig hypnotisierend ist.

Ich bin bis ins Mark gespannt und kann mich nicht einen Zentimeter regen. Balian erzeugt in mir eine Hitze, die meine Nerven versengt und dabei so viel Adrenalin durch meinen Körper jagt, dass mir schwindelig wird. Es ist die reinste Folter.

Er zieht scharf Luft ein und lächelt kryptisch.

Kurzweilig bin ich irritiert, doch dann umgreift er meine Beine und hebt mich mit einem Ruck zu sich hoch. Sofort schlinge ich meine Beine um seine Hüfte.

Balians Lippen suchen stürmisch die meinen, die sofort einen gewaltigen Funken entfachen, der sich rasend wie ein Flammenmeer auf unseren Körpern ausbreitet. Was vor wenigen Sekunden noch ein zaghaftes Lodern war, scheint nun in ein Inferno auszuarten.

Balian drückt mich gegen die Fensterscheibe und taucht mit seinem Kopf in meinem Dekolleté ab. Seine Lippen küssen sich zu meinen Nippeln vor, die er im nächsten Augenblick mit seiner Zunge liebkost und dann rau und wild daran saugt. Ein elektrisierender Stoß durchfährt meinen Körper, der meine Hand seinen Kopf fester an mich ziehen lässt. Ich keuche auf, als er meine Brust so impulsiv bearbeitet.

„Schhh. Nicht so laut", mahnt er mich, hält mich schließlich nur noch mit einem Arm fest und legt seinen Finger auf meinen Mund.

Natürlich nutze ich die Gelegenheit, um ihn mit meinen Lippen zu umschließen und sanft daran zu saugen.

Ein animalisches, dunkles Brummen entweicht ihm. Seine Hände umgreifen mich noch fester. Mit festen Schritten trägt er mich zum kleinen Lesesessel und setzt mich behutsam darauf ab.

Ehe ich mich versehe, bin ich untenherum ausgezogen.

Balian kniet vor mir auf dem Boden und ich kann mich nicht an seinem gut gebauten Körper sattsehen. Mit einem schalkhaften Grinsen spreizt er meine Beine und lässt zwei Finger durch meine Spalte gleiten. „Fuck, bist du nass." Verlangen lodert in seinen dunklen Augen, in denen ich mich jedes Mal verliere.

„Ich will dich spüren", wispere ich wie in Trance, denn er hat mich gnadenlos in einen Rausch gestürzt.

„Das wirst du", knurrt er amüsiert und taucht mit seinem Kopf ab.

Ein gewaltiges Kribbeln breitet sich aus, als er mit seiner Zunge meine Klit berührt.

Erschlagen von diesem intensiven Gefühl werfe ich den Kopf zurück und blende die Welt aus. Ich rutsche tiefer in meinen Sessel und will nichts als ihn spüren. Ich brauche mehr von ihm.

Balian drängt mich bis an den Rand einer Klippe, doch als ich bereit bin, mich fallen zu lassen, hört er auf.

„Mach weiter", murmele ich gierig nach seiner Nähe und höre eine Gürtelschnalle klappern.

„Ach, und den hier willst du nicht?"

Ich will den Kopf heben, doch Balians Hand stoppt mich.

„Augen zu."

Überrascht presse ich die Lippen aufeinander und komme seiner Forderung nach. Ich höre, wie er sich erhebt und über mich steigt. Kurz darauf spüre ich, wie seine Eichel über meine Lippen gleitet. Sofort öffne ich den Mund ein Stück und nehme seinen prallen Schwanz in mir auf. *Gooott. Dieser Mann!* Ich will ihn nie wieder hergeben und Momente wie diese in Dauerschleife erleben. Meine Zunge gleitet um seine Spitze, ich sauge und lecke im Wechsel und spüre, wie sein Schwanz zuckt.

Balians Kehle entweicht ein tiefes Stöhnen. Unvermittelt zieht er sich aus mir zurück und erhebt sich.

Überrascht schlage ich die Augen auf. Dann packt er mich, macht mit mir einen Schritt zurück und dreht den Sessel um. Ich werde nach vorn gedrückt und stütze mich mit den Armen auf dem Rand des Kopfteils ab.

Balians Finger, die meine Klit berühren, lassen mich sehnsüchtig erschaudern.

Ich keuche auf und höre auch ihn tief stöhnen.

Er umfasst meine Mitte und dringt in mich ein. Erst mit der Spitze und schließlich in voller Länge.

Ich könnte explodieren, denn er füllt mich bis zum letzten Millimeter aus. Die Art und Weise, wie er sich in mir bewegt, lässt mich noch mehr von ihm fordern.

„Jade, du fühlst dich unglaublich an", knurrt er dunkel und stößt immer intensiver zu.

Ich kann dieses bittersüße Gefühl nicht lange ertragen und würde zu gern um Erlösung bitten.

Er knurrt dunkel und hat mich fest im Griff, indes er mich immer härter fickt. Genau, wie ich es will und wie wir es beide brauchen.

Ich bin bereit, den Abgrund hinabzustürzen, denn ich kann nicht weiter gegen die Welle der Lust ankämpfen, die mich zu überschwemmen droht. Ich lasse los, gebe mich dem Orgasmus hin, der so überwältigend ist, dass meine Beine wegsacken.

Sofort festigt Balian dem Griff um meine Mitte und gibt mir den Halt, den ich verloren habe. So lange bis ich wieder zu Atem komme und sicher stehe. Mein Körper besteht aus einem einzigen Kribbeln.

Balian stößt tiefer. Er fickt mich rau und wild, und ich spüre, wie sein Schwanz kurz darauf in mir pulsiert.

Pures Glück durchflutet meinen Körper, als er sich schwer atmend auf mich legt und wir warten, bis sich die Frequenz unserer Herzen wieder normalisiert hat.

„Ich liebe dich", flüstere ich und spüre einen Kuss auf meinem Hals.

„Ich dich auch, Jade. Nichts und niemand wird sich je wieder zwischen uns stellen. Das verspreche ich dir."

Als ich mich anziehe und durch eines der anderen Fenster schaue, durch die ich das Meer sehen kann, entdecke ich einen schwachen Lichtschein. Sofort winke ich Balian zu mir heran. „Sieh mal."

Er stellt sich neben mich und blickt über meine Schulter hinweg durch das Glas, während er seine Hose zumacht und den Gürtel schließt. „Die sind ja immer noch da."

„Aber bestimmt nicht freiwillig. Samira meinte beim Abschied, dass es zuvor Probleme mit dem Motor gab."

„Hmm."

„Vielleicht brauchen sie Hilfe."

Balian entgleitet ein nachgiebiges Seufzen.

„Komm schon. Wir sind gute Menschen und außerdem hat Amir Dracu heute das Leben gerettet.“
„In Ordnung. Ich hole die Jungs und sehe nach.“

25. Kapitel

AMIR

Es regnet ohne Unterlass, die Jacht wird unsanft von den launischen Wellen geschaukelt, sodass es selbst bei mir langsam leichte Übelkeit auslöst.

„Dieser verfluchte Motor!", schimpft Chalid, der über dem kaputten Ding hängt. Werkzeug klappert und etwas zischt, als er schließlich mit dem Kopf auftaucht. „Da ist nichts zu machen. Das Teil ist Schrott", knurrt er und wischt sich mit dem Ellbogen den Schweiß von der Stirn, der einen schmierigen Ölfleck auf seiner Haut hinterlässt.

„Na toll. Und jetzt? Das Funkgerät hat auch den Geist aufgegeben. Wartet die Technik eigentlich niemand?!", schimpfe ich, ziehe die Kapuze meines Regenparkas tiefer ins Gesicht und blicke auf, als ich Stimme höre.

Sie kommen aus der Dunkelheit, in der ich drei schwache Lichter entdecke. Ein Ruderboot nähert sich unserer Jacht, in der drei dunkle Gestalten sitzen.

„Wir bekommen Besuch", stelle ich überrascht und wenig erfreut fest und stoße Chalid, der schon wieder über dem Motor hängt, in die Seite.

„Wer ist das?"

Ich greife nach einer Taschenlampe und richte den Strahl auf das Boot.

Die Gesichter, die ich erblicke, sind mir nicht unbekannt: Dracu, Miroh und ... Balian. Wieso ist er hier? Befinden wir uns etwa noch im Umkreis der zehn Kilometer, in denen er sich bewegen kann? Scheint so.

Mein Magen zieht sich unangenehm zusammen. „Chalid, leg das Werkzeug weg und komm!", herrsche ich ihn an, denn ich möchte vorbereitet sein, falls die drei vorhaben, uns anzugreifen oder auszurauben. Ich traue ihnen ebenso wenig, wie sie mir.

„Ist alles in Ordnung bei euch?", ruft Miroh zu uns auf die Jacht herauf.

„Wie man es nimmt. Der Motor will nicht", antworte ich.

Dracu greift nach einem Kasten und hält ihn vor sich hoch. „Wir haben Werkzeug dabei. Ich kenne mich mit Motoren aus. Soll ich mal nachsehen?"

Zögernd drehe ich den Kopf zu Chalid und tausche unsichere Blicke aus. Als er mir schließlich zunickt, winke ich die drei zu uns hinauf.

Mir ist nicht wohl dabei, dass Balian dabei ist, aber wenn wir länger hier draußen feststecken, wird es Samira nicht gerade gut gehen. Wir haben nicht genug Wasser- und Nahrungsvorräte dabei. Auf solch eine Katastrophe war ich nicht vorbereitet. Also stecke ich eine Faust in die Tasche und lasse Dracu, Miroh und Balian an Deck kommen.

Dracu und Miroh gehen an mir vorbei und halten auf den Motor zu, von dem Chalid zur Seite tritt.

Skeptisch beäuge ich Balian, der nur wenige Meter von mir entfernt steht, und denke an unsere letzte, ziemlich unschöne Begegnung auf dem Kutter zurück. Ein richtiger Flashback erfasst mich, als sich unsere Blicke kreuzen. Bilder von unserer Kindheit, dem Verlauf unserer Freundschaft während des Erwachsenwerdens, wie wir in schlimmen Momenten zusammengehalten und einander geholfen haben und schließlich, wie ich seinem Vater die Spritze verpasst und ihn selbst über Bord habe werfen lassen, nachdem er uns gemeinsam mit Bayan verraten hat. Seine Worte, die seine Unschuld beteuern, hallen immer noch durch meine Ohren, als wäre es gestern gewesen.

Regentropfen benetzen sein Gesicht und perlen daran ab. Im Gegensatz zu mir trägt er keine Kapuze, als sei ihm der Regen egal. Eine Strähne seiner dunklen Haare hängt triefend nass über seiner Stirn. Seine Augen, aufmerksam wie die eines Raubtieres fokussieren mich wie aus einer befremdlichen Neugierde heraus, doch seinen Mund verlassen keine Worte. Wie ein Schatten ist er einfach da … und verunsichert mich damit. Es gelingt mir nicht, ihn zu lesen – so wie früher. Kein Wunder nach dem, was hinter uns liegt, dass er mich nicht mehr über seine Mauern blicken lässt.

Dracu und Chalid werkeln neben Miroh am Motor, während ich nur danebenstehe und nichts tun kann. Ich kenne mich mit so etwas überhaupt nicht aus. Am liebsten würde ich mich in meine Kabine verziehen und Samira Gesellschaft leisten, doch ich kann und will Balian nicht aus den Augen lassen. Gebannt presse ich die geballte Faust gegen meine Lippen und drehe mich den Männern vor dem Motor zu, wohlwissend, dass Balian mich beobachtet.

„Das wird so nichts. Der ist im Eimer", höre ich Miroh.

„Bist du sicher?“, will Chalid wissen, rauft sich die Haare und murmelt etwas, das so leise und unverständlich ist, dass es mir wie eine fremde Sprache vorkommt. Dann richtet er sich an mich. „Scheiße. Amir, hörst du? Die beiden sehen schwarz für das Teil.“

Dracu legt seine Hand auf Chalids Schulter. „Ich schlage vor, ihr kommt mit uns an Land. Wir nehmen euch mit. Wenn im Hotel nichts mehr frei ist, müssen wir eine andere Lösung finden. Bei uns ist nicht genug Platz für euch alle. Und morgen sehen wir dann weiter. In Ordnung?“ Während ich die Worte in meinem Kopf wiederhole, sieht Dracu mich wartend an.

Hat er das ernst gemeint? Gedanklich wäge ich unsere Optionen ab. Bei dem Wellengang wird Samiras Übelkeit vermutlich so schnell kein Ende nehmen. Außerdem sind wir vorratstechnisch nicht auf eine Nacht an Bord vorbereitet.

Der Regen nimmt kein Ende und prasselt unablässig auf uns herab.

„Ich weiß nicht.“ Chalid lässt den Blick zwischen mir und unseren Helfern hin und her schweifen. Ihm ist deutlich anzusehen, wie unentschlossen er ist. Die Inselbewohner verhalten sich nicht entsprechend unserer Annahmen. Das ist in diesem Fall zwar nicht schlecht, aber wir sind Feinde. „Amir, was meinst du dazu?“ Er gesellt sich neben mich und lehnt den Kopf in meine Richtung, damit nur ich seine Worte höre. „Ehrlich gesagt, habe ich keine Lust, die Nacht hier draußen zu verbringen. Ich glaube, die anderen stimmen mir da zu.“

„Das habe ich auch nicht. Allerdings, kannst du mit Sicherheit ausschließen, dass das nicht doch ein übler

Trick ist, um uns aufs Kreuz zu legen?“, entgegne ich – berechtigt.

„Da ist zwar etwas dran, aber andererseits darfst du nicht vergessen, dass du Dracu das Leben gerettet hast. Ich glaube, ihr Vorschlag beruht auf reiner Dankbarkeit.“

„Also?“ Miroh stellt sich zu uns und sieht erst Chalid und dann mich an. „Kommt ihr mit oder wollt ihr die Nacht auf der Jacht verbringen?“

Es folgt eine unangenehme Stille, die nur durch den rauschenden Regen durchbrochen wird.

Ich bin hin- und hergerissen. Doch, ich kann Samira eine Nacht an Deck nicht zumuten. Nicht bei diesem Wetter und nicht unter diesen Umständen. Sie muss sich ausruhen und das geht bei diesem Schaukel wohl kaum. „Also gut. Von mir aus – wir kommen mit“, willige ich nach einem kurzen Zögern ein. „Wartet bitte noch kurz. Ich hole Samira. Dann können wir los.“

„Die wird sich freuen, ihre Freundin noch etwas länger für sich zu haben“, entgegnet Miroh grinsend. „Sie kann mit uns nach Lishia kommen. Jade wird darauf bestehen, dass sie bei ihr schläft.“

„Um ehrlich zu sein, wüsste ich sie lieber in meiner Nähe“, entgegne ich ernst und spüre, wie sich meine Gesichtszüge verhärten. So wie die Front, die zwischen Balian und mir besteht.

„Sie wird dir schon nicht weglaufen“, feixt Dracu und ich weiß nicht, ob ich das als kleine Provokation zu werten habe.

„Weiß ich. Trotzdem. Beschützerinstinkt.“ Letzteres schiebe ich nach und bleibe standhaft. Ich werde Samira nicht in Balians Nähe lassen. Sie wäre das perfekte Mittel, mich zu erpressen. Das kann ich nicht zulassen.

Miroh und Dracu sehen einander ratlos an.

„Ihr könnt euch ein Zimmer bei uns teilen. Aber für die anderen muss das Hotel reichen." Es ist Balian, dessen Angebot alle aufhorchen lässt.

Wie bitte? Habe ich mich da gerade verhört oder hat er das wirklich gesagt? Irritiert und verständnislos starre ich ihn an. „Meinst du das ernst?", will ich wissen und kneife die Brauen zusammen.

Balian macht ein paar Schritte auf mich zu, bis er schließlich direkt vor mir steht. Die Beleuchtung der Jacht erhellt sein Gesicht. „Sehe ich aus, als würde ich scherzen? Nein, mache ich nicht. Und falls du dich fragst, ob das nur ein übler Trick ist, um dich aufs Kreuz zu legen ..." Er lehnt sich leicht vor, strafft die Schultern und zieht die Brauen zusammen. Er ist mir so nah, dass ich die Wut auf mich, die immer noch in ihm brodeln muss, förmlich spüren kann. „Nein, ist es nicht."

Ich muss einen flüchtigen Blick auf seine Fußfessel werfen, an der in der Dunkelheit ein grünes Licht zu erkennen ist. Das habe *ich* ihm angetan. „Warum willst du uns überhaupt helfen, wenn du nichts davon hast?", will ich angespannt bis ins Mark von ihm wissen. „Auch keine Rache", schiebe ich nach und bin neugierig auf seine Erklärung.

„Weil ich nicht so bin wie du", knurrt er düster. Aus seinen Augen spricht Zorn, doch er spricht nicht weiter. Stattdessen dreht er sich um und lässt mich stehen. Er klettert über die Reling hinab zum Boot, mit dem er, Dracu und Miroh gekommen sind.

Baff sehe ich ihm nach und verharre einen Augenblick.

„Willst du das wirklich machen?", murmelt Chalid neben mir. „Er könnte dir im Schlaf etwas antun."

„Wird er nicht. Nicht, wenn Samira neben mir liegt. Ich werde sie natürlich nicht bei Jade schlafen lassen."

26. Kapitel

JADE

Das laute Rauschen des Regens und die schwüle Luft, die der Wind durch das halb geöffnete Fenster hereinweht, lassen mich nicht einschlafen. Balian ist immer noch nicht zurück und mit jeder Minute, die vergeht, wächst meine Sorge um ihn. Ich weiß nicht, wo er hin ist. Er meinte, er wolle mit Dracu und Miroh noch etwas erledigen, doch ich habe keine Ahnung, was.

Es klopft an meiner Zimmertür.

Sofort richte ich mich auf und blicke hoffnungsvoll auf die Tür. „Herein."

Mit einem leisen Knarren öffnet sie sich und ein zierlicher Schatten tritt in mein Zimmer.

„Entschuldige, Jade. Hast du schon geschlafen?"

„Samira, was machst du denn hier?!", frage ich und reibe mir die Augen.

Meine Freundin schließt hinter sich die Tür und hält auf mich zu.

Mit der Hand klopfe ich neben mir auf das Laken. „Komm her."

Als sie sich setzt, berühre ich ihren Arm.

„Du bist ja klitschnass!"

„Es schüttet ja auch wie aus Eimern."

Unvermittelt schwinge ich die Beine aus dem Bett, schalte das kleine Nachtlicht an und erhebe mich. Ich reiße die Tür meines Kleiderschrankes auf und greife nach einem Bademantel, frischer Unterwäsche und einem Pyjama. „Hier, zieh das an."

Samira nickt und verschwindet in dem kleinen Nebenraum, in dem sich ein winziges Bad befindet. Die Tür lässt sie offen.

„Was machst du denn hier? Ich dachte, ihr seid längst weg."

„Das war auch der Plan", beginnt sie vom Bad aus zu erzählen. „Doch der verdammte Motor der Jacht wollte nicht mehr anspringen. Wären Dracu, Miroh und Balian nicht gekommen, hätten wir dort die ganze Nacht festgesteckt. Morgen wollen sie uns helfen, das blöde Ding zu reparieren. Der Funk ist nämlich auch ausgefallen. Aber in der Nacht kommt ohnehin niemand raus."

„Moment mal."

„Was denn?" Samira tritt umgezogen aus dem Bad und nimmt neben mir auf den Bett Platz.

„Balian war mit von der Partie?" Mit großen Augen starre ich Samira an. Ich kann nicht glauben, was ich da höre.

„Ja. Er war es sogar, der Amir und mir einen Schlafplatz bei euch angeboten hat. Zugegeben eher mir und Amir nur widerwillig, aber er hat es getan."

Ich habe Probleme, meine Sprache wiederzufinden. Samira versteht mich auch so.

„Vermutlich, weil Amir die Schlange erschossen und Dracu heute das Leben gerettet hat. Dracu scheint Balian sehr wichtig zu sein.“

„Ja, sie sind wie Brüder. Fast so wie Amir und Balian es früher gewesen sind. Die kennen sich auch schon ewig. Balians Mutter stammt von hier“, erkläre ich und kann es immer noch nicht ganz glauben.

„Ich fand das sehr anständig von ihm. Noch ein paar Stunden länger bei diesem Seegang und ich hätte nur noch über der Toilette gehangen. Da bin ich ohnehin oft genug.“

Mit einem sanften Lächeln lege ich meine Hand auf Samiras Bauch, der sich schon ein klein wenig abzeichnet. „Siehst du. Und du sagst, ich würde allen Menschen immer skeptisch gegenübertreten.“

„Sag ich doch gar nicht.“

Ich knuffe sie sanft in die Seite. „Das hast du in der Vergangenheit schon oft genug gesagt. Aber ich freue mich, dass du Balian jetzt hoffentlich besser gesinnt gegenübertreten wirst.“

„Ja, das werde ich.“ Samira legt eine Hand auf ihren Magen. „Mir ist schon wieder etwas flau.“

Ich lege den Arm um meine Freundin und drücke sie vorsichtig an mich. „Das geht bald vorbei. Seit heute Mittag kann ich nun auch verstehen, warum du in Erwägung ziehst, das Kind zu behalten und mit Amir großzuziehen. Er scheint nicht das skrupellose Arschloch zu sein, für das ich ihn anfangs gehalten habe. Sonst hätte er Dracu nicht das Leben gerettet. Schließlich hatte er keinen Grund dazu, so wie Dracu ihn angefeindet hat.“

„Zu recht." Samira löst sich von mir und streicht sich eine Strähne ihres dunklen Haars hinter das Ohr. „Ich kenne Amirs dunkle Seite. Aber er hat mich auch den Menschen sehen lassen, der er *wirklich* ist. Die Darmawan haben ihn zu dem Menschen gemacht, der er manchmal sein muss. Aber tief in ihm steckt ein gutes Herz." Seitlich aneinander gelehnt sitzen wir auf meinem Bett, während der Regen draußen unermüdlich niederprasselt.

„Mag sein. Aber die Menschen, mit denen er sich umgibt, sind gefährlich. Nicht nur von Balian habe ich sehr viele schreckliche Dinge über das Darmawan-Syndikat gehört."

„Das habe ich auch und ich habe einiges selbst erlebt. Aber Amir ... er will gar nicht der Mensch sein, zu dem das Syndikat ihn gemacht hat."

„Ist das so?", hake ich skeptisch nach und sehe meine Freundin eindringlich an. Ihre Augen glänzen, sodass ich erkenne, dass sie die Wahrheit spricht. Zumindest scheint es die Wahrheit zu sein, an die sie glaubt.

„Ich habe lange gebraucht, um das zu erkennen, Jade. Und ich glaube, ihm ist dieses Familiending mit mir unheimlich wichtig."

Ich lächele, während ich erneut Samiras Bauch streichele. „Das passt irgendwie nicht zu dem Amir, den ich kenne."

„Er meinte mal zu mir, dass wir uns sehr ähnlich sind, was unsere Vergangenheit betrifft. Wir hatten beide nie dieses typische Familienmodell – Mutter, Vater, Kind. Ich glaube, der Gedanke, dies nun zu leben, hat ihn verändert."

Ich löse meine Hand von Samira und sehe sie noch einmal eindringlich an. „Ich würde es dir wünschen." Das sage ich aus tiefstem Herzen und nicht nur, damit meine Freundin sich besser fühlt.

Sie lächelt und ich sehe tiefe Sehnsucht, aber auch Angst ihn ihren Augen.

„Alles wird gut."

„Ich hoffe es", wispert sie und eine Träne stiehlt sich aus ihrem Auge.

„Hey", sage ich und wische sie weg. „Nicht weinen. Du bist nicht allein. Wenn es mit Amir nicht klappt, ziehe ich das Baby mit dir groß. Ich gebe mit Sicherheit die coolste Tante weit und breit ab."

Nun heben sich auch die Mundwinkel meiner Freundin wieder.

„Na, geht doch. Wo schläfst du eigentlich? Willst du hierbleiben?"

Samira schüttelt mit dem Kopf. „Ich habe mein Zimmer nebenan. Amir wartet sicher schon." Sie gibt mir einen Kuss auf die Wange. „Danke, dass es dich gibt."

„Danke, dass es *dich* gibt", entgegne ich überrascht und muss innerlich über ihr Hormonchaos schmunzeln. So sentimental war sie bisher selten. Aber wenn ich es mir so recht überlege, sind auch noch nie so viele heftige Dinge auf einmal in unserem Leben passiert. „Gute Nacht, Süße."

„Gute Nacht." Samira erhebt sich und geht zur Tür. Vor dieser bleibt sie noch einmal stehen und dreht sich zu mir um. „Ich hab dich lieb, Jade." Ihre Stimme ist zittrig, weswegen ich sie zu gern wieder in den Arm nehmen würde. Doch das wird Amir hoffentlich gleich erledigen.

„Ich dich auch", antworte ich und hoffe, dass Amir es so gut mit ihr meint, wie Samira es sich erhofft. Ich bin wirklich der letzte Mensch, der daran zweifelt, dass Menschen sich ändern können, aber bei Amir brauche ich dafür sehr viel Vorstellungskraft. Ob ich ihn leiden kann, sei dahingestellt. Mir ist nur eine Sache wichtig: Dass Samira glücklich ist und er sie und das Kind gut behandelt. Ich wünsche es ihr so sehr. Sie hat es verdient, endlich glücklich zu werden und in Amir das zu finden, was sie in den letzten Jahren bei den Männern vergeblich gesucht hat: Einen Mann, der sie achtet und alles in seiner Macht Stehende unternimmt, um sie glücklich zu machen.

Mit diesem Gedanken lege ich mich zurück ins Bett, lösche das Licht und hoffe, dass Balian sich bald zu mir kuschelt und eine leise Hoffnung flüstert mir zu, dass es vielleicht doch noch ein Happy End für alle geben könnte.

27. Kapitel

AMIR

Es ist Punkt Viertel nach zwei in der Nacht, als das Satellitentelefon mich aus dem Schlaf reißt. Bevor ich mich mit Samira schlafen gelegt habe, habe ich mich aus dem Zimmer geschlichen und bin zum Hotel gelaufen. Von dort habe ich Samdih angerufen, mit dem ich mich in wenigen Minuten abseits der Insel im Schutze der Dunkelheit treffen werde.

Ich habe lange überlegt, wen ich außer Ratouh und Chalid anfordern könnte, denn die sind vom Hotel aus zurück zur Jacht gefahren, um sie zu bewachen. Außerdem haben sie nicht die Connections, die ich jetzt brauche.

Samdih ist noch nicht lange bei uns, aber ein Genie in der Biochemie. Er ist noch sehr jung, und ich weiß, dass er keine Möglichkeit auslässt, sich hochzuarbeiten. Deshalb werde ich ihm diese heute Nacht bieten.

Mir ist bewusst, wie gewagt diese Aktion ist, aber je mehr Zeit ich mit Balian verbringe, desto stärker wächst der Wunsch, unsere brüderliche Verbindung zu heilen. Ich kann und will nicht mehr so weitermachen. Balian hat uns, trotz allem, was ich ihm antun musste, geholfen. Das zeigt mir, dass unsere Freundschaft noch nicht ganz im Keim erstickt ist. Nun ist es an mir, den Funken wieder zu entfachen.

Vorsichtig trete ich durch die Dunkelheit und klettere durch einige hundert Meter Heckenbewuchs, bis ich den verabredeten Platz erreiche: Eine kleine Bucht, die nur vom Meer aus einsehbar ist.

Der Mond lässt die Wasseroberfläche zwar in seinem sanften Schein glitzern, aber hätte ich die kleine Taschenlampe nicht, wäre ich hier völlig verloren. Immer wieder leuchte ich um mich herum, um auszuschließen mit einem der nachtaktiven Tiere, wie einer Schlange, nähere Bekanntschaft zu machen. Doch bisher habe ich Glück.

Ungeduldig sehe ich auf die Uhr an meinem Handgelenk, während die Grillen um mich herum wie im Wettstreit zirpen und hier und da die unheimlichen Laute von Tieren zu hören sind. *Wo bleibt er? Es wird doch hoffentlich nichts schief gegangen sein?*

Tausend Gedanken rasen durch meinen Kopf; kein einziger, der mir gefällt. Ich kann nur hoffen, dass mein Plan aufgeht. Denn ich habe mir geschworen, alles aber auch alles in meiner Macht Stehende zu tun, um Samira und damit mein Kind für mich zu gewinnen. Je mehr die Schwangerschaft voranschreitet, desto nervöser werde ich. Nicht, dass sie es sich auf den letzten Drücker noch anders überlegt und sich gegen das Kind entscheidet. Je mehr Zeit ich damit verbracht habe, an das Kind zu denken, desto größer ist der Wunsch in mir gewachsen, es kennenzulernen und ihm ein guter Vater zu sein. Und das bedeutet auch, ein besserer Mensch zu werden.

Einen Teil meines Plans, erledige ich kurz vor dem Morgengrauen. Für den anderen Part benötige ich Samdihs Hilfe.

Der fahle Schein einer Taschenlampe auf dem Wasser lenkt meine Aufmerksamkeit auf sich. Das Licht blinkt zweimal.

Ich blinke ebenfalls zweimal zurück.

Das ist er!

Ich verharre in völliger Bewegungslosigkeit, den Blick starr auf das kleine Fischerboot gerichtet, das sich langsam nähert. Das muss Samdih sein. Erst als er fast das Ufer erreicht, und ich die Umrisse, der schmächtigen Person im Mondlicht wiedererkenne, trete ich vor. Ich will kein Risiko eingehen. Dass mir jemand gefolgt ist, schließe ich aus, aber ob Samdih unbemerkt hier angekommen ist, kann ich nicht sagen. Jedenfalls kann ich niemanden erkennen. Doch man weiß ja nie.

„Hallo, Amir, hier bin ich.“

„Auf dich ist Verlass, mein Freund. Hat alles geklappt?“

Samdih, der seinen Kapuzenpullover tief ins Gesicht gezogen hat, nickt, was ich mit einem erleichterten Aufatmen quittiere. „Du weißt, was mich das kostet, wenn das rauskommt.“ Seine raubtierhaften Augen verleihen seiner sonst eher unauffälligen Statur eine gewisse Bedrohlichkeit. Auch wenn er nicht so wirkt, ist dieser Mann nicht zu unterschätzen.

„Das ist mir durchaus bewusst. Ich werde dir morgen durch meine Sekretärin in Jakarta die vereinbarte Summe überweisen lassen“, verspreche ich ihm und halte immer wieder über seine Schulter hinweg nach möglichen Verfolgern Ausschau. Doch die schwarze Wasseroberfläche, die im Mondlicht glitzert, ist still.

„Sehr gut. Danke dir. Dein Angebot war wirklich sehr großzügig. Das vergesse ich dir nie." Er greift unter sich und zieht einen kleinen Koffer mit einem Zahlenschloss hervor. „Der Code ist dein Geburtsdatum."

„Danke, Samdih."

„Keine Ursache. Wenn ich dir noch mal helfen kann, lass es mich wissen." Im Schein des Mondes kommt die riesige Narbe, die sich quer über sein Gesicht zieht, zum Vorschein. Ich habe ihn nie gefragt, wie es zu dieser gekommen ist. Aber interessieren würde es mich schon. Man sagt nicht umsonst, dass stille Wasser tief sind – und Samdih ist besonders introvertiert.

„Wenn ich dich noch einmal brauche, melde ich mich. Und nun schau, dass du von hier verschwindest, bevor dich noch jemand erwischt."

„In Ordnung", sagt er und reicht mir den Koffer.

Ich umfasse fest den Griff und nicke Samdih anerkennend zu. Dann drehe ich mich um, um in der Dunkelheit zu verschwinden – und zwar so leise und unauffällig, wie ich gekommen bin.

28. Kapitel

BALIAN

Limanossa

Die Sonne ist vor einer Stunde aufgegangen und von der stürmischen Nacht ist nichts mehr zu spüren oder zu sehen. Ich sitze im kleinen Fischerboot, das am Ende des Stegs festgebunden ist und ziehe die Tauchflossen aus. Ab und zu genieße ich es, in den frühen Morgenstunden in Küstennähe zu tauchen. Dort, wo mein geografisch bestimmtes Territorium es zulässt. Vor wenigen Wochen habe ich mit Miroh hier eine kleine Ruine unter Wasser entdeckt und seitdem tauchen wir hier auf der Suche nach geheimnisvollen Schätzen. Bisher haben wir ein paar alte Münzen gefunden. Ich verfolge diese Schatzsuche heute auch nicht ernsthaft. Mehr aber nutze ich sie dazu, den Kopf freizukriegen und Herr meiner Gedanken zu werden.

Der Schatten einer Schildkröte schwimmt unter mir. Von ihnen sieht man hier oft welche. Jade, die unbedingt mal hier tauchen möchte, wird sicher Gefallen an ihnen finden. Aber dafür ist sie noch nicht fit genug. Im

Grunde bin ich in einer ähnlichen Situation wie Amir. Wir beide wollen unsere Frauen beschützen.

Dass er seine Samira nicht aus den Augen lassen würde, war mir von Anfang an klar. Zugegeben, hat es mir Freude bereitet, ihn so zu verunsichern. Ich will gar nicht wissen, was er für eine Nacht gehabt hat. An seiner Stelle hätte ich kein Auge zugetan, mit dem Wissen, dass mich hier jederzeit jemand umbringen könnte. Dass das Darmawan-Syndikat um seinen Ausflug hier Bescheid weiß, kann ich mir nicht vorstellen. Wie will er das auch erklären?

„Hier bist du!" Jades Stimme reißt mich aus meinen Gedanken. „Warst du schnorcheln?"

„Guten Morgen, hübsche Frau. Ja, war ich."

Sie sieht in ihrem weißen Sommerkleid so unglaublich sexy aus. Als sie mich erreicht, kniet sie sich hin und beugt sich zu mir vor. „Guten Morgen, mein Hübscher."

Ich lege meine Lippen auf ihre und lasse mir von ihren Fingern das Haar sanft zerwühlen.

„Und, was gefunden? Ein paar geheime Schätze vielleicht?"

„Leider nicht. Vielleicht beim nächsten Mal. Aber ich habe Schildkröten gesehen."

„Was? Echt?"

„Gerade eben ist hier noch eine vorbeigeschwommen." Neugierig schaue ich hinter Jade. „Wie kommt es, dass du allein bist? Ich dachte, du und Samira, ihr klebt aneinander."

Jade lacht auf und steckt mich sofort damit an. „Ja, eigentlich wollte ich dich fragen, ob wir zusammen frühstücken wollen. Das wäre doch eine nette Idee. Wer weiß, vielleicht ist sie gegen Mittag wieder weg. Dracu und Miroh sind gerade unterwegs auf der Suche nach Ersatzteilen für den Motor."

„Ist Amir auch dabei?"

Jades Lächeln versiegt. „Ja, aber der hält sich die ganze Zeit über sehr im Hintergrund." Sie lässt sich auf dem Steg nieder und taucht die Beine in das Wasser. „Die beiden haben sich verändert. Während Samira ziemlich gelöst und glücklich wirkt, scheint Amir ruhiger und besorgter. Ich kenne ihn nicht wirklich, aber mein erster Eindruck von ihm war bei unserem ersten Kennenlernen ein anderer."

„Hmm", brumme ich. „Das klingt wirklich nicht nach Amir."

„Ich glaube, die Schwangerschaft hat den Beschützer in ihm geweckt. Er lässt Samira kaum aus den Augen. Aber nicht bevormundend, sondern ernsthaft um ihr Wohl besorgt. Wenn sie etwas braucht oder tun möchte, kommt er ihrer Bitte sofort nach."

Nun bin ich es, der auflachen muss. „Das kann ich ehrlich gesagt nur schwer glauben. Amir ist alles andere als nachgiebig. Er reißt immer das Zepter an sich."

„Kinder können einen Menschen verändern, Balian", sagt Jade, die mir wieder mit den Fingern durch die Haare fährt, indes ich mein Tauchzeug zusammenpacke. „Also kommst du mit?"

Während ich abwäge, ob ich das mit mir vereinbaren kann, lege ich meine Tauchsachen auf den Steg. „Wenn es sein muss. Irgendwer muss ja auf dich aufpassen", antworte ich mit einem Zwinkern, steige aus dem Boot und hebe meinen Tauchkram auf. „Aber ich werde mich nicht mit diesem Kerl unterhalten. Ich bin froh, wenn er wieder weg ist. Und ich hoffe, er kommt so schnell nicht wieder.“

„Jetzt schau nicht so ernst. Immerhin wart ihr beste Freunde.“

„Ja. Und die Betonung liegt auf *waren*.“

„Spinner.“ Jade knufft mich liebevoll in die Seite, während wir den Steg entlang laufen und auf Lishia zuhalten. „Sag mal ...“

„Was denn?“

„Gibt es für Bayan wirklich kein Heilmittel?“

Die Sonne scheint warm auf uns herab und in der Ferne ruft eine der seltenen Vogelarten, die hier beheimatet sind.

Jades Kleid weht im sanften Wind, als ich mit der freien Hand die ihre ergreife.

Aus dem Augenwinkel heraus sehe ich, dass sie auf eine Antwort wartet. „Gibt es vielleicht schon, aber nur wenige Personen werden es kennen. Wenn überhaupt.“

„Du meinst ... Amir?“

Ich antworte nur mit einem stummen Nicken, weil mich der Gedanke an das Leid meines Vaters unfassbar wütend macht.

„Vielleicht könnte Samira mit Amir reden“, schlägt Jade vorsichtig vor und streicht sich beim Gehen eine Strähne ihrer blonden Haare hinter das Ohr. „Ich habe gestern mit Samira kurz darüber gesprochen.“

„Was?“

„Nun ja, ich wollte jede Möglichkeit nutzen, deinem Vater zu helfen. Du weißt, dass ich ihn sehr mag. Vielleicht bringt das ja was.“

„Nein. Und jetzt hör bitte auf." Wir haben Lishia fast erreicht, als ich stehen bleibe und das Tauchzeug ablege. Mit beiden Händen greife ich nach ihren Schultern und lehne mich zu ihr vor. Ich weiß, dass ihre Absichten positiv waren. Aber das bringt nichts. Das muss sie einsehen. „Hör mal, ich weiß, du bist gerade sehr glücklich, weil deine Freundin hier ist. Das will ich dir auch nicht kaputt machen. Und dein Versuch, aus Amir einen guten Menschen und uns wieder zu Freunden zu machen, in allen Ehren ..." Ich hole hörbar Luft und spüre, wie meine Wut auf Amir immer mehr Macht gewinnt, obwohl ich das eigentlich nicht will. Jade soll mich nicht so erleben müssen. Aber ich kann auch nicht gegen all meine Prinzipien verstoßen. Amir ist mein Feind. „Aber das wird nicht funktionieren. Was dieser Kerl getan hat, ist unverzeihlich. Selbst wenn die Darmawan ihn dazu gezwungen hätten ... Er ist nicht mehr der Amir, der er einmal war. Wir sind keine Freunde mehr, sondern Feinde." Mit einem scharfen Blick deute ich auf meine Fußfessel. „Er hat nicht nur Bayan Leid angetan. Wir haben diese Strafe für etwas erhalten, das wir nie getan haben. Und Amir hat sich nicht einmal die Mühe gemacht, die Wahrheit herauszufinden."

„Balian, das kannst du doch gar nicht wissen. Was, wenn er die Wahrheit erst erfahren hat, nachdem es schon zu spät war? Oder die Darmawan ihn unter Druck setzen? Du kannst einem Menschen immer nur vor die Stirn gucken."

Ich spüre, wie ich vor Wut zu zittern beginne, doch ich unterdrücke es sofort. „Selbst wenn ... Er hat billigend in Kauf genommen, dass mein Vater nach großen

Qualen stirbt und mir meine Freiheit geraubt. Der Kerl hat Gott gespielt und sich daran ergötzt." Ich spucke die Worte fast wie Giftpfeile heraus und sehe, wie Jade hart schluckt. Doch sie *muss* es wissen. „Dieser Mann ist kein Mensch, mit dem ich noch befreundet sein kann. Er ist ein Monster!"

*

Fünf Minuten später betrete ich mit einem ziemlich mulmigen Gefühl mein Zimmer. Jade ist schon in den Speisesaal gegangen, doch ich muss mich noch umziehen. Meine Laune ist ziemlich im Keller, als ich die Tauchsachen neben dem Bett ablege. Mein Blick, der flüchtig über das Bett gleitet, sorgt dafür, dass ich ins Stocken gerate und wie angewurzelt, den Umschlag fixiert, der auf meinem Bett liegt. *Was ist das denn?* Neugierig greife ich danach und öffne ihn. Ich ziehe ein Papier heraus und taste noch etwas anderes. Einen Schlüssel. Sofort werde ich stutzig. Schnell falte ich das Papier auseinander und lese den Brief. Den Schlüssel halte ich beim Lesen fest.

Wir waren wie Brüder. Das habe ich nie vergessen. Die Tatsache, dass du uns trotz allem geholfen hast, lässt mich an allem zweifeln, was damals Grund für unseren Streit gewesen ist. Ich würde gern die Wahrheit von dir hören. Aber aus freien Stücken. Ich bitte dich nur um eines: Halte dich fern von den Darmawan. Wenn dich jemand sieht, behaupte, du hättest die Fessel selbst gelöst, aber halte mich da raus. Du weißt, was sie mir antun würden und dann wäre Samira mit dem Kind allein. Ich bin nicht der

Mensch, für den du mich hältst. Mein Kind soll mich nicht so kennenlernen, wie du mich in jüngster Erinnerung hast. So bin ich nicht und das solltest du wissen. Ich weiß nur noch nicht, wie ich den Weg zu mir zurückfinden kann, ohne dass das Syndikat mich dafür zur Rechenschaft ziehen wird. Ich glaube, ich sollte damit beginnen, meine Verbrechen wiedergutzumachen – sofern das irgend möglich ist.
In tiefer Reue, Lacrima.

Sprachlos lasse ich den Brief fallen und starre auf den Schlüssel, den ich in meiner Hand halte. Fühlt sich so die Freiheit an? Meint er das ernst? Hatte Jade recht damit, dass er sich verändert hat? Oder ist das alles nur ein mieser Trick und das Teil wird hochgehen, sobald ich den Schlüssel darin umdrehe?

Mit gemischten Gefühlen lasse ich mich auf der Bettkante nieder und hebe meinen Fuß an. Das grüne Licht der Fessel leuchtet, wie ich es gewohnt bin. Knapp daneben entdecke ich das kleine Loch, in das der kurze Schlüssel passen müsste. Mein Herz klopft wie nach einem Sprint, als ich ihn in Richtung des Schlüssellochs bringe und hineinstecke. Mir wird heiß und kalt zugleich. Was, wenn der Sprengsatz hochgeht? Wenn man das Teil vorher noch per Funk entsperren muss? Vielleicht will er mich auf diese Weise endgültig umbringen? Eines ist klar: Wenn ich den Schlüssel ausprobiere, dann an einem Ort, an dem ich im Falle einer Explosion niemanden in Gefahr bringe.

Von Neugierde angetrieben, haste ich aus dem Raum, nehme den Flur und verlasse kurz darauf Lishia. Ich renne los. Immer schneller und schneller, bis ich das

Anwesen außer Reichweite weiß. Weiter und weiter in den Dschungel hinein. Neben einem Baum gehe ich in die Knie – den Schlüssel fest in meiner Hand. Der Muskel in meiner Brust pocht wie nach einem Marathonlauf. Soll ich es wirklich wagen? Schweiß rinnt mir von der Stirn, als ich den Schlüssel in die dafür vorgesehene Öffnung stecke.

Ich schließe die Augen und erblicke den Amir, dem ich einst vertrauen konnte. Mit lebhafter Klarheit stelle ich mir vor, mit welchen Gefühlen und welcher Ernsthaftigkeit er diese Zeilen geschrieben haben könnte, und drehe um, als ich mir sicher bin, dass diese Bilder echt sein könnten.

Stille.

Klack.

Mein Puls geht so schnell, dass ich das Rauschen meines Blutes beinahe hören könnte.

Ich öffne die Augen und starre auf die aufgesprungene Fußfessel. Das grüne Licht ist erloschen. Nichts passiert. Ich kann es nicht glauben und blicke wie hypnotisiert auf die Fessel. Ungläubig lache ich auf und kneife mich in den Arm.

„Ich bin frei", flüstere ich fassungslos und löse das unliebsame Teil von meinem Fußgelenk. „Ich bin frei", sage ich, dieses Mal lauter. Ich werde von einer Flut aus Glücksgefühlen erschlagen. Die Tatsache, dass ich nicht mehr an diesen Ort gebunden bin und Jade überallhin begleiten kann, ist unglaublich. Wir könnten zusammen nach Amerika reisen. Niemals hätte ich das noch für möglich gehalten. Nicht in diesem Leben.

Die Fußfessel lasse ich neben dem Baum liegen. Ich werde zurück zum Anwesen laufen und eine Schaufel holen, um sie zu vergraben. Meine Laune ist auf dem höchsten Niveau seit Langem. Ich muss immer wieder mein Bein anfassen. Mein nacktes Fußgelenk. Ich lache dabei wie ein Verrückter. „Das gibt es doch nicht." *Amir hat nicht gelogen. Vielleicht ist unsere brüderliche Verbindung doch noch nicht im Keim erstickt. Es war auf jeden Fall ein Schritt in die richtige Richtung. Ich bin wirklich frei!*

29. Kapitel

AMIR

Noch nie ist mir ein Gang so schwergefallen, weil mich das Gewicht meiner Schuld so sehr erdrückt. Aber es ist mir ein dringendes, inneres Bedürfnis, reinen Tisch zu machen. Für Samira, für unser Kind und für mich. Ich habe mich durch die Aktion mit Balian ohnehin schon gegen die Darmawan gestellt, da macht das hier jetzt auch keinen Unterschied mehr. Die Würfel sind gefallen. Ich habe mich entschieden. Für den guten Menschen in mir – auch, wenn ich ihm helfen muss, wieder zu einem zu werden.

Mit einem unguten Gefühl in er Magengegend schleiche ich über den Flur und spüre die Müdigkeit bis in den kleinsten Knochen. Zum Glück hat niemand mitbekommen, dass ich mich in der Nacht aus dem Zimmer geschlichen habe, um meinen Mittelsmann zu treffen. Dafür habe ich die kurze Schichtwechselpause abgepasst, die ich zufällig mitbekommen habe. Sollte mich bei der Rückkehr jemand von den Wachen ansprechen, behaupte ich, nur kurz zur Toilette gewesen zu sein.

Der lange Gang ist durchzogen von Desinfektionsmittelgeruch, Erde und Verderben. Alles hier wirkt heruntergekommen und wenn ich an meinen letzten Krankenhausaufenthalt zurückdenke, der im Vergleich hierzu luxuriös war, würde ich einen Teufel tun, mich hier behandeln zu lassen. Hoffentlich weiß wenigstens der behandelnde Arzt, was er tut. Soweit ich weiß, gibt es hier nur einen und der ist auch nur auf Rufbereitschaft hier.

Meine Schritte werden langsamer, als ich das letzte Zimmer erreiche. Übelkeit steigt in mir auf und ich fühle mich furchtbar.

Die Tür steht offen.

Mein Herzschlag beschleunigt sich. Ganz langsam linse ich in den abgedunkelten Raum hinein.

Das Piepen der Apparaturen und das schwere Atmen des alten Mannes, der sich einst wie ein Vater um mich gekümmert hat, bereiten mir Gänsehaut. Eine Sauerstoffmaske liegt auf Mund und Nase.

Bayan hat die Augen geschlossen und sieht so friedlich aus. In all den Jahren, die ich ihn kenne, habe ich ihn noch nie so abgemagert und fertig gesehen. Es muss ihm sehr schlecht gehen. An seiner knochigen Hand entdecke ich einen Zugang, der zu einer Infusion fühlt. NaCl. Er braucht Flüssigkeit, wie mir scheint. Das Gift scheint ihn bereits sehr geschwächt zu haben.

Ich lege den kleinen Koffer so geräuschlos wie möglich auf dem Bett ab und öffne das Zahlenschloss. Mit einem leisen Klicken springt der Verschluss auf. Ich öffne den Koffer und greife nach der Ampulle. Eine steril verpackte Spritze hat Samdih mir beigelegt. Die beigefügte Nadel werde ich nicht brauchen, da ich ihm den Inhalt der Ampulle direkt über den Zugang verabreichen kann.

Bayan bewegt sich, was mich zu Tode erschreckt. Er murmelt etwas, das ich nicht verstehen kann, und lächelt dabei. Sofort muss ich daran denken, dass er von Balian oder seiner verstorbenen Frau träumt.

Je länger ich ihm dabei zusehe, wie er tiefer ins Land der Träume driftet, desto weniger kann ich mir ernsthaft vorstellen, dass er mich verraten haben soll. Schließlich war ich für ihn immer wie ein Sohn. Was, wenn Balian die Wahrheit gesprochen hat? Wenn die beiden nichts mit der Sache zu tun hatten?

Doch wer war es dann?

Bayan bewegt sich erneut.

Wie versteinert bleibe ich stehen und warte ab, bis er weiterschläft. Erst dann bereite ich die Spritze vor. Hoffentlich kommt jetzt niemand. Ein Glück, dass das Krankenhaus nur wenige Mitarbeiter hat.

Wie ein Schatten trete ich noch näher an ihn heran und schraube den Infusionsschlauch an seinem Zugang ab. Dann setze ich die Spritze an und verabreiche ihm das Gegengift. Ganz langsam drücke ich den Inhalt heraus, der sich vermutlich ziemlich zügig über die Blutbahn in seinem Körper verteilen und wirken wird.

Auf dem Flur sind Schritte zu hören.

Verdammt! Schnell schraube ich den Infusionsschlauch wieder dran und trete vom Bett zurück.

Ich verstecke mich hinter einem Vorhang.

Jemand läuft über den Flur, allerdings lässt er oder sie Bayans Zimmer aus. Als die Schritte verhallt sind, trete ich aus meinem Versteck und werfe einen letzten Blick auf den friedlich schlafenden Bayan. Ich hoffe sehr, dass es noch nicht zu spät für ihn ist und er schon bald wieder gesunden wird. Ich denke, er wird schlau genug sein, sich künftig von den Darmawan fernzuhalten. Sollten diese je herausfinden, was ich getan habe, so werde ich mich, vermutlich viel schneller als mir lieb ist, an Bayans Stelle wiederfinden.

30. Kapitel

SAMIRA

Die warmen Strahlen der Sonne stehlen sich über die Bergkuppe. In einer stylishen Motorradjacke stehe ich neben Amir vor dem Eingang Lishias auf der großen Parkfläche. Dracu hat uns vor einer halben Stunde den Vorschlag unterbreitet, in die Stadt zu fahren, um nach Ersatzteilen für den beschädigten Motor zu sehen. Ich wollte unbedingt mitfahren, da ich von der wunderschönen Insel noch nicht viel gesehen habe. Natürlich habe ich Jade auch gefragt, ob sie uns begleitet.

„Wo bleiben sie denn? Bist du sicher, dass Dracu halb zehn gesagt hat?", fragt Amir und sieht von seiner Uhr auf.

„Ja, bin ich. Sie werden sicherlich jeden Moment hier auftauchen."

Hinter uns knirscht Kies.

Gleichzeitig reißen wir die Köpfe herum und erblicken Jade und Balian.

„Dracu lässt sich entschuldigen. Dafür wird Balian uns begleiten", sagt Jade und trägt ein Lächeln auf dem Gesicht, wie ich es bei unserem Wiedersehen zuletzt gesehen habe.

Auch Balian sieht irgendwie verändert aus – so gelöst. Seine Miene ist freundlich, als er auf uns zusteuert, doch statt stehenzubleiben, marschiert er schnurstracks auf Amir zu.

Irritiert sehe ich ihn an und gerate leicht ins Schwitzen, als er knapp vor meinem Freund stehenbleibt. *Was passiert hier? Was ist los?*

Die beiden stehen sich wortlos gegenüber und sehen einander an. Die Luft scheint sich aufzuladen, je mehr Zeit vergeht.

Bitte keine Prügelei! Nein, dafür sieht Balian zu friedlich aus.

Jade zwinkert mir zu, was mich noch mehr irritiert.

Balians Mundwinkel heben sich und auch die von Amir ziehen nach.

Erst jetzt wandert mein Blick zufällig zu Balians Fuß, an dem die Fußfessel fehlt. *Was? Die Fessel ist weg?* Nun fällt bei mir er Groschen. *Verstehe!*

Verwundert sehe ich zu Jade, deren Augen glasig geworden sind. Sprachlos presst sie sich eine Hand vor den Mund und starrt zwischen Balians Fußgelenk und seinem Gesicht hin und her.

„Ich wusste, du würdest die Vorwürfe infrage stellen", sagt Balian schließlich und grinst – erst verhalten und dann glücklich.

Auch Amirs Mundwinkel heben sich.

Dann drückt Balian ihn an sich. „Danke."

Amirs Blick hat sich verändert, als sie sich nach einem kräftigen Schulterklopfen voneinander lösen. Reue hat sich in seine Iriden gemischt, während er gefasst nickt. „Wir sind und bleiben Brüder."

Die beiden Männer umarmen sich ein weiteres Mal. Dieses Mal noch herzlicher. Diese Versöhnung ist mehr als nur schön anzusehen. Sie macht mich glücklich und treibt nicht nur Jade, sondern auch mir die Tränen in die Augen. Sie ist der Beweis dafür, dass Amir sich wirklich geändert hat.

„Wir kommen gerade aus dem Krankenhaus. Sie haben vorhin angerufen und meinten, ich solle sofort kommen. Meinem Vater scheint es plötzlich besser zu gehen. Er isst und trinkt wieder und die Schmerzen lassen nach." Nicht einmal die Sonne wäre in der Lage, Balians Strahlen zu übertreffen.

„Das freut mich, Mann!", entgegnet Amir, als sie sich voneinander lösen.

„Sag, hast du was damit zu tun?"

Amir zuckt grinsend mit den Schultern. „Noch wenige Tage und er sollte wieder ganz der Alte sein. Das Gegengift wirkt recht schnell."

„Das werde ich dir nicht vergessen."

„Bleibt nur zu hoffen, dass er keine bleibenden Schäden davonträgt", schiebt Amir zerknirscht nach. „Es tut mir so leid, dass ich zugelassen habe, dass das passiert."

„Wie hast du herausgefunden, dass die beiden es nicht waren?", will Jade wissen.

„Gar nicht. Ich habe auf mein Bauchgefühl gehört und Balians Reaktion jetzt hat es mir bestätigt."

Völlig erschlagen weiß ich nicht, was ich sagen soll. Ich bringe lediglich ein fasziniertes Grinsen fertig.

„Ich freu mich so sehr", wirft Jade ein, doch just in diesem Augenblick überkommen mich Zweifel.

„Amir, ich möchte die gute Laune ja nicht verderben, aber was sagt denn der Rest des Syndikats dazu?"

Sofort versteinern sich die Mienen von allen.

Amir schluckt. „Sie dürfen es nicht erfahren."

Balian nickt zustimmend.

„Das bedeutet, dass Balian auf der Insel bleiben muss?" Jade reißt entsetzt die Augen auf und hakt sich mit besorgtem Gesicht bei Balian ein.

„Er sollte lieber inkognito reisen. Zumindest erst einmal. Das gilt auch für Bayan. Wir sollten bald seinen Tod vortäuschen, bevor die Darmawan misstrauisch werden."

„Und so lange wir noch nicht herausgefunden haben, wer meinen Vater und mich ans Messer liefern wollte, sollten wir das auch beherzigen", wirft Balian ein.

„Richtig. Und außer uns vieren, können wir erst einmal niemandem trauen." Amir bedenkt die Runde mit einem ernsten Blick. „Niemandem."

„Aber was ist mit Crita, Miroh oder Dracu?" Jade hebt fragend eine Braue.

„Bayans Zustand muss geheim bleiben." Amir richtet sich an Balian. „Bitte das Krankenhauspersonal, niemanden über den Zustand deines Vaters zu informieren. Crita schon, da sie dort arbeitet, aber sonst niemanden. Hörst du?"

Balian nickt betroffen. „Mache ich. Ich werde nicht riskieren, dass das Syndikat hier auftaucht."

Das mulmige Gefühl, das mich beschleicht, nimmt zu, sodass mir ein leises Seufzen entgleitet.

Amir nimmt sofort Notiz davon und legt seinen Arm um mich. Er zieht mich sanft zu sich heran und küsst mich auf die Stirn. „Mach dir keine Sorgen. Ich werde das regeln."

Meine Fantasie fängt lebhaft an zu blühen, doch in ziemlich dunklen Farben. Ich habe nur eine vage Vorstellung davon, wie die Leute vom Darmawan-Syndikat drauf sind. Von Chalid und Amir habe ich immer nur fetzenweise etwas aufgeschnappt. Ich habe den Eindruck, Amir wollte alle Themen rund um das Syndikat von mir fernhalten. Nun ahne ich auch, warum. Das, was ich mitbekommen habe, hat mir einen Schauer über den Rücken gejagt. Mit denen ist nicht zu spaßen. Es ängstigt mich, dass Amir ein Teil von ihnen ist und dazu fähig war, Balian und seinem Vater so etwas Schreckliches anzutun. „Du regelst das? Und wie?“, frage ich, als ich zu ihm aufblicke. Ich entdecke aufziehende Dunkelheit in seinen Augen, als er ins Grübeln zu geraten scheint. Doch einen Augenblick später hat sie sich verzogen.

„Lass das mal meine Sorge sein. Du musst dir darum keine Gedanken machen. Alles wird gut. Vertrau mir.“

„Nun gut“, Balian klatscht auffordernd in die Hände. „Wenn das jetzt geregelt ist, dann würde ich sagen: Rauf auf die Bikes. Wir erkunden jetzt den Teil der Insel, den ich noch nicht kenne.“

Amir hebt irritiert den Blick. „Und die Ersatzteile?“

„Die besorgen gerade Dracu und Miroh.“ Balian zeigt auf die leeren Bikeständer. „Vor dem frühen Nachmittag sind sie bestimmt nicht zurück. Da können wir die Zeit auch für etwas Schöneres als Warten nutzen.“

Der Meinung bin ich auch. Ein wenig Ablenkung wird uns allen guttun. Und da ich heute ausnahmsweise mal nicht von Schwangerschaftsübelkeit geplagt werde, sollten wir das wirklich ausnutzen.

„In Ordnung." Amir drückt mir einen Helm in die Hand, zieht ebenfalls einen auf und steigt auf das Motorrad. „Du hältst dich gut fest, ja?", sagt er zu mir, als ich hinter ihm aufsitze.

„Ich fahre nicht das erste Mal auf einem Bike mit." Nachdem ich den Satz ausgesprochen habe, bereue ich ihn auch schon wieder, denn er erinnert mich an eines meiner letzten Dates, mit einem Kerl, den ich am liebsten aus meiner Erinnerung ausradieren würde.

„Mal sehen, ob du mich noch genauso abziehst wie früher." Balian lacht belustigt durch sein Visier hindurch und legt die Hände auf das Gas.

„Garantiert nicht. Ich habe wertvolle Fracht an Bord." Ich lächele in mich hinein und habe die leise Hoffnung, dass alles gut werden wird. Der Grundstein hierzu ist schließlich jetzt gelegt.

31. Kapitel

JADE

Voller Inbrunst heizen Balian und ich über die Straße. Der Asphalt scheint nicht nur in der Sonne, sondern auch unter unseren Reifen zu glühen. Es ist ein tolles Gefühl, Balian endlich so glücklich zu sehen. Glücklich und frei. Ich spiele mit dem Gedanken, ihn zu fragen, ob er mit mir nach Amerika reisen würde. Ich kann es kaum erwarten, meinen Vater wiederzusehen und ihm Balian vorzustellen.

Wir fahren die Serpentinen an der Küste entlang. Der Wind weht uns das Gefühl von unendlicher Freiheit um die Nase. Ich bin mir nicht sicher, ob Balian eine Ahnung hat, wohin er genau will, doch ich würde mich von ihm überallhin entführen lassen.

Immer wieder sehe ich hinter mich, um sicherzugehen, dass Amir und Samira uns folgen.

Meine Arme umgreifen Balians Bauch fester, als wir durch eine Schlucht jagen, an deren meterhohen Wänden unser Motorrad hallt wie eine Höllenmaschine. Langsam überkommt mich ein mulmiges Gefühl, als die Felsformation immer enger wird.

Als könnte Balian es spüren, geht es vom Gas. „Wir sind gleich da", ruft er mir über seine Schulter hinweg zu.

„Weißt du überhaupt, wo wir sind? Ich dachte, diesen Teil der Insel kennst du nicht?"

„Von früher schon. Aber da war ich noch jung."

Um uns herum wird es immer dunkler und ich habe den Eindruck, als wollen die hohen Felswände uns verschlingen. Hinter mir höre ich das Motorrad von Amir und Samira. Irgendwie beruhigend, sie in unserem Windschatten zu wissen. Ich wette, Samira ist diese Fahrt gerade auch etwas unheimlich, zumal es immer dunkler wird, da kaum Sonne zu uns nach unten dringt.

„Sieh mal", ruft Balian und deutet mit dem Finger nach oben.

Am oberen Rand der Schlucht laufen Affen, als würden sie mit uns mitrennen wollen.

„Ganz schön freche Biester. Da musst du echt aufpassen."

„Okay." Von kleptomanischen und beißenden Affen habe ich bisher schon gehört, aber noch nie welche gesehen. Ob Balian das meinte?

Wir erreichen das Ende der Felsformation und endlich wird es wieder heller. Sonnenstrahlen kitzeln meine Nase und blenden mich.

Wir befinden uns nicht mehr in Küstennähe, sondern mitten im Urwald.

Dichte Bäume und Schlingpflanzen, wohin man auch sieht. Die asphaltierte Straße wird mit jedem Meter schmaler und verläuft schließlich in einen unebenen

Trampelpfad. Ob das so gut für Samira ist? „Hey, halt mal an!"

Balian hebt eine Hand, um Amir aufmerksam zu machen, dass wir halten wollen, und hält kurz darauf an.

Ich steige vom Motorrad und stelle mich neben ihn.

Durch das Visier hinweg betrachtet er mich – fragend. „Was ist los?"

„Ist es noch weit?"

„Nein, warum?"

Ich deute mit dem Kopf zu Samira. „Ich glaube nicht, dass das Gerüttel hier so gut für das Baby ist."

„Hmm. Da hast du auch wieder recht." Balian steigt ab und zieht den Helm aus. Das dunkle Haar klebt ihm verschwitzt im Gesicht. „Amir, wir sollten die Maschinen den Rest der Stecke schieben. Es ist nicht mehr weit."

Während die Männer die Maschinen voranschieben, spazieren Samira und ich hinterher. Der Dschungel ist hier ziemlich dicht und ich bin mir nicht sicher, ob Balian wirklich weiß, wo er hin will. Doch er und Amir schieben die Bikes unermüdlich weiter.

„Da vorn ist es!", ruft Balian uns zu und stellt das Motorrad ab.

Amir parkt seines daneben.

„Wo denn? Ich sehe nichts als dichte Lianen", rufe ich und tausche mit Samira Blicke aus.

Die Männer tauchen in den Vorhang aus Lianen ein und wir folgen. Ich bin aufs Höchste angespannt, denn ich habe keine Vorstellung davon, was uns dahinter erwartet.

„Mir ist nicht wohl bei der Sache", murmelt Samira.

„Abwarten. Ich vertraue Balian“, entgegne ich, lächele aufmunternd und gehe voran.

Hinter dem Vorhang blenden mich Sonnenstrahlen. Schnell versuche ich, durch heftiges Blinzeln wieder klare Sicht zu erreichen.

Ich finde mich in einem weitläufigen Biotop wieder. Überall farbenfrohe Blüten verschiedenster Blumenarten und zur einen Seite eine Felswand, an der eine Felsquelle die Wand hinunterrinnt. Auf der anderen Seite kann ich in den fernen Dschungel blicken, der von einem seichten Nebel behangen ist. Äffchen kreischen und andere Tierlaute sind zu hören.

„Wie wunderschön“, ruft Samira staunend aus und schlägt sich die Hand vor den Mund.

„Ein Paradies im Paradies.“ Einige Meter vor uns haben sich Amir und Balian auf einem kleinen Felsen niedergelassen.

Balian winkt uns zu sich heran. „Kommt rüber. Alles frei von Schlangen und Skorpionen.“

Ich kann mich an den schillernden Farben überhaupt nicht sattsehen und bleibe immer wieder stehen.

„Komm.“ Balian lacht belustigt auf und winkt abermals.

Ich greife nach Samiras Hand und halte auf unsere beiden Männer zu, die inzwischen wieder vertraut miteinander lachen.

„Als kleiner Junge habe ich mich immer an einen Ort wie diesen geträumt“, erzählt Amir und stößt Balian mit der Elle neckend in die Seite. „Weißt du noch, als du mir, wenn ich frech war, deinen Schokoriegel mitgebracht hast?“

„Wieso denn das?", werfe ich neugierig ein und nehme mit Samira neben den beiden auf dem Felsen Platz. Er ist steinig und hart, aber hier kann man sofort sehen, wenn ein giftiges Tier im Anmarsch ist. Das ist im hohen Gras schier unmöglich.

„Wir sind im Syndikat ziemlich streng erzogen worden", wirft Balian ein. „Und jedes Mal, wenn man uns für irgendeinen Blödsinn bestrafen wollte, wurden wir eingesperrt."

„Was?" Samiras Augen weiten sich schockiert.

„So war das damals eben", kommentiert Amir und legt seinen Arm um meine Freundin.

„Jedenfalls", fährt Balian fort, „war ich einer der Wenigen, die die geheimen, unterirdischen Gänge kannten, und habe Amir mit allem versorgt, was ich mitschmuggeln konnte. Schokoriegel, Kaugummis, etwas zu trinken. Je nachdem, ob es möglich war, habe ich lange neben der Zelle gehockt und wir haben gequatscht, bis wir müde wurden. Manchmal die ganze Nacht. Erst am frühen Morgen habe ich mich zurück in mein Bett geschlichen."

„Und was, wenn du erwischt worden wärst?", will ich wissen und kann nicht glauben, zu welchen Strafen die Darmawan greifen.

„Dann war ich wenigstens bei meinem Kumpel – wenn ich Glück hatte. Im schlechtesten Fall wäre ich in einer anderen Zelle gelandet."

„Wie lange wurdet ihr eingesperrt und wofür?"

„Es waren meist lächerliche Gründe. Lass uns nicht weiter drüber reden, sonst bekomme ich noch schlechte Laune. Und dafür ist es an einem Ort wie diesem viel zu schön." Amir lächelt zwar, doch in seinen Augen entdecke ich tief sitzende Trauer.

„Okay, ich schlage vor, ich entführe jetzt meine zukünftige Frau und ihr seht euch auch gern die Gegend an." Balian zwinkert Amir zu, was Samira und ich zeitgleich mit einem augenrollenden Lachen quittieren. „Wir treffen uns in einer Stunde wieder hier, okay?"

„Was ist, wenn sich jemand verläuft?", wirft Samira nicht ganz zu Unrecht ein.

„Das wird schon nicht passieren. Das Biotop ist von einer Felsenformation so umrandet, dass es wie eingezäunt ist." Balian erhebt sich und greift nach meiner Hand.

32. Kapitel

JADE

Hand in Hand lasse ich mich von Balian führen, der dieses Gebiet inzwischen aus Kindheitstagen wiederzuerkennen scheint. Die opulente Blumenpracht in einer Vielzahl von Farben an jeder Ecke ist atemberaubend. „Wann warst du das letzte Mal hier?"

„Das ist schon eine ganze Weile her", erzählt Balian, während wir weiter durch das Dickicht stapfen. „Mein Großvater war damals Inselkönig."

„Wahnsinn. Wo gibt es noch so was? Ich meine, dass man jemanden kennt, der mit einem Inselkönig verwandt ist?"

„War", ergänzt Balian wehmütig. „Er war ein toller Mann und König. Hatte stets ein offenes Ohr für sein Volk und war fair."

„Klingt nach einem großen Mann."

„Das war er."

Wir erreichen eine kleine Steinformation.

„Ich wusste, dass sie noch da ist."

„Was denn?", will ich von Neugierde getrieben wissen und linse hinter Balian vorbei.

„Das wirst du jetzt sehen. Komm mit."

Wir halten auf einen Felsen mit einem Loch in der Mitte zu.

„Zieh den Kopf ein und pass auf – die Stufen könnten rutschig sein."

„Die Stufen?", frage ich verdutzt und höre Balian lachen.

Mit jedem Schritt wird es dunkler um uns herum und der Gang wird zunehmend enger. Menschen mit Klaustrophobie würden sich hier nicht rein wagen. Hinter Balian nehme ich eine kleine Treppe, die uns abwärts immer mehr ins Innere des Felsens führt. Ein mulmiges Gefühl breitet sich in meiner Brust aus. „Geht es noch tiefer runter?"

„Nein, gleich haben wir unser Ziel erreicht."

Es ist so finster, dass ich die Hand kaum noch vor Augen sehen kann.

Balian bleibt stehen und kramt in seiner Hosentasche.

Die kleine Flamme eines Feuerzeugs lodert auf und ich sehe nichts als Gestein, was mein mulmiges Gefühl noch verstärkt.

„Ich glaube, ich möchte hier raus."

„Nein, nein. Warte, nur noch einmal um die Ecke, dann sind wir da. Du wirst es nicht bereuen. Nur Mut."

Nach wenigen Metern entdecke ich eine Fackel an der Wand.

Balian taucht diese in einen Eimer, der auf dem Boden steht und zündet die Fackel an. In einer hohen Stichflamme erhellt sie den Raum. Balian zündet weitere Fackeln an, die an den Wänden hängen und ich staune nicht schlecht.

Vor mir liegt eine Grotte mit Wasser so klar wie Kristall. „Wahnsinn! Also das hätte ich nicht erwartet.“

„Das ist nur einer der geheimen Schätze dieser Insel“, sagt Balian und zieht sein Shirt aus.

„Hm, das gefällt mir.“ Ich garniere den Satz mit einem Schnurren.

„Ist das so?“ Neckisch leckt er sich über die Lippe, nimmt den Kopf in den Nacken und knöpft seine Hose auf.

„Ach, so läuft das hier.“ Breit grinsend entledige auch ich mich meiner Kleidung und steige, wie Gott mich schuf, hinter Balian in die Grotte. Das Wasser ist angenehm warm und brusttief.

Balian lässt sich auf einen der Felsvorsprünge nieder, die wie eine Sitzbank fungieren.

Ich wate auf ihn zu und lasse mich auf seinem Schoß nieder. Als ich seine Härte spüre, muss ich grinsen.

„Was denn? Das darfst du gern als Kompliment verstehen.“

„Ist das so?“, zitiere ich dieses Mal ihn und lege meine Arme um seinen Hals. Ich ziehe seinen Kopf zu meinem heran und küsse ihn.

Seine Lippen sind weich und umgarnen meine begierig. Balians Zunge dringt sanft in meinen Mund vor, indes er seine Hände seitlich an meine Hüften legt und ich spüre, wie sich meine Mitte freudig zusammenzieht. Er rutscht ein Stück vor, sodass ich mich verkehrt herum auf ihn setzen kann, und dringt in mich ein.

Mit einem tiefen Seufzen bewege ich mich auf ihm und genieße, wie sehr sein Schwanz mich ausfüllt.

Balians Hände wandern zu meinen Brüsten und kneten sie sanft. Ein leises Stöhnen entgleitet seinen Lippen, während ich ihn reite.

Im Wasser fühlt es sich zwar ungewohnt, aber dennoch schön an.

Balian löst sich von mir und liebkost meine Brüste, bevor er sanft daran saugt. „O Mann, ich kann dir gar nicht sagen, wie sehr mich das anmacht", knurrt er zwischendrin.

„Nicht aufhören", stöhne ich und reite ihn unermüdlich weiter. Eine Welle der Lust baut sich in mir auf, die ich vermutlich nicht mehr lange zurückhalten kann. Als Balian auch noch die Hand auf meinem Po abgelegt und mich fest an sich drückt, ist es mit jeglicher Zurückhaltung vorbei.

Ich werfe den Kopf in den Nacken und lasse mich von der Welle überrollen. Ein Glück, dass Balian mich festhält, denn ich habe die Kontrolle über meinen Körper verloren.

Er zieht sich aus mir zurück, als ich mich wiedergefunden habe, steht auf, setzt mich auf den Vorsprung. Mit einem schiefen Grinsen stellt er sich zwischen meine gespreizten Beine. Dann ist er wieder in mir und stößt erst langsam und dann zunehmend intensiver und schneller zu. Meine Mitte brennt immer noch voller Verlangen.

Balian vergräbt die Nase in meinem Nacken und küsst meinen Hals. Dann stößt er schneller und atmet schwer. Er ist so wunderschön anzusehen, wenn er kommt. Mit geschlossenen Augen und zurückgelehntem Kopf, stößt er langsamer und stöhnt animalisch auf. *Oh jaaa, genauso hatte ich mir das vorgestellt!*

Ich greife ihn behutsam in den Nacken, ziehe ihn zu mir heran und hauche ihm ein „Ich liebe dich" ins Ohr.

„Ich dich auch, Jade. Aus tiefster Seele", haucht er immer noch fast atemlos, öffnet die Augen und lächelt, als sich unsere Blicke begegnen. Ich sehe ihm an, wie glücklich er ist und genau dieser Anblick macht mich so verdammt glücklich. Er lässt sich eben mir nieder und wir genießen noch ein wenig das erfrischende Bad in der romantischen Grotte, bevor wir wieder losziehen müssen.

„Ob die beiden sich auch ein nettes Plätzchen gesucht haben?", kichere ich und ernte ein Augenrollen.

„Keine Ahnung. Gut möglich."

„Am liebsten würde ich die Zeit anhalten und noch eine Weile mit dir hierbleiben."

Balian sieht auf seine wasserdichte Sportuhr. „Ein paar Minuten haben wir noch."

„Sehr gut." Ich lehne meinen Kopf an seiner Schulter an und schließe die Augen. Um mich herum sind nur das Plätschern des Wassers und der Herzschlag des Mannes, den ich über alles liebe. Ich bin wahrhaftig im Paradies.

33. Kapitel

BALIAN

Pünktlich auf die Minute treffen wir am vereinbarten Platz ein. Von Samira und Amir ist noch nichts zu sehen. Jade und ich stellen uns auf den Felsen, auf dem wir alle zuvor gesessen haben.

„Glaubst du, sie haben sich verlaufen?" Jade sieht mich besorgt an. Ihre Wangen glühen immer noch vom aufregenden Sex in der Grotte.

„Nein, mach dir keine Sorgen. Die kommen gleich. Lass uns noch ein paar Minuten warten", beruhige ich sie, lege meine Arme um ihren Hals und küsse sie auf die Stirn.

Wir verharren einige Minuten und genießen die strömende Luft und die Geräusche der Tiere und das Rascheln er Hecken um uns herum.

„Da sind sie ja!", ruft Jade plötzlich aus und ich wende den Kopf.

In der Ferne entdecke ich die beiden, wie sie den schmalen Trampelpfad entlanglaufen und auf uns zuhalten.

„Na, habt ihr euch verlaufen?", stichelt Jade scherzhaft.

Samira grinst und erst jetzt sehe ich, dass ihr Haar komplett durchnässt ist. „Nein, aber wir haben noch einen kleinen See entdeckt. Der war wunderschön und kristallklar. Wärt ihr besser mal mitgekommen."

„Oh, wir hatten auch eine tolle Erkundungstour", entgegnet Jade schmunzelnd und wirft mir einen verstohlenen Blick zu.

„Jaja!", säuselt Samira treffend, als ahne sie genau, was Balian und ich getrieben haben.

„Wir sollten langsam aufbrechen", wirft Amir ein. „Wenn ich mich bis heute Abend nicht beim Syndikat melde, bekomme ich Schwierigkeiten."

„In Ordnung." Ich nicke und steige vom Stein. Jade reiche ich meine Hand, damit sich sicher herunterklettern kann.

Wir gehen zu den Maschinen, die wir noch einige Meter schieben müssen, bis wir wieder befahrbaren Boden finden.

„Entschuldigt, aber ich müsste mal eben ..." Samira hebt entschuldigend die Hände.

„Trifft sich gut. Ich komme mit." Jade stellt sich neben ihre Freundin und nimmt sie bei der Hand.

„Aber geht nicht zu weit weg."

„In Sichtweite bleiben wir bestimmt nicht, ihr Spanner", lacht Jade, was mich schmunzeln lässt.

Ich sehe den beiden nach, wie sie hinter einer Hecke verschwinden und drehe mich zu Amir, der sich an eine der Maschinen gelehnt hat.

„War ein schöner Ausflug", sagt er und nickt mir wohlwollend zu. „Hätte bei meiner Ankunft hier nicht gedacht, dass das so endet."

„Das hätte ich auch nicht. Aber ich bin sehr froh, dass es so gekommen ist. Wer weiß, vielleicht wird mein Vater bald wieder ganz gesund. Dann werde ich mit ihm um die Welt reisen. Und mit Jade natürlich. Ich möchte, dass er noch etwas erlebt auf seine alten Tage hin. Und ich muss natürlich meine wiedergewonnene Freiheit auskosten."

Amir sieht mich schuldbewusst an und presst sie Lippen fest zusammen.

„Was ist los?"

„Es tut mir leid, Mann. Ich hätte dir von Anfang an glauben sollen. Aber die Beweise sprachen ganz klar gegen euch. Ich habe mich verraten gefühlt und nicht weiter nachgedacht."

„Ich weiß. Wir müssen unbedingt herausfinden, wer es war. Jemand spielt ein falsches Spiel mit uns beiden – mit der Absicht, dass wir uns gegenseitig auslöschen."

Amir reißt die Augen auf. „Moment mal. Was hast du da gesagt?"

Ich stutze. „Dass ich glaube, dass jemand möchte, dass wir uns gegenseitig zerstören."

Mein Freund zieht die Brauen finster zusammen und atmet scharf Luft ein.

„Was ist? Hast du einen Verdacht?", will ich wissen und spüre meinen ansteigenden Puls.

„Es gibt nur eine Person, die schon die ganze Zeit zweigleisig fährt und der ich eine solche Aktion zutrauen würde."

Mir fällt es wie die Schuppen von den Augen und mir wird heiß und kalt gleichzeitig. *Das kann nicht sein. Aber es muss so sein! Genauso!* „Nero!"

„Ganz genau", erwidert Amir händereibend. „Er hat das Wissen, dass er von beiden Seiten in Erfahrung bringen konnte, erfolgreich eingesetzt, um uns auszuspionieren und gegeneinander aufzuhetzen. Und von ihm kam die Info, dass ihr mich angeblich verraten habt.""

„Das gibt es doch nicht. Aber, was ist sein Motiv?"

Amir lacht abschätzig. „Macht natürlich. Die wollte er schon immer. Weißt du noch? Er war immer das dritte Rad am Wagen, konnte nie verlieren und war ständig eingeschnappt. Ich hatte so oft das Gefühl, dass er neidisch war, weil wir beide so ein gutes Team waren und er als Einzelgänger mitlief. Warum sollte das heute anders sein? Er will meine Position und dafür musste er dich loswerden."

Auf einmal macht alles Sinn. Mein Atem geht angestrengt, denn Wut und Schock wechseln sich in mir ab. „Glaubst du, er hat das alles allein aufgezogen? Den Betrug? Die heimlichen Geschäfte an den Darmawan vorbei?"

„Nein, so schlau ist er nicht. Er muss einen Partner haben. Vielleicht sogar einen auf dieser Insel. Woher sonst sollte er immer sofort Bescheid gewusst haben, wenn es hier ein Problem gab? Jemand hat ihn informiert und ihm Bericht erstattet, was du und Bayan treibt."

Ich raufe mir das Haar und tigere nervös um meine Maschine herum, um mich zu sortieren. „Jetzt ist mir auch klar, warum er Jade ausliefern sollte. Das hätte auch jeder andere des Syndikats machen können. Er hatte in Eigenregie etwas geplant." Mein Kopf schmerzt bei der Vorstellung, was Jade hätte passieren können.

Plötzlich wird mir klar, dass sie immer noch in Gefahr ist, denn sie ist das einzige Druckmittel, das Nero noch gegen mich hat, sollte er erfahren, dass mein Vater gesundet ist und ich wieder frei bin. „Scheiße!", fluche ich und bleibe stehen. „Wir müssen die Mädels warnen. Sie sind in Gefahr."

Gleichzeitig drehen wir uns in die Richtung, in die die zwei Frauen gegangen sind.

„Samira? Jade?", ruft Amir und sieht sich um.

Angespannt lauschen wir.

Stille.

Der Ruf eines großen Vogels lässt mich zusammenzucken. „Jade! Samira!", brülle ich nach Leibeskräften.

Amir und ich sehen uns geschockt an. Dann legen wir einen Sprint hin.

Hohes Gras und Gestrüpp streift meine Beine und dicke Wurzeln behindern den Weg, doch ich laufe weiter. Wir biegen um eine Ecke, die sich perfekt zum ungestörten Urinieren, aber auch für einen Hinterhalt anbietet, und bleibe wie erstarrt stehen. Samiras Tasche liegt auf einer plattgetrampelten Stelle im Gras, von der eindeutige Schleifspuren zu einem kleinen Trampelpfad führen.

Wir folgen der Spur und ich entdecke kurz vor dem Pfad ein weißer Stofffetzen auf dem Boden.

„Amir! Da vorne!"

Mein Freund bückt sich nach dem weißen Tuch, hebt es auf und riecht daran. „Das ist Chloroform, verdammt!"

„Fuck!", brülle ich frustriert, als ich mir der Tragödie bewusst werde, und scheuche damit eine Gruppe Vögel auf, die sich in einem kleinen Baum neben mir versteckt hatten.

Amir kniet nieder und reibt sich mit den Händen das Gesicht. „Wir kommen zu spät. Jade und Samira wurden entführt!"

„Ob Nero dahintersteckt? Nur er wusste, dass aus dem Deal mit dem Ausliefern nichts wird. Entweder, er hat es gemeldet oder das geht ganz allein auf seine Kappe."

„Wie auch immer. Wir müssen davon ausgehen, dass das Syndikat Bescheid weiß. Mit Sicherheit hat man uns beobachtet und da dürfte deine fehlende Fußfessel nicht unentdeckt geblieben sein. Ich konnte wahrscheinlich als Einziger, deine Position orten. Wo ist sie jetzt?"

„Na, ich habe sie vergraben, in der Hoffnung, dass das Signal unter der Erde so schwach ist, dass es nicht mehr geortet werden kann."

„Hat wohl nicht sonderlich gut funktioniert", bemerkt Amir und sieht mich ein wenig ungehalten an. „Der Zünder ist zwar unscharf, aber geortet werden kann die Fessel immer noch."

„Was hätte ich machen sollen? Sie einer unserer Ziegen umlegen?"

„Nein", seufzt Amir schwer. „Natürlich nicht."

Ich bin so wütend auf Nero, dass ich explodieren könnte wie ein Feuer spuckender Vulkan. „Und was machen wir jetzt?"

„Ich würde vorschlagen, wir fahren zurück und versuchen über Chalid an Infos zu kommen. Ich muss wissen, wie viel das Syndikat wirklich weiß."

„Dem Kerl kann man nicht trauen, Amir!“, werfe ich meine Bedenken ein, weiß aber gerade auch keinen besseren Plan.

„Ich schon. Er ist nicht so eiskalt, wie du denkst. Chalid hat mir in den letzten Wochen treue Dienste erwiesen.“

„Okay, wie du meinst. Einen Versuch ist es wert.“ Ich greife nach meinem Helm und ziehe ihn auf. Da die Frauen ohnehin nicht mehr hier sind, ist es nicht nötig, die Maschinen zu schieben. Ich sitze auf und starte den Motor. Mit einem flüchtigen Schulterblick versichere ich mich, dass Amir auch bereit ist. Ich lasse die Maschine gefährlich aufheulen, gebe ich Gas und fahre los.

34. Kapitel

SAMIRA

Dunkelheit umgibt mich, durchzogen von einem dumpfen Schwindelgefühl. Meine Lider fühlen sich an, als wögen sie tausend Tonnen.

Wo bin ich und was ist passiert?

Ich erinnere mich, dass Jade und ich uns zum Pinkeln zurückgezogen haben. Als ich mich gegenüber von ihr hinhockte und mich erleichterte, sah ich hinter ihr einen dunklen Schatten. Ich glaube, dass es ein Mann war, konnte ihn aber nicht erkennen, da mir im selben Augenblick ein Tuch von hinten auf Mund und Nase gepresst wurde. Der Gestank, der von diesem Stoff ausging und mich benebelt hatte, klebt immer noch an mir.

Scheiße! Wir wurden entführt!

Sofort bin ich wieder ganz klar. Ich will mich bewegen, doch meine Hände sind hinter meinem Rücken fixiert. Auch die Beine scheinen aneinandergefesselt zu sein. Hektisch atme ich ein und spüre, wie sich Stoff meinem Gesicht nähert. Man scheint mir einen Sack über den Kopf gezogen zu haben. Da ich nicht weiß, wo ich mich befinde und ob jemand in der Nähe ist, der mir

Schaden zufügen kann, lausche ich in der Hoffnung, irgendwelche bekannten Geräusche zu erkennen.

Der Untergrund schaukelt und ich höre das leise Brummen eines Motors. Ich werde definitiv gerade entführt!

Unweit von mir ist ein leises Wimmern zu hören. *Jade!*

„Halt die Schnauze, Schlampe! Sonst setzt es was. Nimm dir ein Beispiel an deiner Freundin. Der Schlag auf den Kopf hat dir wohl nicht gereicht. Vielleicht hätten wir auch Chloroform nehmen sollen." Es ist die dunkle Stimme eines Mannes mit einem merkwürdigen Akzent, den ich nicht einordnen kann.

„Dafür hat sie viel zu sehr gezappelt und geschlagen", knurrt eine weitere Stimme.

Wie viele sind hier denn noch? Ich muss unbedingt so tun, als sei ich weiterhin ohnmächtig. Wer weiß, was sonst noch passiert.

„Was habt ihr mit uns vor? Wir haben euch nichts getan!" Jades weinerliche Stimme jagt mir einen unangenehmen Schauer über den Rücken. Ich würde ihr so gern helfen, doch mit gefesselten Händen und Füßen kann ich nichts ausrichten.

„Was ich mit dir vorhabe, wirst du noch früh genug erfahren, Püppchen", raunt die dunklere Stimme von beiden.

„Nimm deine Finger von meinen Beinen!"

Ein lautes Klatschen hallt durch den Raum, gefolgt von Jades Wimmern.

„Du fängst dir gleich noch eine ein, wenn du nicht sofort dein blödes Maul hältst!"

Jade weint so bitterlich, dass sich erste Tränen aus meinen Augen stehlen. Was ist das für ein Albtraum?

Der Wagen kommt unsanft zum Stillstand.

„Was ist da los?", fragt einer der Männer und ich höre Schritte.

„Keine Ahnung", antwortet der andere.

Geräuschvoll wird eine Tür aufgerissen und grelles Licht dringt in den Raum, sodass ich endlich durch den Stoff etwas erkennen kann.

Wir befinden uns im Inneren eines Lkws.

Jade kauert gefesselt gegenüber von mir auf dem Boden und hat die Hände vor sich gefesselt. Auf ihrer Stirn klafft eine heftige Platzwunde, aus er Blut bis zu ihrer Schläfe hinuntergelaufen ist und eine Strähne ihrer Haare sich darin verklebt hat. Ihre Augen sind verweint, ihr Haar wirr, als hätte jemand sie daran herumgerissen.

Neben ihr sitzt ein Mann mit einer Narbe auf der Wange und einer Hakennase. Seine mandelförmigen Augen stehen eng zusammen. Sein Haar ist kurzrasiert. An seinem Hals klafft ein Schlangen-Tattoo. Er trägt eine schwarze Lederkluft und Goldketten. Vielleicht einer der Darmawan?

Der andere Kerl steht mit dem Rücken zu mir in der Mitte der Ladefläche und sieht zur geöffneten Tür, durch die ein weiterer Mann eintritt.

„Was ist los, Nero? Warum halten wir?"

Nero?! Das gibt es doch nicht. Ich dachte, er ist unparteiisch?!

„Hinten gibt es eine große Polizeikontrolle. Da kommen wir nicht ungesehen vorbei. Wir müssen eine andere Route wählen."

„Seit wann sind Kontrollen für uns ein Problem, Nero?“, fragt der Mann in der Mitte.

„Seit ich beschlossen habe, die Angelegenheit mit den Mädchen erst einmal für mich zu behalten. Das ist mein persönliches Anliegen.“

„Nero, das kannst du nicht bringen“, der sitzende Kerl erhebt sich und macht ein paar Schritte auf ihn zu. Dann baut er sich bedrohlich vor ihm auf. „Ich werde Zarnu nicht hintergehen.“

Mir bleibt beinahe das Herz stehen, als Nero eine Waffe zieht und sie auf den Kerl mit der Narbenwange richtet. „Das wirst du wohl müssen, wenn du dir keine Kugel einfangen willst.“

„Der Boss wird dich umbringen, wenn er das erfährt!“, wirft der andere ein.

Die Luft ist plötzlich zum Schneiden dick.

Jades Gesichtsfarbe ist von einem erhitzten Rot zu einem Kreideweiß gewechselt.

„Stellt ihr euch jetzt beide gegen mich?!“

„Nein, Mann! Aber ich halte garantiert nicht meinen Kopf für dich hin, nur weil du dich persönlich an Amir rächen willst – wofür auch immer.“

Ein Schuss fällt. Der Narbentyp sackt zusammen und fällt wie ein nasser Sack zu Boden.

Jade reißt die Augen auf und ihr entfährt ein panischer Schrei.

Auch ich muss mich beherrschen, keinen Mucks von mir zu geben, wenn ich eine Chance haben will, diesen Trip zu überleben. Wer weiß, was sie mit mir machen, wo ich offenbar Druckmittel Nummer eins bin.

Nero dreht den Kopf zu meiner Freundin, die immer noch wimmernd in ihrer Ecke kauert. Bedrohlich geht er auf sie zu und hockt sich vor sie. Ich kann ihr Gesicht nicht sehen, da er es mit seinem Rücken verdeckt, doch ich höre die ängstlichen Laute, die keine deutlichere Sprache sprechen könnten.

„Was sind wir auf einmal so angespannt?“ Er dreht sich ein wenig seitlich und streicht mit der Hand von der Schläfe ihren Hals hinab.

„Nimm die Finger von mir“, zischt sie wütend, woraufhin er ihr fest an den Hals greift und sie japsend zurückweicht.

„Sind wir jetzt *Balians Hure*, ja?“

Eine Hupe erklingt.

Der Typ neben Nero blickt erschrocken auf. „Wir müssen den Lkw beiseite fahren, Nero.“

„Dann erledige das! Ich habe zu tun, wie du siehst“, herrscht dieser ihn an, woraufhin der Typ die Ladefläche verlässt und ins gleißende Sonnenlicht verschwindet.

Vorsichtig versuche ich, mich aus den Fesseln zu winden, und bewege meine Finger, um sie zu lockern. Das wäre die perfekte Gelegenheit, Nero von hinten zu überraschen. Das dicke Seil schneidet beim Versuch, mich zu befreien in meine Haut. Der brennende Schmerz lässt mich leise, aber scharf einatmen.

Jade sieht plötzlich zu mir herüber, als hätte sie es gehört, während sie mit den Beinen zappelt, weil Nero ihr die Luft abschnürt.

„Ich fand dich auf dem Schiff ja schon entzückend, aber jetzt, wo du dich so zierst, gefällst du mir noch viel besser.“

„Ich bekomme keine ... Luft“, japst sie und rollt mit den Augen.

Scheiße, er wird sie umbringen! Aber ich komme nicht aus diesem verdammten Strick raus.

„Nero!", ruft plötzlich die Stimme des anderen Mannes von außen. „Komm! Schnell! Wir müssen abhauen!"

„Glück gehabt, Schlampe", knurrt er und lässt Jade unsanft los, sodass sie mit dem Hinterkopf an der Wagenwand aufschlägt. Schnell bewegt er sich auf den Ausgang zu und verschwindet.

Hinter ihm fällt die Tür laut und schwer zu. Ein Geräusch wie beim Abschließen erklingt. Erst als die Schritte um den Wagen herum leiser werden, rege ich mich.

Ein kräftiges Husten hallt durch die Finsternis.

„Jade! Alles in Ordnung?", flüstere ich und sehe nur noch Dunkelheit, die uns erneut umgibt.

„Samira." Ihre Stimme ist schwach und zittrig. „Du bist wach? Wie geht es dir?"

„Ich glaube, besser als dir."

„Ach, es geht schon." Sie hustet ein weiteres Mal und röchelt.

„Du hast schon bessere Witze gemacht, Jade. O Mann. Es tut mir so leid. Ich hätte dir so gern geholfen, aber ich kann mich nicht regen. Meine Hände und Füße sind gefesselt."

„Ich weiß. Du hast das einzig Richtige getan. Es hätte mir nichts genützt, wenn du dich in Gefahr gebracht hättest. Du hast ja gesehen, wie Nero drauf ist." Sie hustet abermals. Nero muss wirklich hart zugepackt haben. Balian wäre außer sich, wenn er das wüsste.

„Ob Amir und Balian im Dschungel nach uns suchen? Ich glaube, ich habe meine Tasche dort verloren. Wenn die beiden sie nicht mitgenommen haben, wäre das ein klares Indiz dafür, was uns widerfahren ist." Ich hoffe inständig, dass sie alles tun, um uns schnell zu finden.

Jade stöhnt schmerzverzerrt auf.

„Was ist los?" Mein Magen zieht sich bei der Vorstellung, dass meine Freundin ernsthaft verletzt sein könnte, unangenehm zusammen. Die Wunde an ihrem Kopf hat übel ausgesehen. Aber ich kann mich auch täuschen. Platzwunden sehen oftmals schlimmer aus, als sie sind. Und falls doch, würde Jade es mir nicht sagen, um mich zu schonen.

„Nichts. Es ist nichts weiter. Mir brummt nur der Schädel."

Ich kann die Tränen nicht zurückhalten. „Wir waren ein paar Sekunden von den Männern getrennt und schon entführt man uns. Ich bin mir sicher, wir sind schon die ganze Zeit über verfolgt worden. Das war die einzige und perfekte Möglichkeit, uns zu überwältigen."

„Ich kann es mir auch nicht anders erklären", erwidert Jade und stöhnt leise auf.

„Wie hart hat er dich getroffen?", will ich wissen und mache mir ernsthafte Sorgen. „Bitte sei ehrlich mit mir."

„Sagen wir es mal so, für ein wenig Eis zum Kühlen wäre ich sehr dankbar."

„Scheiße, Jade. Halte bitte durch. Wir werden es schaffen. Balian und Amir werden uns finden. Ich glaube ganz fest daran. Dann tu du es auch."

35. Kapitel

AMIR

Die Sonne steht rot glühend über dem Horizont und lässt das Wasser glitzern. Der Hafen ist ruhig. Nichts deutet auf das Drama hin, das uns vor wenigen Minuten heimgesucht hat.

Die Jacht steht an einem der Stege, als Balian und ich eintreffen.

„Bist du dir sicher, dass wir Chalid trauen können?"

Ich bleibe stehen und drehe mich zu Balian um. „Haben wir eine andere Möglichkeit, um an Informationen zu kommen?"

„Nein", seufzt er kopfschüttelnd und presst betroffen die Lippen aufeinander.

„Na, dann los." Ich wende mich von ihm ab und nähere mich mit zunehmender Anspannung dem Steg. „Chalid? Ratouh?", rufe ich in angemessenem Ton, als die beiden auch schon die Köpfe aus der Kabine stecken.

„Mensch, Amir!" Mit ziemlich ernstem Gesicht tritt Chalid an Deck. Kurz hebt er die Sonnenbrille an, als sei er sich nicht sicher, ob ich es wirklich bin. „Sag mal, bist du irre?"

Obwohl ich ahne, was gleich von ihm kommt, hebe ich unwissend die Arme.

„Warum ist der da frei?" Chalid gibt Ratouh die Anweisung, in die Kabine zu verschwinden, und klettert von der Jacht. Er springt auf den Steg und hält auf mich zu. „Was soll das? Das war so nicht abgemacht? Nero ist ausgerastet!"

„Und rate mal, was er danach gemacht hat", ergänze ich und verschränke die Arme vor der Brust.

„Ich weiß es nicht. Du wirst es mir sicher gleich verraten."

„Er hat seinen Plan durchgesetzt – sich genommen, was er wollte."

Chalid nimmt die Sonnenbrille ab und mustert mich über den Rand hinaus. „Ich kann dir nicht folgen, Partner."

„Dieser Bastard hat nicht nur Jade entführt – Samira hat er auch gleich mit verschwinden lassen. Wusstest du davon?"

Unvermittelt hebt er die Hände. „Nein, Mann! Wirklich nicht."

Balian und ich tauschen nachdenkliche Blicke aus.

„Ich schwöre es! Amir, du kennst mich inzwischen lange genug. Ja, ich finde die Aktion mit Balian scheiße, weil du weißt, was das für Konsequenzen hat. Ich habe dich auf diesen Trip begleitet, also werde ich genauso zur Rechenschaft gezogen wie Ratouh, wenn die Darmawan davon Wind bekommen. Und das wird sicher in Kürze der Fall sein."

„Da wäre ich mir nicht so sicher", sagt Balian und tritt an uns heran.

„Was soll das heißen?" Chalid verschränkt nun ebenfalls die Arme vor der Brust. Reserviert mustert er Chalid, denn die beiden sind sich nicht grün.

„Das war eine Racheaktion gegen mich. Diese ganze Sache, dass Balian mich hintergangen haben soll, war gelogen. Nero hat von Anfang an dahinter gesteckt. Er und noch jemand."

Chalid brummt und hebt nachdenklich eine Braue. „Und wer soll das sein?"

„Definitiv jemand von hier. Nero wusste immer sofort über die Geschehnisse auf der Insel Bescheid", berichtet Balian und dreht sich um, als wir Schritte hören.

„Hier seid ihr!" Es ist Miroh, gefolgt von Dracu.

Zehn Minuten später haben wir die beiden auf Stand gebracht und überlegen, wohin die beiden Frauen vielleicht verschleppt wurden.

„Ich glaube nicht, dass er die beiden zum Syndikat gebracht hat. Eine Aktion dieser Art ... das würden Zarnu nicht dulden." Ich kann die Füße kaum stillhalten und tigere grübelnd auf dem Steg hin und her. „Es sei denn ..."

„Es sei denn, er will sich alles holen und auch Zarnu stürzen", wirft Chalid ein und trifft damit mitten ins Schwarze. „Es ergibt alles einen Sinn. Erst schaltet er Balian aus – indem er ihn auf die Insel verbannt. Dann folgt Amir, den er mit Samira als Pfand in Schach halten kann. Und wer auch immer sein Partner ist, mit ihm wird er das Regiment des Darmawan-Syndikats stürzen, um es selbst zu leiten."

„Es müsste jemand sein, der schlau und erfahren genug ist, um es mit Zarnu aufnehmen zu können. Jemand mit Einfluss. Nero ist zwar nicht auf den Kopf gefallen, aber dumm genug, seine Gier nicht in den Griff zu bekommen.“

Balian wird plötzlich blass.

„Was ist los?“, frage ich ihn und wende mich ihm zu.

„Lucius! Es ist Lucius!“

„Red keinen Scheiß, Mann“, brummt Dracu und stößt Balian leicht zur Seite.

„Das ist kein Scheiß! Denk doch mal nach! Lucius wollte Jade ebenfalls loswerden! Er hat sich sogar mit Crita angelegt.“ Balian ist auf einmal außer sich. „Lucius und Nero – die beiden stecken dahinter.“

„Scheiße, du könntest recht haben“, murmelt Miroh und rauft sich das Haar. Dann richtet er das Wort an Dracu. „Mutters Schätze – er verwaltet sie. Und ich kann mir denken, dass Nero scharf darauf ist. Vielleicht ist das der Deal. Infos von Nero gegen Schmuckstücke vom Familienschatz.“

„Stimmt“, werfe ich ein. „Geldeingänge würden auffallen. Vor allem, wenn sie so regelmäßig sind. Die Darmawan kontrollieren alles.“

„Okay, wir haben die Drahtzieher, aber wie willst du in das Fucking Anwesen von Zarnu kommen? Der Weg dahin ist ein verdammtes Labyrinth.“

„Das niemand besser kennt als Balian und ich“, schiebe ich ein und nicke meinem besten Freund schelmisch zu.

„Ihr steht auf er Abschussliste!“, gibt Chalid zu bedenken. „Wenn euch irgendjemand sieht oder erwischt, seid ihr tot. Erst eben kam die Meldung.“ Chalid zieht demonstrativ sein Smartphone aus der Brusttasche seines Hemdes. „Ihr werdet nicht mal in die Nähe von Zarnus Anwesen kommen. Er wird seine Sicherheitskräfte aufgerüstet haben – jetzt, wo er Amir unter seinen Feinden weiß.“

„Ich bin nicht sein Feind“, korrigiere ich und ziehe scharf Luft ein.

„So wie Nero es dargestellt hat, schon.“ Chalid legt seinen Arm auf meine Schulter. „Das wirst du vergessen können, Kumpel. Ich weiß auch nicht, was ich noch für dich tun kann.“

Das kann und will ich so nicht akzeptieren. „Wir finden einen Weg.“

„Amir, kommt bitte zur Vernunft. Das ist viel zu gefährlich“, warnt Chalid mich eindringlich, doch ich ignoriere seine Worte. Nichts und niemand wird mich davon abhalten, Samira und mein Kind zu retten!

36. Kapitel

JADE

Zwei Stunden nach dem Mord im Lkw werden Samira und ich mit verbundenen Augen aus dem Fahrzeug geführt. Nero und die Stimme des unbekannten Mannes sind um uns herum.

Es riecht muffig und meine Schritte klingen dumpf und körnig. Um mich herum ist nichts als Dunkelheit. Man hat mir auch den Mund mit Klebeband zugeklebt. Ich spüre Samira dicht bei mir, trete ihr immer wieder versehentlich in die Hacken.

„Los, weiter!", herrscht Nero mich von hinten an und greift mir unsanft an den Hintern. Eine Berührung von ihm ist das Letzte, das ich will, also springe ich erschrocken vor und laufe weiter.

Meine Beine, die von den Fesseln für den Transport – wohin es auch immer gehen mag – befreit wurden, schmerzen. Ebenso die Handgelenke und die Wunde an meiner Stirn. Ich kann den hämmernden Schmerz in meinem Kopf kaum unterdrücken, doch ich bin froh, wieder atmen zu können. Im Lkw hatte ich Todesangst, weil ich davon ausging, dass nicht mehr viel gefehlt hätte, dass Nero mich erdrosselt. Niemals hätte ich gedacht, dass er dazu fähig ist. Für meine Sympathie und die Küsse bei unserer ersten Begegnung schäme ich mich inzwischen zutiefst. Wenn ich mir vorstelle, dass wir fast miteinander geschlafen hätten, wird mir ganz schlecht. Wie habe ich nur so blind sein können?

Zeitgefühl und Orientierung haben mich völlig verlassen, als wir irgendwann stehenbleiben.

„Wir sind jetzt da. Und ich möchte, dass ihr euch an folgende Regeln haltet, wenn euch euer Leben lieb ist", sagt er und kommt meinem Ohr plötzlich ganz nah. „Vor allem du, Jade."

Ich zucke zusammen und werde von einem eiskalten Schauer erfasst. Angespannt halte ich die Luft an und atme erst wieder durch, als ich höre, dass er sich ein wenig von mir entfernt.

„Erstens – ihr macht, was ich von euch verlange. Falls nicht, wird die jeweils andere bestraft. Zweitens – Fluchtversuche, werden mit dem Tod bestraft." Neros schroffe Ansage lässt keine Zweifel an ihrer Ernsthaftigkeit offen. „Habt ihr das verstanden?"

Ich nicke eifrig und werde tun, was er sagt, damit ich Samira nicht unnötig in Gefahr bringe.

„Gut, dann werde ich euch gleich die Augenbinde abnehmen. Aber erst einmal ..."

Ein Schlüssel klappert und etwas wird aufgeschlossen. Etwas klickt.

Ich werde vorwärtsgeschoben, taste mit dem Fuß eine Stufe und steige sie hinauf.

„Jetzt weiter geradeaus. Zehn Schritte. Dann stehenbleiben."

Ein lautes Fauchen lässt mich zusammenzucken.

Auch Samira schreckt hörbar auf.

„Beide drehen und drei Schritte zurück.“

Das Fauchen hat mich so irritiert, dass ich Neros Ansage ignoriere.

„Los!“

Sofort komme ich seiner Aufforderung nach und bringe mich in Position.

Vor mir wird ein Gitter heruntergelassen, das schwer auf dem Boden aufkommt.

Ich zittere vor Angst und hoffe, dass Samira bei mir ist. Zwei Hände berühren mein Gesicht und ich bekomme die Augenbinde abgenommen.

Vor mir entdecke ich Nero, der mich finster anblickt und mir das Tape vom Mund reißt. Meine Lippen brennen wie Feuer, doch ich bin wie gelähmt, als ich den Geparden hinter ihm entdecke. Neben mir steht Samira, die ebenfalls von der Augenbinde und dem Panzertape befreit wird.

„Hände durch das Gitter stecken“, knurrt Nero und ich tue, was er sagt.

Als ich die Hände wieder uneingeschränkt bewegen kann, reibe ich mir die wunden Gelenke.

Einen Augenblick später ist auch Samira wieder voll bewegungsfähig.

Sofort falle ich ihr um den Hals.

„Freut euch nicht zu früh. Der Tag ist noch lang“, säuselt Nero mit einem teuflischen Grinsen.

„Warum tust du das?“, fragt Samira, worauf ich ihr einen warnenden Blick zuwerfe.

Tu das bitte nicht!

„Was genau meinst du?“

„Uns hier festhalten." Die Miene meiner Freundin ist entschlossen. Furchtlos.

Nero lacht auf, stellt sich vor einen großen Spiegel und zupft seine Krawatte zurecht.

Ich sehe mich im Raum um. Neben Nero entdecke ich einen Kamin mit einer Feuerstelle. Eine kleine Flamme lodert darin. Wo auch immer wir sind, kann zwar ein warmes Klima herrschen, aber da es in diesem Raum kein Fenster und kein Licht von außen gibt, ist es hier kalt und dunkel. Ein paar Fackeln hängen an den Wänden und erhellen das Innere nur spärlich. Gegenüber vom Käfig, in den dieser Fiesling uns gesperrt hat, befindet sich eine Art Thron und daneben eine Récamiere.

„Warum, Nero? Wir haben dir nichts getan."

„Samira, bitte", zische ich leise und hoffe, dass sie endlich den Mund hält, bevor sie uns noch in Teufels Küche bringt.

„Ganz einfach: weil ich es kann." Nero dreht sich zu uns herum. „Ihr seid meine Sicherheit. Mein Pfand. Ich kann keine unerwünschten Zwischenfälle bei meinem Vorhaben gebrauchen. Außerdem bietet ihr mir etwas … wie soll ich es am besten benennen … Abwechslung." In seinen Augen lodert ein dunkles Feuer, das mir Gänsehaut bereitet.

Dieser Mann ist gefährlich und nicht zu unterschätzen. Wenn er uns beide als Sicherheit braucht, ist das, was er vorhat, sicher ziemlich riskant – nicht nur für ihn.

Er kommt dem Käfig ganz nah, sodass es mich fröstelt. Seine Augen scheinen die meinen förmlich zu durchbohren, bevor er den Blick vielsagend über meinen Körper gleiten lässt. Seine Gedanken werden wahrscheinlich dreckig und dunkel sein. Ich möchte es gar nicht so genau wissen. „Mit dir fange ich an, meine liebe Jade. Wir bringen zu Ende, was auf dem Schiff so schön begonnen hat."

„Sei dir da nicht so sicher", wispere ich, worauf er die Schultern strafft.

„Was hast du da gerade gesagt?"

Ich zögere und sehe zu Samira, die wie in Zeitlupe den Kopf schüttelt. Dann erinnere ich mich an Neros Worte. Er wird Samira bestrafen, wenn ich wiederhole, was ich gesagt habe. Also schweige ich, obwohl ich es ihm am liebsten auf die Stirn tätowieren möchte.

„Was du gesagt hast, will ich wissen!", herrscht er mich an und schlägt gegen das Gitter, sodass Samira und ich zeitgleich davon zurückweichen.

„Soll ich meinen kleinen Freund mal in den Käfig lassen? Eine Schmusekatze ist er nicht gerade, aber das werdet ihr ja dann sehen."

„Nein. Bitte", flehe ich. „Ich habe nichts gesagt."

Nero sieht mich einen Augenblick lang regungslos an, als versuche er, in meinen Gedanken zu lesen. Dann nickt er und tritt zurück. „Ich habe jetzt einen Termin, aber ich werde in ein paar Stunden wieder zurück sein. Der Raum ist kameraüberwacht." Er zeigt auf die Ecken an den Decken, wo ich Überwachungskameras ausmache. Dann zieht er sein Smartphone aus der Innentasche seines Jacketts. „Eine falsche Bewegung und ich werde per App diesen Käfig öffnen. Kaya ist schon ziemlich hungrig. Also haltet euch lieber zurück." Er zwinkert mir finster zu und verlässt den Raum.

Als die Tür schwer hinter ihm ins Schloss gefallen ist,
lasse ich mich neben Samira auf den Boden sinken und
beginne zu weinen.

265

37. Kapitel

BALIAN

Abseits von Jakarta-City

Getarnt mit dunklen Kapuzenpullis und schwarzen Jeans sitzen Amir und ich in einem Mietwagen. Die Anspannung ist so riesig, dass man sie förmlich zwischen den Sitzen des kleinen Seat León knistern hören kann. Unser Ziel ist das Hauptanwesen des Darmawan-Syndikats. Wobei Anwesen in diesem Fall völlig untertrieben ist. Mit seinen hohen Mauern und den breit aufgestellten Securitys kommt es eher einem Hochsicherheitstrakt gleich.

Es gibt nur einen Weg, der an den hohen Mauern und dem Haupteingang ins Innere führt: die Kanalisation.

Das Anwesen liegt abseits der Stadt an einem Waldrand.

Amir lenkt den Wagen und trommelt dabei mit den Fingern auf dem Lenkrad herum.

„Was sagtest du, wie weit es durch die Kanalisation bis zum Einstieg ins Waschhaus ist?"

Amir sieht in den Rückspiegel – so wie alle paar Meter –, um uns weiterhin ohne Verfolger zu wissen. „Etwa eintausendvierhundert Meter."

Aus Kindertagen kenne ich dir Strecke noch, doch die Erinnerung daran ist leicht verschwommen. Zu gern hätte ich sie ganz verdrängt, doch nun bin ich froh darum. So werden wir den Weg viel leichter finden.

„Weißt du noch, wie wir als Kinder über diesen Weg abgehauen sind, wenn es uns zu viel wurde?"

Amir schmunzelt und lenkt den Seat von der Straße auf einen schmalen Waldweg. „Ich erinnere mich genauer, als mir lieb ist." Dann lacht er plötzlich. „Wir haben jedes Mal gestunken, wie die Ratten, wenn wir auf unser Zimmer zurückkamen."

„Die Betten haben wir präpariert, sodass es wirklich so aussah, als würden wir darin liegen und schlafen", pflichte ich lachend bei und werde plötzlich wieder ernst. „Glaubst du, wir finden sie?"

Amirs Miene wirkt wie versteinert. „Ich hoffe es. Ganz ehrlich – ich könnte es mir nie verzeihen, wenn den beiden oder meinem Kind etwas passiert."

Betroffen presse ich die Lippen zusammen und atme schwerfällig ein. „Dir ist das wirklich wichtig, was?"

Amir biegt eine weitere Abzweigung ab. Von hier aus ist es nicht mehr weit. „Ja. Das ist es. Meine eigene Familie. Davon habe ich immer geträumt."

„Ich weiß."

„Die Umstände sind nicht ideal, das gebe ich zu. Aber wir müssen das Beste daraus machen. Und ganz ehrlich: Ich liebe Samira." Amir schluckt so hart, dass sein Kehlkopf einen Spagat zu machen scheint. „Leider habe ich viel zu lange gebraucht, um das zu verstehen und anzunehmen. Aber ich liebe sie wirklich. Nicht nur des Kindes wegen." Seine Augen haben einen verdächtigen Glanz angenommen. Er scheint es wirklich ernst zu meinen.

„Wir finden sie und dann wird alles wieder gut." Tapfer lächele ich ihm zu.

„Hoffentlich." Mein Kumpel geht vom Gas. „So, wir sind da. Jetzt wird es ernst."

„Im Kofferraum hast du die Spezialanzüge?"

„Richtig. Und Taschenlampen, Waffen und was man noch so braucht."

„Was ist mit den Betäubungspfeilen?", will ich wissen, denn ich habe keine Lust auf eine Face-to-Face-Begegnung mit Neros Geparden.

„Balian, wir kennen uns jetzt schon so lange ... glaubst du, ich würde dieses Vieh vergessen und unvorbereitet auf so eine Mission gehen?" Amir grinst zufrieden. „Ich habe genug Betäubungspfeile dabei, um Nero und seine Schmusekatze außer Gefecht zu setzen."

Ich nicke Amir, der den Wagen hinter einer alten Scheune parkt, zu und schnalle mich ab. „Bereit?", frage ich und blicke zu meinem Freund, der mich entschlossen ansieht.

„Bereit."

Zeitgleich öffnen wir die Türen, steigen aus und schließen sie synchron.

Ich gehe um das Auto herum zum Kofferraum.

Zum Glück bietet die alte Scheune uns genügend Sichtschutz.

Aus dem Kofferraum greife ich nach dem nachtschwarzen Gummioverall, stecke mir den In-Ear-Kopfhörer ins Ohr, damit ich mich mit Amir verständigen kann, und ziehe den Spezialanzug an. Bevor ich den Reißverschluss schließe, greife ich einen zweiten, der für Jade vorgesehen ist, und stecke ihn in meinen hinein. In einem wasserdichten Rucksack packe ich alles hinein, was Amir gekauft hat. Unter anderem eine Ersatzgasmaske für Jade. Die Dämpfe da unten sind heftig. Das möchte ich ihr nicht zumuten. Die Taschenlampe befestige ich griffbereit mit einem Karabinerhaken am Overall. Zum Schluss greife ich nach er Eisenstange, die unser Schlüssel in die Kanalisation sein wird.

In unserer Tarn-Montur treten wir um die Scheune herum und öffnen den Kanaldeckel, der versteckt unter einer Hecke im Boden eingelassen ist. Mit einer Brechstange hebele ich den Deckel an und ziehe ihn zur Seite. Die Stange verstecke ich unter der Hecke.

„Nach dir", sage ich zu Amir, der mir gegenüber vom Einstieg steht und naserümpfend nach unten sieht.

„Gern nach dir, mein Freund."

„Wer hat uns die Suppe mit eingebrockt?", entgegne ich und setze die Gasmaske auf.

„Ja, ist okay. Ich gehe voran. Ich bin ohnehin der mit dem besseren Orientierungssinn von uns beiden", witzelt Amir, was ich unter meiner Maske mit einem Augenrollen quittiere.

„Ist klar."

Mit aufgesetzter Maske steigt Amir durch die Öffnung in den Kanal.

Ein Glück, dass wir Handschuhe tragen. Die alte Eisenleiter ist stellenweise ziemlich durchgerostet. Es wackelt verdächtig mit jedem Sprossentritt.

Nach einigen Metern tauchen wir in das Reich der Dunkelheit ein.

Unten angekommen, trete ich mit meinen kniehohen Gummistiefeln auf den Boden, auf dem das Wasser zum Glück nur zehn Zentimeter hoch steht.

Amir weist auf seine Maske. „Sei froh, dass ich uns die hier besorgt habe.“

„Und den Anzug.“

„Wir werden trotzdem abartig stinken, wenn wir ankommen. Da brauchen wir die Betäubungspfeile ja schon fast gar nicht mehr“, witzele ich und leuchte in den Kanal hinein.

In der Ferne sehe ich eine Gruppe Ratten flüchten und erschaudere. Die arme Jade sollte auf dem Rückweg besser die Augen schließen.

„Ich gehe voraus. Du gibst mir von hinten Deckung. Alles klar?“

Sofort leuchte ich hinter mich und entdecke auch hier nur Ratten und stehendes Wasser. Dann wende ich mich wieder Amir zu. „Alles klar. Es kann losgehen.“

38. Kapitel

SAMIRA

Klassische Musik dringt leise in meine Ohren. Ich schrecke auf, denn ich konnte mich nicht wachhalten. Das monotone Ticken der Wanduhr und das laute Schnurren des Geparden haben mich schläfrig gemacht. Als ich verschlafen die Augen öffne, sehe ich Jade, die an die Gitterstäbe gelehnt die Augen geschlossen hat. Sie ist im Sitzen eingeschlafen. Die Wunde an ihrer Stirn sieht übel aus. Ich hoffe, dass sie sich nicht entzündet. Eine unbehandelte Infektion kann übel enden.

„Sind wir wieder wach, Zuckerpüppchen?" Neros Stimme lässt mich kräftig zusammenzucken. *Sie löst Wut und Ekel in mir aus. Wenn ich daran denke, dass er und Jade ... zum Glück haben sie nicht ...* Schnell verdränge ich die Bilder in meinem Kopf.

Sofort blicke ich mich nach ihm um und entdecke ihn auf seinem Thron.

Mit einem selbstgefälligen Gesichtsausdruck und breit überschlagenen Beinen sitzt er da wie ein Herrscher. „Ich wollte euch nicht wecken, aber so langsam überkommt mich Langeweile."

„Lass uns bitte gehen. Wir haben dir nichts getan“, starte ich einen neuen Verhandlungsversuch.

„Steh auf.“ Mit dem Finger deutet er nach oben.

„Bitte, Nero. Jade ist verletzt. Sie braucht einen Arzt.“

„Du sollst aufstehen!“, brüllt er und der Gepard schnellt auf den Käfig zu.

Sofort hebe ich die Hände und stelle mich hin. Wenn ich Nero nicht dazu bringe, dieses Vieh in Zaum zu halten, wird es Jade anfallen und verletzen. „Schon gut. Bitte pfeif deinen Geparden zurück.“

„Kaya! Zurück!“

Es ist kaum zu glauben, aber der Gepard gehorcht. Wie kann Nero es geschafft haben, ein wildes Tier so abzurichten? Das ist beinahe unmöglich.

„Danke“, hauche ich durch die Gitterstäbe hindurch und umgreife sie mit meinen Fingern.

„Tanz für mich, Samira.“

„Was?“, frage ich ihn, obwohl ich genau verstanden habe, was er von mir will.

„Tanz! So, wie du es für deinen Amir tun würdest. Stell dir vor, ich wäre er und du willst mich mit deinen Hüften bezirzen.“

Ich schlucke hart, denn mir liegt nichts ferner, als für diesen Abschaum von Mensch zu tanzen. Da ich jedoch seine Regeln kenne, die er ohne zu zögern durchsetzen wird, mache ich, was er verlangt. Besorgt blicke ich zu Jade, die immer noch mit geschlossenen Augen am Gittern lehnt und bewege lasziv meinen Körper – so, wie er es von mir verlangt.

Nero lehnt sich sichtlich entspannt in seinem Thron zurück und scheint den Anblick zu genießen. Zufrieden haben sich seine Mundwinkel, was mich so anwidert, dass ich mich beherrschen muss, ihn das nicht sehen zu lassen. „Hättet ihr das mal auf dem Schiff so gemacht, wie man es euch gesagt hat. Vielleicht wäre euch das hier erspart geblieben.“

„Du kannst uns immer noch gehen lassen. Wir werden niemandem etwas sagen.“ Ich werde langsamer und hoffe, dass er endlich nachgibt.

„Weitertanzen!“, herrscht er mich finster an und der Gepard faucht kurz darauf laut auf, als wolle er mit einstimmen. „Ich habe nichts von Aufhören gesagt.“

Sofort bewege ich mich weiter. Dieser Mensch widert mich derart an! Doch ich habe keine Wahl.

Jade stöhnt benommen auf.

Ich reiße den Kopf herum, um nach ihr zu sehen, doch Nero schnellt von seinem Thron hoch.

„Du machst weiter!“

„Bitte lass mich kurz nach ihr sehen. Sie ist verletzt. Ich tanze sofort weiter.“

„Nein.“ Nero flaniert auf den Käfig zu. „Du tanzt weiter. *Ich* sehe nach ihr.“

Meine Augen sind auf Nero gerichtet, der sich vor den Käfig hockt und Jades Puls am Hals tastet. Er hält die zwei Finger auf ihren Hals gedrückt und sieht dabei auf seine goldene Armbanduhr. „Mit ihr ist alles okay. Jetzt tanz weiter! Ich will mich amüsieren.“

Warte ab, bis Amir dich findet. Dann kannst du was erleben. Wenn er erfährt, wie du mit uns umgegangen bist, solltest du lieber deine Beine in die Hand nehmen und laufen.

Es klopft laut an er Tür.

Nero stellt die Musik ab, sieht mich streng an und legt mit warnendem Blick den Zeigefinger auf die Lippen.

Dann deutet er auf Jade und zieht den Finger quer über seinen Hals. Eine deutlichere Geste braucht es nicht.

„Wer ist da?" Vor der Tür ist Nero stehengeblieben, verschränkt die Arme vor der Brust und wartet.

„Kaizo! Wir haben etwas zu besprechen." Die Stimme hinter dem Holz bereitet mir Gänsehaut. Ich erinnere mich an Kaizo, den mysteriösen Geschäftstyp von der Party, die ich mit Amir besucht habe. Er ist mir zwar nicht sympathisch, aber vielleicht könnte er uns helfen und hier rausbringen. Wo immer wir auch sind. Ich vermute uns in einem Teil des Darmawan-Anwesens. Wenn Nero mir bedeutet, leise zu sein, dann weiß vermutlich niemand, dass wir hier sind. Was nur bedeuten kann, dass es entweder nicht geduldet wird oder dass Nero diese Entführung in Eigenregie durchgeführt hat.

„Ich komme gleich zu dir."

„Nun gut. Ich erwarte dich in zehn Minuten im Besprechungssaal, Nero."

„In Ordnung. Gib mir ein paar Minuten", antwortet er und hält auf mich zu. Er tritt so nah an den Käfig, dass ich zurückweichen will, doch er fasst mich an den Handgelenken und zieht mich zu sich. Dabei komme ich seinem Gesicht gefährlich nahe. Zu nah. In seinen Augen lodert ein dunkles Feuer, doch ebenso entdecke ich Kälte und Gleichgültigkeit darin. „Ihr gebt keinen Mucks von euch. Hast du das verstanden?"

„Ja", wispere ich und presse sie Lippen aufeinander, da Nero meine Handgelenke noch fester umgreift. Er drückt sie so fest, dass es wehtut.

„Das will ich auch hoffen. Du weißt, was mit euch passiert, wenn ihr euch nicht an meine Regeln haltet."

Ein kaum hörbares „Ja" gleitet über meine Lippen und meine Augen füllen sich mit Tränen vor Schmerz. Denn meine Handgelenke brennen inzwischen wie Feuer. *Bitte lass mich doch endlich los. Ich habe es verstanden.*

Für einen weiteren Moment, der mir schier endlos erscheint, bohrt sein Blick sich in meinen. Dann endlich lässt er los.

Unvermittelt ziehe ich die Hände zurück durch die Stäbe und reibe mir die glühend roten Handgelenke. Es fühlt sich an, als hätte ich die Handgelenke in Brennnesseln gebadet. Rückwärtsgehend halte ich Nero im Blick, bis ich eine kalte Wand hinter mir spüre. Langsam lasse ich mich daran heruntergleiten und sehe ihm nach, wie er den Raum verlässt. Als die Tür ins Schloss gefallen ist, springe ich auf und sehe nach meiner Freundin. „Jade", sage ich besorgt und streiche ihr eine Haarsträhne aus dem Gesicht. Dabei berührt meine Hand ihre Stirn, die glühend heiß ist. „Oh nein!" Sofort lege ich meine Handfläche auf ihre Haut, die so warm ist, dass ich keinen Zweifel daran habe, dass sie Fieber hat.

Die Wunde an ihrer Stirn ist ziemlich rot, was nichts Gutes bedeutet.

„Hey, Jade. Bitte sag etwas."

Meine Freundin gibt benommene Laute von sich, die ich nicht verstehen kann. Mich überkommt dabei ein Gefühl, als lege sich eine unsichtbare Hand um mein Herz und drohe, es langsam zu zerquetschen.

„Halte bitte durch. Balian und Amir werden uns finden. Ganz sicher. Und dann bringen sie uns hier raus und ein Arzt wird sich um deine Platzwunde kümmern.

Okay?“ Ich lege meine Arme um ihren Oberkörper und siehe sie zu mir heran. Mit ihr im Arm lasse ich mich auf dem Boden nieder. Ich setze mich so, dass Jade mit dem Kopf auf meinen Beinen liegt. Eine Hand lege ich auf meinen Bauch. *Jetzt gibt es schon drei Seelen, die ich beschützen muss. Hoffentlich stehen wir das durch. Bitte, Amir – wo immer du auch bist – du musst uns finden. Uns drei.*

39. Kapitel

AMIR

So weit und beschwerlich hatte ich den Weg durch die Kanalisation Jakartas nicht in Erinnerung. Die Dunkelheit scheint uns immer tiefer in ihren Schlund zu saugen.

Es ist ein Wettlauf gegen die Zeit und es ärgert mich, dass wir nur zu langsam vorankommen. Eine der Abzweigungen war von Geröll versperrt, dass Balian und ich erst einmal beiseite räumen mussten. Doch nun geht es gut voran.

„Wie weit ist es noch?", will Balian wissen.

„Ungefähr noch zweihundert Meter. Gleich müsste der Aufstieg kommen." Ich leuchte mit der Taschenlampe weiter in den Kanal und entdecke in der Ferne die Sprossen einer Leiter. „Da hinten! Wir haben es geschafft."

„Das wurde aber auch Zeit. Ich dachte schon, wir haben uns verlaufen und du willst es nicht zugeben."

„Pah! Von wegen." Angestrengt wate ich weiter vorwärts, bis nach wenigen Minuten die Leiter in Reichweite gelangt. Kritisch betrachte ich die rostigen Sprossen. Ich stecke die Taschenlampe weg und schalte die

Helmlampe an. Die Akkus habe ich mir bisher aufgespart für Situationen wie diese.

Balian deutet auf die Leiter. „Nach dir.“

„Jaja.“ Grinsend den Kopf schüttelnd greife ich nach der untersten Sprosse, die knapp über meinem Kopf hängt, und ziehe mich daran hoch. Es ist ein ganz schöner Kraftakt, das eigene Körpergewicht mit der Armkraft nach oben zu befördern, doch der Gedanke an Samira treibt mich an. Langsam, aber sicher ziehe ich mich nach oben, bis ich einen Fuß auf die unterste Sprosse stellen und hochklettern kann. Es sind vielleicht fünf Meter, bis ich die Luke über mir erreiche. Ich blicke nach unten und halte meinen Zeigefinger in Höhe meines Mundes, damit Balian still ist. Ich muss hören, ob sich über mir jemand befindet. Geschlagene sechzig Sekunden, die ich penibel mitzähle, warte ich. Doch kein Geräusch über mir. Ich zeige Balian einen Daumen nach oben und setze die Hände an die Luke. Vorsichtig hebe ich den Deckel und linse durch den Spalt.

Ich erblicke einen dunklen Raum. Waschmaschinen stehen nebeneinander gereiht an einer Wand. Allesamt ausgeschaltet. Zu unserem Glück ist keine Person zu erkennen.

Vorsichtig schiebe ich den Deckel beiseite, sodass das Loch so groß ist, dass Balian und ich hindurchpassen. Behutsam hieve ich mich hoch und klettere aus dem Kanal. Dann positioniere ich mich vor dem Loch und reiche Balian, der schon bis oben geklettert ist, meine Hand.

Froh, ohne Maske wieder frische Luft atmen zu können, und dass wir es bis hierher geschafft haben, grinse ich. Doch die Maske bleibt auf, denn so erkennt uns niemand sofort. Ich greife nach meiner Waffe und suche den Raum Stück für Stück ab. Alle paar Meter winke ich Balian, der seine Waffe ebenfalls gezückt hat, hinter mir her.

Wir arbeiten uns durch die Waschküche bis zu einem kleinen Korridor vor.

„Wo sollen wir zuerst suchen?", höre ich Balian über den Knopf in meinem Ohr.

„Mein Bauchgefühl sagt mir, dass Nero sie in seinen Gemächern versteckt haben könnte. Sollten die Darmawan nichts von seiner Aktion wissen, wird er sie in diesem Anwesen nur an diesem Ort verstecken können."

„In Ordnung. Ich gebe dir weiter Rückendeckung."

Lautlos wie Raubkatzen eilen wir über den leeren Korridor.

Ich schrecke zusammen, als ich plötzlich Stimmen höre. Sofort winke ich Balian zu mir heran, als ich mich hinter einem der schweren Samtvorhänge verstecke.

Er folgt mir sofort.

Vor Anspannung halte ich den Atem an, als ich die Stimmen erkenne. Es sind Kaizo und Nero.

„Mir ist zu Ohren gekommen, dass Amir vermisst wird."

„Davon weiß ich nichts, Kaizo."

Was bist du nur für ein erbärmlicher Lügner.

„Meines Wissens nach warst du der Letzte, der mit ihm Kontakt hatte."

„Na und? Warum interessiert dich das überhaupt? Oder hattet ihr einen Geschäftstermin?"

Die Stimmen werden lauter. Die beiden spazieren genau auf uns zu.

„Wir hatten einen Termin, ja. In etwa so kann man es sagen."

„Wenn das so ist, beschwere dich gefälligst bei Zarnu. Ich bin Amir nicht weisungsbefugt und kenne seine Termine nicht."

Kaizo räuspert sich amüsiert und nur ich weiß, warum. Nero hat ja keine Ahnung, mit wem er sich hier gerade anlegt.

„Was hast du eigentlich in letzter Zeit so oft in deinem Zimmer zu suchen? Für heute hattest du Termine, die du nicht oder nur teilweise eingehalten hast."

Direkt neben uns bleiben sie stehen.

Balian und ich sehen einander fragend an.

„Was geht dich das an? Ich glaube, einen feuchten Dreck, Kaizo. Du bist nicht mein Boss!", knurrt Nero gefährlich.

Oh, oh. Das könnte sein Todesurteil sein – er weiß es nur noch nicht.

„Und ich frage mich gerade, was der wohl dazu sagen würde", schießt Kaizo herrisch dazwischen.

„Der kennt meine Termine natürlich und ist informiert."

„Sicher, dass er das ist?"

Der Vorhang beult sich nach hinten aus, sodass Balian und ich schnell und lautlos zu den Seiten ausweichen.

„Natürlich. Ich lüge meinen Boss nicht an und halte auch ganz bestimmt nichts geheim."

„Lass mich raten, du hältst dich strikt an die Gesetze des Darmawan-Syndikats?"

„Richtig."

„Von wegen!" Jemand knallt neben uns vor dem Vorhang gegen die Wand und zappelt panisch wie der sprichwörtliche Fisch am Haken.

„Wenn du es noch einmal wagst, mich derart zu belügen, schlitze ich dich bei lebendigem Leibe auf!" Mein Boss scheint vor Wut zu schäumen!

„Kaizo, lass mich los!", japst Nero. „Was ist los mit dir? Wir sind Geschäftspartner ... du hast mich nicht so anzugehen."

„Und ob ich dich derart anzugehen habe!"

„Das werde ich Zarnu melden!"

„Tu dir keinen Zwang an", lacht Kaizo düster. „Er ist längst da."

„Was?", stammelt Nero ängstlich, während er immer noch zappelt wie ein Fisch auf dem Markt. „Was sagst du da? Wie meinst du das?"

„Sag mal, hast du zu viel von deinem Armani-Duft inhaliert oder bist du so schwer von Begriff? Ich bin Zarnu, du Vollidiot!"

„Wa-wa-was?"

„Ich rieche, wenn mich jemand hintergeht, und glaub mir, mein Freund, in einer Richtung stinkt es gewaltig nach Verrat!", knurrt Kaizo und ich erwische mich dabei, wie sich meine Mundwinkel heben. Nero hat es nicht anders verdient.

„Du zeigst mir jetzt sofort, was du da hinten ausheckst, oder ich schwöre dir, bei allem, was dir lieb und heilig ist, dass du mich kennenlernen wirst!"

Als sich der Vorhang wieder lockert, schnellt mein Gesicht in Balians Richtung.

Dieser nickt mir zu. Wahrscheinlich hat er den gleichen Gedanken wir ich: *Bingo!*

40. Kapitel

SAMIRA

Die Zeit, in der Nero uns allein zurückgelassen hat, kommt mir wie eine Ewigkeit vor. Ich mache mir ernsthafte Sorgen um Jade, die immer noch an mich gelehnt liegt und keinen Mucks von sich gibt. Meine eigene Erschöpfung nehme ich nur dumpf wahr.

Der Gepard liegt neben dem albernen Thron und döst vor sich hin. So lange ich dieses Schnurren höre, kann ich mich ein wenig entspannen.

Ein leises Quietschen lässt mich aufschrecken. Vorsichtig linse ich zur Tür, durch die sich ein Mann mit langem grauem Haar, das er zu einem Zopf zusammengenommen hat, ins Zimmer schleicht.

Jade bewegt sich und flüstert kaum hörbar: „Luc-i-us."

Da ich von ihr weiß, wie entschieden er dagegen war, dass sie auf der Insel bleibt, rückt er für mich ganz klar in den Kreis der Feinde. Dort, wo sich auch Nero inzwischen befindet. Ob er mit Nero gemeinsame Sache macht? Aus welchem Grund wollte er Jade sonst so dringend loswerden?

Er erschrickt, als er uns entdeckt.

„Na, ertappt?"

„Was?“ Seine Augen zucken verräterisch.

Eine Idee keimt in meinem Kopf, der ich mutig wage, mehr Raum zu geben und sie umzusetzen. Vielleicht verrät er sich. „Nero bat mich, dir auszurichten, dass du schon mal Platz nehmen sollst. Er wird gleich kommen und dann könnt ihr eure dreckigen Geschäfte besprechen.“

„Wie bitte?“

„Na, du weißt schon. Eure *geheimen* Geschäfte.“ Das Wort betone ich bewusst scharf. „Ihr wolltet doch meine Freundin ausliefern. Nun, hier sind wir. Der Deal muss ja riesig sein, dass du dich hierher traust.“

„Welcher Deal?!“ Eine herrische Stimme durchdringt den Raum.

Lucius und ich blicken zur Tür und entdecken einen ziemlich blassen Nero neben Kaizo.

Dieser starrt erst Lucius, dann Jade und schließlich mich an. „Was wird das hier?“ Kaizo hält langsamen Schrittes auf den Käfig zu und sieht von diesem dabei immer abwechselnd zu Nero und Lucius. „Ich verlange eine Erklärung!“

Der Gepard springt von seinem Platz auf und faucht.

Sofort hebt Nero warnend die Hand, worauf das Tier mit einem noch lauteren Fauchen protestiert. Als es auf Kaizo zustürmt, zieht dieser eine Waffe aus der Innentasche seines Jacketts und schießt.

Mit einem schmerzverzerrten Laut geht der Gepard zu Boden und regt sich nicht mehr.

Geweckt von dem ohrenbetäubenden Schuss kommt Jade wieder zu sich.

Vorsichtig erhebe ich mich und ziehe Jade vom Rand des Käfigs weg. Ich hoffe inständig, dass kein weiterer

Schuss fällt. Mein Körper ist geflutet mit Adrenalin. So erschöpft ich eben gewesen bin, umso klarer bin ich jetzt.

„Nero! Erkläre mir, was Lucius hier zu suchen hat und warum ihr zwei Frauen in einem Käfig gefangen haltet. Moment mal …“ Kaizo nähert sich dem Käfig und bleibt direkt vor mir stehen. Neugierig mustert er mich und weitet die Augen, als er mich zu erkennen scheint. „Du bist Samira, richtig? Amirs Freundin.“

„Ja, das ist richtig.“

Kaizo zieht wütend die Brauen zusammen, indes seine Augen sich verfinstern. Ruckartig wendet er sich vom Käfig ab. „Erst höre ich, dass Amir verschwunden ist, und nun taucht seine Freundin hier auf?! Nero! Rede oder ich erschieße dich!“

„Kaizo, das hat mit Amir nichts zu tun. Lucius hat mir die beiden Frauen gebracht. Er hat sie mir angeboten. Ich habe ihm gesagt, dass ich nicht an einem Deal dieser Art interessiert bin. Aber er wollte nicht hören.“

„Was redest du da? Du mieses Verräterschwein!“ Lucius stürmt auf Nero zu und versucht, ihn sich zu greifen, doch dieser weicht geschickt aus, sodass Lucius ins Straucheln gerät. Er fängt sich gerade noch und kann sich am Thron abstützen.

„Was ist das eigentlich für ein lächerlicher Scheiß?!“, fragt Kaizo und zeigt neben Lucius. „Glaubst du, du bist ein Herrscher oder wie darf ich dieses überhebliche Möbelstück verstehen?!“ Er packt Nero am Ohr und reißt ihn daran zu Boden.

Mit einem lauten Schrei geht dieser in die Knie. „Nein, ich fand ihn einfach nur schön. Ich mag alte und besondere Möbel. Was ist so schlimm daran?“

„Dass ich das Gefühl habe, dass du und Lucius mich hintergehen wolltet!"

„Warum ... ahhh ... sollten wir das tun?"

„Oh, ich denke, du hattest vielleicht die Absicht, meinen Platz einzunehmen. Dass du dafür hier schon geübt hast, sieht man ja."

„Ja, das wollte er!", brüllt Lucius und steht wieder kerzengerade. „Aber ich habe da nicht mitgemacht. Nur weil Amir meint, die Seiten zu wechseln, und Nero plötzlich unter Größenwahn leidet, muss ich da noch lange nicht mitmachen. Werde ich auch nicht." Er strafft die Schultern. „Und da das jetzt geklärt ist, werde ich nun wieder gehen."

„Nicht so schnell, mein Freund." Kaizos Worte hallen schwerwiegend und wie in pures Gift getränkt durch den Raum.

Ein Schauder überrennt mich und auch Jade in meinem Arm beginnt zu zittern.

„Wie kommen die beiden Frauen hierher und wo ist Amir?"

Lucius' Beine wackeln verdächtig. „Keine Ahnung. Sie waren schon hier, als ich den Raum betreten habe."

Da hat er ausnahmsweise mal recht. Doch ich halte mich besser zurück, wenn ich kein Risiko eingehen will. Ich habe die dunkle Vermutung, dass dieser Kaizo mehr als nur ein Geschäftsmann ist.

„Ich werde dich sofort erschießen, solltest du es wagen, mich anzulügen!"

„Aber ich sage die Wahrheit. Frag doch die beiden." Lucius sieht zu mir herüber.

Na super. So viel zum Thema zurückhalten.

„Stimmt das, Samira?"

„Ja. Nero hat uns entführt. Ob Lucius davon wusste, kann ich nicht sagen, aber er kam erst, als wir schon hier gefangen waren." Mein Blick gleitet zu Jade. „Bitte, meine Freundin braucht dringend einen Arzt. Sie ist verletzt."

Kaizo lässt Neros Ohr los, greift ihm grob ins Haar und schleift ihn wie ein Hund hinter sich her, als er wieder auf mich zugeht. Dabei schreit dieser schmerzerfüllt auf, dass es mir durch Mark und Bein geht. Kaizo sieht zunächst zu Jade und dann wieder zu mir. „Wo ist Amir?"

„Ich weiß es nicht. Wirklich."

„Wo hast du ihn zuletzt gesehen? Oder weißt du das auch nicht?"

Ein verdammt großer Kloß hat sich in meinem Hals gebildet, denn ich habe Angst, etwas Falsches zu sagen, das Amir ernsthaft in Gefahr bringen könnte.

„Ich rede mit dir!" Da ich nicht sofort reagiere, schlägt Kaizo mit der Waffe gegen das Gitter.

Sofort schrecke ich zurück und zittere wie Espenlaub.

„Was ist nun?! Ich warte nicht gerne, Samira."

„Wir sind zur Insel gefahren, weil ich gerade erst erfahren hatte, dass Jade noch lebt. Ich wollte sie unbedingt sehen. Dass Nero sie ausliefern wollte, wusste ich zu dem Zeitpunkt noch nicht."

Kaizo beugt sich zu Nero herunter und reißt seinen Kopf hoch.

Nero schreit auf.

„Warum weiß ich von der Aktion nichts?!"

„Du weißt auch nichts davon, dass Amir Balian befreit und seinem Vater ein Antiserum verabreicht hat."

„Wie bitte?!" Kaizos Iriden lodern gefährlich wie ein Höllenfeuer. Jedes falsche Wort könnte tödliche Konsequenzen nach sich ziehen.

Ich schlucke so hart, dass ich mich fast an meiner eigenen Spucke verschlucke.

„Ist das wahr, Samira?"

Der Muskel in meiner Brust scheint einen Drumm-and-Bass-Beat anzunehmen. Meine Kinnpartie zittert und das Bild vor meinen Augen flackert, während mir heiß und kalt zugleich wird. „Ich ... ich habe keine Ahnung. Ich habe ehrlich gesagt nicht darauf geachtet, ob Balian die Fußfessel getragen hat. Er hatte eine lange Hose an. Wie sollte ich das also sehen?", lüge ich mehr schlecht als recht, doch es ist das Einzige, was mir einfällt, ohne Amir direkt ans Messer zu liefern. Ganz tief im Inneren stelle ich mir vor, dass es stimmt, damit ich endlich aufhöre, so verräterisch zu zittern.

„Wer lügt denn jetzt?" Kaizos Blick wandert zwischen Nero und mir hin und her. Dann hält er inne und richtet seine Waffe auf Nero – den Blick jedoch in meine Richtung gewandt. „Wenn der Scheißkerl lügt, werde ich ihn hier und jetzt erschießen. Also, Samira. Lügt er?"

Tausend Gedanken schießen durch meinen Kopf – ein Chaos, dessen ich nicht mehr Herrin werde. Amir wüsste jetzt, was zu tun ist, aber scheiße verdammt, er ist nicht da. Eines ist sicher: Ich will nicht für Neros Tod verantwortlich sein. Selbst sterben möchte ich aber auch nicht.

„Also?! Ich warte."

Ich habe das Gefühl, als lege sich eine unsichtbare Hand um meinen Hals und drücke ganz langsam zu.

„Soll ich lieber dich erschießen, wenn dir die Wahrheit nicht einfällt?", fragt er und richtet die Waffe auf mich.

Es kommt mir wie eine unwirkliche Szene aus einem Film vor. Meine Gedanken kreisen nicht mehr wild umher. Ich denke an Amir und unser Kind. Plötzlich bin ich völlig ruhig und klar. Beinahe furchtlos begegne ich Kaizos blutdürstigem Blick. „Nero lügt", geht es mir schließlich langsam, aber entschlossen über die Lippen.

Kaizo nickt und richtet die Waffe erneut auf Nero.

Weil ich nicht bei diesem Mord zusehen will, gleitet mein Blick über Kaizos Schulter hinweg zu Lucius, der ebenfalls eine Waffe gezogen hat und auf Kaizo zielt. *Das Morden muss aufhören!* Unvermittelt reiße ich die Augen auf. „Nein! Hört damit auf!", schreie ich, greife Kaizo am Jackett und lasse mich mit ihm zu Boden fallen.

Ein lauter Knall erfüllt den Raum, während meine Arme, die Kaizo entschieden festhalten, während des Falls schmerzhaft an den Gitterstäben entlangstreifen. Als ich auf dem Boden aufkomme, lasse ich Kaizo sofort los und ziehe die Hände zurück, als habe ich mich an einer Herdplatte verbrannt.

Kaizo dreht sich um und ein weiterer Schuss fällt.

Sofort kauere ich mich neben Jade in die Ecke, ziehe die Beine an und halte schützend die Arme über meinen Kopf.

Ein lautes Wortgefecht dringt in meine Ohren, doch ich summe im Kopf ein Lied, um es auszublenden. Sämtliche Schutzmechanismen meines Körpers sind

aktiviert, um alles zu ignorieren, das mir Schaden zufügen oder mich verstören könnte. Jade und ich müssen das überleben. Und wir *werden* das überleben!

41. Kapitel

BALIAN

Amir und ich hatten gerade den Keller erreicht, als ein bedrohliches Geräusch meine Alarmglocken schrillen lässt. Sofort bleibe ich stehen. „Hast du das gehört?"

„Verdammt, ja. Das war ein Schuss! Der kam aus Neros Zimmer. Los!"

In voller Montur rennen wir los. Mit Sicherheit werden nicht nur wir den Schuss gehört haben. Es ist nur noch eine Frage der Zeit, bis Mitglieder der Darmawan hier auftauchen werden.

Ich renne, so schnell mich meine Füße tragen, hinter Amir her, der erst langsamer wird, als wir Neros Gemächer erreichen.

Die Tür steht einen Spalt offen.

Wir positionieren uns links und rechts und spähen hinein.

Lucius liegt blutüberströmt auf dem Boden. Eine riesige Wunde klafft zwischen seinen Augen. Ein Stück weiter liegt Neros Gepard Kaya. Ebenfalls tot. *Scheiße! Was ist hier passiert?!*

Amir zieht die Tür lautlos noch ein Stück weiter auf.

Nero und Kaizo liegen kämpfend am Boden. Nero liegt oben und versucht, nach Kaizos Hals zu greifen, doch der wehrt ihn immer wieder ab.

Hinter den beiden mache ich einen Käfig aus, in dem ich Samira und Jade entdecke. Sie haben sich zusammengekauert. *Scheiße, was müssen die beiden eigentlich noch alles durchmachen?*

Als Nero nach Kaizos Hals greift und zudrückt, gebe ich Amir ein Zeichen. Wir müssen eingreifen.

Amir nickt, als Kaizo gurgelnde Laute von sich gibt und tritt vor. Er zieht seine Waffe und beendet das Drama mit einem sauberen Schuss.

Neros Kopf fliegt zurück und er landet neben Kaizo auf dem Fußboden.

Sofort reißen wir unsere Masken herunter und stürmen in den Raum.

Während Amir Kaizo aufhilft, suche ich den Raum nach einem Schlüssel ab, um die beiden Frauen aus dem Käfig zu befreien. Als ich keinen finden kann, knie ich neben Nero nieder. Sein Anblick lässt mich frösteln. Ich hatte nie gewollt, dass es so kommt. Doch es war das einzig Richtige, das Amir hätte tun können. Ich drehe Nero herum und greife in seine Hosentaschen. In der einen finde ich nichts, doch bei der anderen habe ich Glück und taste einen kleinen Schlüssel. „Ich hab ihn!"

Amir hilft Kaizo auf die Beine, während ich zum Käfig renne.

Meine Hände zittern leicht, als ich den Schlüssel in das Schloss stecke, herumdrehe und die Tür aufreiße. „Jade? Samira?", rufe ich und stürze auf die beiden zu.

Samira dreht sich wie in Zeitlupe zu mir um und reißt die Augen auf, als sie mich wahrnimmt. Dann steht sie auf und rennt zu Amir.

Die beiden fallen sich in die Arme.

Amir küsst ihre Stirn und strahlt erleichtert. Es besteht kein Zweifel daran, dass er sie aus tiefstem Herzen liebt. So wie ich Jade.

Doch diese bleibt regungslos am Boden.

„Hey, Jade! Schatz!" Ich packe sie an den Schultern und ziehe sie zu mir auf den Schoß. Sie hat eine Wunde am Kopf. Als ich ihr eine Haarsträhne wegstreiche, spüre ich die glühende Hitze auf ihrer Stirn. „Scheiße! Amir!"

„Was ist los?"

„Jade! Irgendwas stimmt nicht!" Panik steigt in mir auf. *Nein! Nein! Nein! Wir kommen zu spät.* Ich küsse Jade auf die Stirn, schmecke Salz und Eisen. „Du muss durchhalten. Hörst du?"

„Sie fiebert schon eine Weile", höre ich Samira in der Ferne.

Schritte nähern sich.

„Kommt mit." Es ist Kaizo, der sich neben mich kniet. „Los. Wir gehen auf die Krankenstation."

*

Eine halbe Stunde später sitzen Amir und ich auf dem Flur. Samira wird ebenfalls untersucht. Neugierig sehe ich mich um. Zwar wusste ich, dass die Darmawan in ihrer Festung eine Krankenstation haben, doch hier war ich noch nie. Mit den Ellenbogen stütze ich mich auf den Knien ab und raufe mir das Haar.

„Hey, komm. Das wird schon wieder. Du hast doch
eben gehört, was der Arzt gesagt hat. Es ist eine leichte
Wundinfektion. Ein paar Tage antibiotische Behand-
lungen werden es richten. Ruckzuck ist Jade wieder auf
den Beinen. Du wirst sehen. Sie ist eine Kämpferin. Das
hat sie schon einmal bewiesen. Und da war sie weitaus
schlimmer dran.“

„Ich weiß, Amir. Und was ist dann? Kaizo wird uns
nicht so einfach gehen lassen. Das weißt du selbst.“

Amir klopft mir aufmunternd auf die Schulter. „Das
fragst du ihn am besten selbst.“

Vor mir nehme ich Schritte wahr.

Sofort sehe ich auf und entdecke Kaizo vor mir.

Zeitgleich mit Amir stehe ich auf.

Kaizo steht mit erhobenem Kinn vor mir und gleicht
in seinem rabenschwarzen Anzug einem Bestatter.
Sein Gesicht ist von Strenge gezeichnet und verrät
keine Emotion. Er mustert mich. So intensiv, dass es
mich fröstelt.

Unwissend, was ich tun soll, sehe ich zu Amir, der mir
zunickt. *Wie kann er nur so ruhig bleiben?*

Kaizo hebt die Hand und hält sie mir entgegen.

Irritiert hebe ich eine Braue. Ich hätte mit einer
Waffe, aber nicht mit seiner Hand gerechnet. Ein Frie-
densangebot – das ist eindeutig. Und natürlich werde
ich es annehmen. Das, was mir und meinem Vater angetan wurde, kann man nicht mehr rückgängig machen, aber es hat mich genau hierhergeführt. Zu diesem
Ort und zu Jade.

„Zwar habt ihr beide gegen die Gesetze der Darmawan verstoßen, aber erst hat Samira mir das Leben gerettet und dann Amir ein weiteres Mal. Ihr seid von aller Schuld befreit."

„Was?" Ich kann nicht glauben, was er da sagt. Doch als er die Mundwinkel hebt, schüttele ich seine Hand.

Kaizo nickt mir zufrieden zu und lässt meine Hand wieder los. Dann wendet er sich Amir zu. „Der Arzt sagte, Samira sei schwanger. Gratuliere."

„Danke, Kaizo ... Zarnu." Amir lächelt.

„Bleiben wir bei Ersterem. Nicht, dass uns noch jemand hört." Er zwinkert Amir und schließlich mir zu. Dann spricht er zu uns beiden und sieht erst mich und dann Amir an. „Es steht euch frei, die Darmawan zu verlassen und euch einen anderen Wohnsitz zu suchen. Ihr könnt auch hierbleiben, aber dann würdest du weiterhin im Dienste der Darmawan stehen. Amir, da ich dir jedoch mein Leben schulde, schenke ich dir deines. Ebenso dir, Balian. Du wurdest zu Unrecht verbannt. Dafür entschuldige ich mich. Das Schicksal hat bereits über Lucius und Nero gerichtet. Nicht schön, aber fair."

Ich schlucke hart, als mir das Bild von Nero wieder in den Sinn kommt.

„Ihr sollt in völliger Freiheit und Selbstbestimmtheit leben dürfen. Ihr vier genießt ab sofort die Immunität des Syndikats – egal, ob ihr bleiben wollt oder euch dazu entscheidet, von hier fortzugehen. Hier seid ihr immer willkommen."

„Danke, Kaizo. Das wissen wir wirklich sehr zu schätzen. Und das gilt auch für meinen Vater?"

„Ich sichere dir zu, dass er die beste Versorgung erhalten wird, bis er wieder ganz auf den Beinen ist. Noch heute schicke ich einen Arzt auf die Insel. Das hätte nicht passieren dürfen. Einen Verräter in den eigenen Reihen hätte ich nicht erwartet. Dafür soll dein Vater nicht bezahlen müssen.“

Dankbarkeit erfüllt mich und ich muss mich beherrschen, Kaizo nicht an mich zu drücken.

Er nickt uns zu und verabschiedet sich.

Wortlos sehe ich ihm nach, wie er den langen Gang entlanggeht und um eine Ecke verschwindet. Als er aus meinem Sichtfeld gerät, fällt alle Anspannung von mir ab und pure Euphorie erfüllt mich. Ich falle Amir in die Arme und kann nicht glauben, wie mir geschieht. „Das gibt es doch nicht. Hättest du damit gerechnet?“

„Nun ja. Ich kenne Kaizo ja ein wenig besser als du, aber das hat mich zugegeben auch ein wenig überrascht. Er ist hart, aber fair. Allerdings habe ich ihn noch nie in einer Situation erlebt, in der ihm das Leben gerettet wurde. Wie viel ihm das Wert ist, hat er ja nun ganz offenkundig gezeigt. Seine Entscheidung ist überaus großzügig. Ich kann mich nicht erinnern, dass er sich jemals zu so etwas entschlossen hat. Eher hat er Gnade, aber nie wirklich Großzügigkeit walten lassen. Das muss man ihm hoch anrechnen.“

Ich bin immer noch sprachlos. Doch Amir hat recht, mit dem, was er sagt.

Ein Arzt steckt seinen Kopf aus einer der Türen und räuspert sich laut.

Sofort lösen Amir und ich uns voneinander.

Der Mann mit dem weißen Kittel und dem Stethoskop um den Hals winkt uns zu sich heran. „Meine Herren, Sie können jetzt kommen und nach den Damen sehen."

Das lassen wir uns nicht zweimal sagen und machen uns beschwingt zu den Behandlungsräumen auf.

Auf dem Weg muss ich immer wieder in mich hineingrinsen, weil ich mein Glück nicht so recht fassen kann. *Ich habe meinen besten Freund wieder, meine Freiheit, mein Vater wird gesund und ich habe die Liebe meines Lebens gefunden. Das alles war diesen erbitterten Kampf allemal wert.*

42. Kapitel

SAMIRA

Einige Monate später auf Limanossa

Der Korkverschluss der Champagnerflasche fliegt in hohem Bogen über das Vordach der kleinen Villa, die Amir nahe des Anwesens hat erbauen lassen. Nicht nur externe Arbeiter haben die Materialien angeliefert und den Bau übernommen – auch die Inselbewohner haben mitgeholfen. Ich konnte nur koordinieren, da ich mich wegen der Schwangerschaft nicht belasten darf.

Meine Entscheidung, das Kind zu bekommen, war genau die Richtige, denn es fühlt sich gut an und der Gedanke, unserem Kind alles beizubringen, was es im späteren Leben lernen muss, gefällt mir. Amir und ich werden gute Eltern sein und es wird unserem Nachwuchs an nichts fehlen.

„Auf das neue Zuhause von Amir und Samira!", ruft Jade aus, nachdem sie die Gläser befüllt hat – meines mit O-Saft – und ihres in die Höhe hält.

Crita, Sayla, Miroh, Dracu und die anderen Bewohner haben sich um unser Traumhaus versammelt, das in seinem Weiß einen tollen Kontrast zum grünen Dschungel erzeugt.

Jeder greift nach einem Glas und wir stoßen an.

„Halt! Noch nicht trinken", rufe ich spontan aus und werfe Amir, der neben mir steht und irritiert schaut einen verschwörerischen Blick zu. „Ich möchte noch etwas verkünden."

„So? Was denn?" Jade steht die Neugierde ins Gesicht geschrieben. Sie streicht sich eine Strähne hinter das Ohr. Ihr blondes Haar hat sie zu einem Dutt zusammengenommen, was toll zu den Ohrringen mit den Jadesteinen passt. Sie trägt ein farbenfrohes Sommerkleid und hat sich bei Balian eingehakt, dem sie immer wieder verliebte Blicke zuwirft.

„Ich habe gestern beim Arzt erfahren, dass es unserem Baby nicht nur gut geht, sondern ..."

Gebannt liegen alle Augenpaare auf mir.

Amir zieht kritisch eine Braue in die Stirn, da ich ihm nichts davon erzählt habe. Ich wollte ihn überraschen.

„Nun sag schon!", wirft Miroh ein und lächelt.

„Dass wir ein Mädchen bekommen!"

„Was? O mein Gott! Das ist ja toll!" Jade klatscht aufgeregt in die Hände.

Amir stellt sein Glas auf dem Stehtisch neben mir ab und sieht mich an. „Ist das wirklich wahr?"

„Ja, der Arzt war sich ziemlich sicher."

„Das ist wundervoll!" Amir grinst über beide Ohren, drückt mich behutsam an sich und küsst mich auf die Stirn.

„Ich hätte da auch einen Namensvorschlag."

„Und der wäre?"

„Layla Mari. Nach deiner Mutter."

Amirs Augen füllen sich mit Glanz. „Das klingt wunderschön."

„Auf Layla Mari!", sagt Crita, die sich mit einem Glas in der Hand von hinten zwischen uns stellt.

„Auf Layla Mari!", sprechen alle im Einklang einen Toast aus und lassen die Gläser aneinander klirren.

Balian tritt in die Mitte, räuspert sich und hebt sein Glas erneut. „Wo wir gerade beim Feiern und frohen Bekundungen sind ..." Er dreht den Kopf zu Jade, die neben ihn tritt.

„Wir werden auch Eltern und wollen deswegen schon nächste Woche statt in ein paar Monaten heiraten!"

Mir klappt sprichwörtlich die Kinnlade herunter. Regungslos stehe ich da, während die anderen jubeln und Jade und Balian umarmen.

Jade sieht zu mir herüber.

„Ihr verarscht mich."

„Nein, wirklich. Ich weiß es noch nicht lange."

Voller Rührung schlage ich mir die Hände vor den Mund und lasse mich von Jade in den Arm nehmen. „O mein Gott. Ich freue mich so sehr für euch."

„Herzlichen Glückwunsch, Mann!" Amir geht auf Balian zu und kurz darauf liegen sich auch die beiden in den Armen.

Crita, die sich mittlerweile ein Stück abseits neben Dracu gestellt hat, wischt sich eine Träne aus dem Auge. „Das sind so wundervolle Nachrichten. Ich kann es kaum glauben."

Zwei Arme versuchen, uns vier zu umgreifen. Es ist Bayan. „Ich werde Großvater! Unglaublich!"

Erfüllt von Glück komme ich Jades Ohr ganz nah. „Siehst du, der Bootstrip hat sich doch noch gelohnt."

„Ja, du hast recht. Zwar über Umwege und auf den ganzen Stress hätte ich auch gut verzichten können, aber vielleicht würden wir sonst heute hier nicht stehen“, nickt sie und drückt mich fest.

„Am Ende wird alles gut, Jade.“

„Ja. Und ich bin froh, dass du mich zu diesem Trip überredet hast.“

EPILOG

BALIAN

Limanossa

Die Sonne neigt sich langsam dem Horizont zu, als ich in meinem makellosen Anzug auf dem Plateau stehe. Kühler Wind streicht über mein Gesicht, während ich den Atem anhalte, um die atemberaubende Szenerie vor mir zu absorbieren. Das Grün des Dschungels erstreckt sich bis zum Horizont, und der Himmel brennt in warmen Orange- und Pinktönen. Hier zu heiraten, ist der absolute Wahnsinn. Wenn mir das jemand vor ein paar Monaten gesagt hätte ... ich glaube, ich hätte gelacht. Ich und heiraten. Tja, und nun stehe ich hier.

Crita und Sayla haben das Unmögliche geschafft: Innerhalb kürzester Zeit eine komplette Hochzeit zu organisieren und auch noch Jades Eltern einfliegen zu lassen. Das Plateau, das nun als Bühne für mein Glück dient, ist geschmückt mit exotischen Blumen, die ein betörendes Aroma verströmen. Ein sanfter Schleier aus Nebel liegt über dem Boden, verleiht der Szenerie eine märchenhafte Aura.

Jade, die Frau meines Lebens und Mutter unseres Kindes, wird gleich hier an meiner Seite stehen. Ihre Augen, so tief und geheimnisvoll wie der Dschungel, haben mein Herz erobert. Der Gedanke, dass sie bald meine Frau sein wird, lässt mein Herz wild pochen. Die Hochzeitsgesellschaft hat bereits auf den eleganten Stühlen Platz genommen, die in perfekter Linie auf dem Plateau aufgestellt sind. Die Anwesenheit von meinen Freunden – besonders von Amir und Samira, die zu meiner Familie wurden, verstärkt die Atmosphäre der Liebe und Vorfreude.

Die Geräusche des Dschungels begleiten die Szene.

Mein Trauzeuge, Amir, steht an meiner Seite und scheint die Spannung zu spüren, die durch meine Adern pulsiert. Sein Blick ist aufmunternd, ein stummer Ausdruck der Brüderlichkeit und Unterstützung. Gemeinsam durchlebten wir Höhen und Tiefen, und heute steht er an meiner Seite, um Zeuge meines Glücks zu sein. „Bist du nervös, mein Freund?" Sein schiefes Grinsen steckt mich an.

„Pfff, kein bisschen", necke ich ihn zurück und werde plötzlich ernst. „Auch wenn mir klar ist, was dieser Schritt für Jade bedeutet. Sie lässt ihre Familie, ihre Pläne und ihr komplettes Leben hinter sich."

„Weil sie dich liebt." Amir zwinkert mir zu.

„Ist das nicht verrückt?"

„Total. Wer dich heiratet, muss sie nicht alle haben." Amir kann nicht an sich halten und prustet los.

„Klappe, Idiot."

Meine Freunde Dracu und Miroh treten an uns heran.

Dracu trägt eine Weste über seinem Hemd. Dazu eine dunkle Chino. Das lange Haar hat er nach hinten geflochten. So schick habe ich ihn noch nie gesehen.

„Hey, willst du mir die Frau wegschnappen oder warum hast du dich so rausgeputzt?"

„Das erklärt sich nachher, Indira." Miroh erntet einen Seitenhieb von Dracu, der mich ernst ansieht.

„Balian", richtet er das Wort an mich und lächelt schließlich. „Ihr tut das Richtige. Ich bin stolz auf dich, Bruder." Er umarmt mich und klopft mir auf die Schulter.

„Komm, Alter, wir sitzen in der ersten Reihe." Miroh schiebt ihn von mir weg zu den Stühlen. Sie nehmen neben Crita Platz, die bereits ein Stofftaschentuch auf ihrem Schoß ausgebreitet hat.

Amir und Samira, die Jades Trauzeugin ist, nehmen ebenfalls Platz.

Meine Nervosität steigt merklich an. Ungeduldig trete ich von einem Fuß zum anderen und sehe mich um. Mein Blick gleitet zu Jades Eltern. Ihr Dad sieht in seinem Anzug sehr elegant aus und nickt mir wohlwollend zu. Dann erhebt er sich und schreitet über den Weg zu einer großen Palmengruppe, hinter der Jade wahrscheinlich warten wird.

Die Sonne neigt sich weiter dem Horizont zu, malt den Himmel in tiefe Purpurtöne und taucht die Landschaft in ein warmes, goldenes Licht. Der Gedanke, dass Jade bald in einem atemberaubenden Kleid durch das Blumenmeer schreiten wird, lässt mich innerlich erbeben.

Die ersten Klänge einer sanften Melodie erklingen, gespielt von einem versteckten Musikerensemble. Ein

Schauer durchläuft meinen Körper, als die Klänge die Luft füllen und die Szene in eine romantische Traumwelt verwandeln. Die Zeit scheint stehen zu bleiben, während ich auf Jade warte, meine zukünftige Frau.

Der Dschungel von Java wird Zeuge unserer Liebe. Der Dschungel – hier, wo alles begann. Und während die Sonne ihren letzten Atemzug nimmt und der Himmel in einen Farbenrausch verfällt, betrete ich den Beginn eines neuen Kapitels meines Lebens, in dem Jade und ich als Verbündete durch den Dschungel der Liebe wandern werden.

Als ich meinen Blick hebe, eröffnet sich mir ein Anblick, der meinen Atem stocken lässt. Jade, die Liebe meines Lebens, schreitet majestätisch auf das Plateau, ihren Arm in den ihres Vaters eingehakt. Gemeinsam durchqueren sie das Blumenmeer, während der Dschungel um uns herum in ehrfürchtiges Schweigen verfällt.

Kurz schweift mein Blick zu meinem Vater, der sich die Nase schnäuzt.

Crita, die sofort nach ihrem Taschentuch greift, schießen ebenfalls Tränen in die Augen.

Und auch ich muss schlucken.

Jades Vater, mit seiner würdevollen Ausstrahlung, führt Jade zum exotisch hergerichteten Altar. Sein Blick ist voller Weisheit, als er die Rolle des Trauzeugen und Leiters dieser zeremoniellen Verbindung übernimmt. Der Altar, geschmückt mit Orchideen und tropischen Blüten, wirkt wie ein heiliger Ort, an dem unsere Liebe besiegelt werden soll.

Jade, in einem atemberaubenden, weißen Kleid im Meerjungfrauenschnitt, zieht alle Blicke auf sich. Die zarte Spitze umhüllt ihre Silhouette, während der Saum sich um ihre Beine schmiegt. Ein Hauch von Eleganz und Exotik umgibt sie, als wäre sie die Königin des Dschungels. Ein Blumenkranz schmückt ihre Haare, die in sanften Wellen über ihre Schultern fallen.

Ihre Augen, lebendig und strahlend, treffen meine, und ein Lächeln huscht über ihr Gesicht. Die Liebe, die in ihrem Blick liegt, erfüllt mich mit einer tiefen Wärme. Das Sonnenlicht spielt mit ihrem Haar und verleiht ihr einen göttlichen Glanz, der ihre Anmut noch mehr betont.

Während sie näher kommt, kann ich die subtilen Düfte ihrer Blumen erkennen, die den Ort umhüllen. Der Dschungel lauscht weiterhin, als würden seine Bewohner ihre Zustimmung zu unserer Verbindung geben. Die Geräusche der Natur scheinen in einem harmonischen Rhythmus zu schwingen, begleitet von den leisen Klängen der Musik, die die Luft erfüllen.

Staunend kann ich den Blick nicht von Jade lassen — meiner zukünftigen Frau.

Jades Vater bleibt stehen und ich nehme Jades Hand in meine. Ihre Haut ist zart und warm, und ich spüre die Verbindung, die zwischen uns besteht.

Fatir tritt zu uns heran, als Jades Vater neben ihrer Mutter in einer der Stuhlreihen Platz nimmt. Fatir klopft mir anerkennend auf die Schulter und stellt sich hinter den Altar. Er beginnt mit einer tiefen, melodischen Stimme die Worte der Zeremonie zu sprechen.

Das Band, das Jade und mich verbindet, wird enger, während Fatir die Worte der Liebe und des Versprechens ausspricht. Der Dschungel, Zeuge dieser heiligen Vereinigung, antwortet mit einer Brise, die durch die

Blätter streicht, und dem sanften Rauschen des nahen Wassers. Die gesamte Zeit über kann ich die Augen nicht von meiner Verlobten lassen.

„Möchtest du, Jade, Balian zum Mann nehmen, ihn lieben und ehren – egal wie hart oder wohlwollend das Schicksal richten mag? Möchtest du gemeinsam mit Balian jeden Monsun überstehen und bist du bereit, in die Tiefen des Dschungels vorzudringen, um am Ende im Sonnenlicht zu stehen?" Fatirs finale Worte an Jade jagen Gänsehaut über meinen Rücken.

Jades Blick trifft den meinen, als sie lächelnd mit einem ausdrucksvollem „Ja" antwortet.

Fatir nickt zufrieden und wendet sich mir zu. „Balian, mein Sohn. Wirst auch du aus tiefstem Herzen versprechen, Jade zu lieben und zu ehren, bis das der Tod euch scheidet?"

„Nein", antworte ich und ein lautes Raunen geht durch die Reihen, das mich grinsen lässt. Ich greife beide Hände von Jade und küsse diese. „Ich werde sie über den Tod hinaus lieben und verspreche, alles in meiner Macht Stehende zu tun, um sie zu beschützen und vor allem ... sie nie allein zu lassen."

Jades Augen glitzern verdächtig. Mir war klar, dass sie diesen letzten Satz hören musste.

In der ersten Reihe höre ich Miroh und Dracu laut lachen. Die anderen stimmen schnell mit ein.

Auch Fatir sieht mich amüsiert an. „Tauscht bitte die Ringe."

Während ich Jade den Ring an den Finger stecke, sehe ich, wie sich eine kleine Träne über ihre Wange schleicht. Doch sie sieht glücklich aus, als sie meine Hand nimmt und mir ebenfalls einen Ring ansteckt.

„Dann erkläre ich euch hiermit zu Mann und Frau“, höre ich Fatir, rahme Jades Gesicht mit meinen Händen und ziehe es zu mir heran. Ich könnte platzen vor Glück, als ich sie küsse und die Hochzeitsgäste aufjubeln.

Und so, unter dem Himmel von Java, umgeben von der Fülle des Dschungels und der Liebe, haben Jade und ich uns das Versprechen geben, Seite an Seite durch das Abenteuer des Lebens zu gehen. Ganz gleich, was war. Ganz gleich, was kommt. Von nun an gibt es nur noch Jade, unser Baby und mich. Gemeinsam mit unseren Freunden werden wir uns hier ein neues Leben aufbauen und ich werde das Erbe meines Großvaters antreten. Voller Stolz und Würde.

Limanossa ist nun nicht weiter die Insel der Verdammten. Sie ist die Insel der Hoffnung. Die des Glücks und unserer Zukunft.

ENDE

Nachwort

Liebe Leser*innen!

Vielen Dank, dass ihr mir bis hierher durch die Abgründe des Dschungels gefolgt seid. Wie ihr seht, hat uns die Geschichte von Jade & Samira sowie auch Balian & Amir eines gezeigt: Dass es manchmal doch nicht zu spät für eine zweite Chance ist und aussichtslose Situationen sich mit einem Plan, Biss und den richtigen Menschen an der Seite doch noch zum Guten wenden können. Man sollte nur bereit sein, sich dafür seinen eigenen Dämonen zu stellen.

Dieses Buch hat mich vor verschiedene Herausforderungen gestellt.

Unter anderem der tiefe Riss, der in Balians und Amirs Freundschaft entstanden ist.

Für mich sind Verzeihen und Freundschaft zwei untrennbare Konzepte, die sich gegenseitig stärken und bereichern. Freundschaft bedeutet, eine tiefe Verbindung zu einem anderen Menschen zu haben, basierend auf Vertrauen, Verständnis und gegenseitigem Respekt. Doch in jeder Freundschaft gibt es auch Momente der Enttäuschung und des Schmerzes. In solchen Momenten zeigt sich die wahre Stärke einer Freundschaft darin, verzeihen zu können.

Verzeihen bedeutet nicht, das Unrecht zu vergessen oder zu ignorieren, sondern die Bereitschaft, darüber hinwegzusehen und die Beziehung über den Fehler zu stellen. Es erfordert Mut, Großzügigkeit und ein offenes Herz. Wenn ich einem Freund vergebe, erkenne ich an, dass wir alle unvollkommen sind und Fehler machen. Durch Verzeihen können wir uns gegenseitig unterstützen und wachsen, statt uns von Groll und Negativität lähmen zu lassen.

Ich habe gelernt, dass Verzeihen ein Akt der Selbstbefreiung ist. Es befreit nicht nur den anderen, sondern auch mich selbst von der Last des Grolls. Freundschaften, die auf Verzeihen aufgebaut sind, sind oft die tiefsten und stärksten, weil sie die Fähigkeit zeigen, gemeinsam durch schwierige Zeiten zu gehen und daraus gestärkt hervorzugehen.

In meinen Beziehungen versuche ich, Verzeihen zu praktizieren und dabei auch offen über meine eigenen Fehler zu sprechen. Ich glaube, dass eine echte Freundschaft nicht nur die schönen, sondern auch die schwierigen Momente umfasst. Verzeihen ist ein Geschenk, das Freundschaften ermöglicht, dauerhaft zu bestehen und immer wieder neu zu erblühen.

Ich möchte diesen Moment nutzen, um euch, liebe Leser*innen und liebes Blogger*innenteam, von Herzen zu danken. Eure Unterstützung und Treue bedeuten mir unendlich viel. Jede Nachricht, jedes Feedback und jedes geteilte Leseerlebnis bereichern meine Arbeit als Autorin und motivieren mich, immer weiterzuschreiben.

Ohne euch wäre diese Reise nicht möglich. Ihr habt meinen Geschichten Leben eingehaucht und mir das Vertrauen geschenkt, meine Träume zu verwirklichen. Eure Begeisterung und euer Engagement inspirieren mich täglich, neue Welten zu erschaffen und Charaktere zu entwickeln, die euch hoffentlich genauso fesseln wie mich.

Besonders möchte ich euch danken, dass ihr mich auf meinem Instagram-Kanal @talinaleandro_autorin begleitet. Dort teile ich nicht nur Einblicke in meine Schreibprozesse und aktuelle Projekte, sondern auch persönliche Momente und Gedanken. Eure Interaktionen und Kommentare sind für mich von unschätzbarem Wert und machen unsere Verbindung noch besonderer.

Ich bin unendlich dankbar für Eure Unterstützung und freue mich auf viele weitere gemeinsame Abenteuer in der Welt der Bücher. Dein Vertrauen und deine Leidenschaft sind das Herzstück meiner Arbeit, und ich hoffe, dass ich euch noch viele packende Geschichten und unvergessliche Lesemomente schenken kann.

Ebenso geht ein großer Dank an meinen Verlag, der mich schon so viele Jahre begleitet. Gemeinsam sind wir schon in so viele Welten eingetaucht, die von Südfrankreich bis nach Australien oder wie hier in den tiefsten Dschungel Javas reichen.

Ein weiterer Dank geht an meine Lektorin Daniela, ohne deren ehrliche und direkte Meinung ich bestimmte Szenen nicht noch einmal überdacht und sie viel besser geschrieben hätte.

Und zum Schluss möchte ich ein paar Worte an meinen Herzensmenschen Mario richten:

Ich möchte dir von ganzem Herzen danken. Deine Unterstützung und Liebe bedeuten mir mehr, als Worte ausdrücken können. Du bist nicht nur mein Partner,

sondern auch meine größte Stütze und mein fester An-
ker in allen Lebenslagen. Danke, dass du immer an meiner Seite bist, egal wie turbulent die Zeiten auch sein
mögen. Deine Geduld, dein Verständnis und dein uner-
schütterlicher Glaube an mich und meine Träume geben mir die Kraft, weiterzumachen, auch wenn es
schwierig wird. Du bist mein Fels, mein Vertrauter und
mein bester Freund. Du hast mir gezeigt, was es bedeutet, bedingungslos geliebt und unterstützt zu werden.
Deine Ermutigungen und dein ständiges Dasein sind
für mich unbezahlbar. Ohne dich wäre vieles nicht
möglich gewesen, und dafür bin ich unendlich dankbar. Ich schätze jede Minute, die wir zusammen verbringen, und freue mich auf all die Abenteuer, die noch
vor uns liegen. Mit dir an meiner Seite fühle ich mich
stark und unbesiegbar. Danke, dass du mein Leben mit
so viel Liebe und Freude erfüllst. Volim te!
So, das war es jetzt aber auch wirklich.
Eure Talina